ようこそ授賞式の夕べに

書店員がその年一番売りたい本を選ぶ書店大賞。その授賞式の当日，成風堂書店に勤める杏子と多絵が会場に向かおうとした矢先，福岡の書店員・花乃が訪ねてくる。「書店の謎を解く名探偵」多絵に，書店大賞事務局に届いた不審なＦＡＸの謎を解いてほしいという。同じ頃，出版社・明林書房の新人営業マンである智紀にも，同業の真柴を介して事務局長直々に同様の相談が持ち込まれる。華やかな一日に不穏な空気が立ちこめて……。授賞式まであと数時間。無事に幕は上がるのか?!〈成風堂書店事件メモ〉×〈出版社営業・井辻智紀の業務日誌〉両シリーズのキャラクター勢ぞろい。書店員の最も忙しい一日を描く，本格書店ミステリ。

ようこそ授賞式の夕べに

成風堂書店事件メモ（邂逅編）

大崎　梢

創元推理文庫

THE EXTRA FILES OF BOOKSTORE SEIFUDO 2

by

Kozue Ohsaki

2013

ようこそ授賞式の夕べに

――成風堂書店事件メモ（邂逅編）――

登場する主な書店・出版社

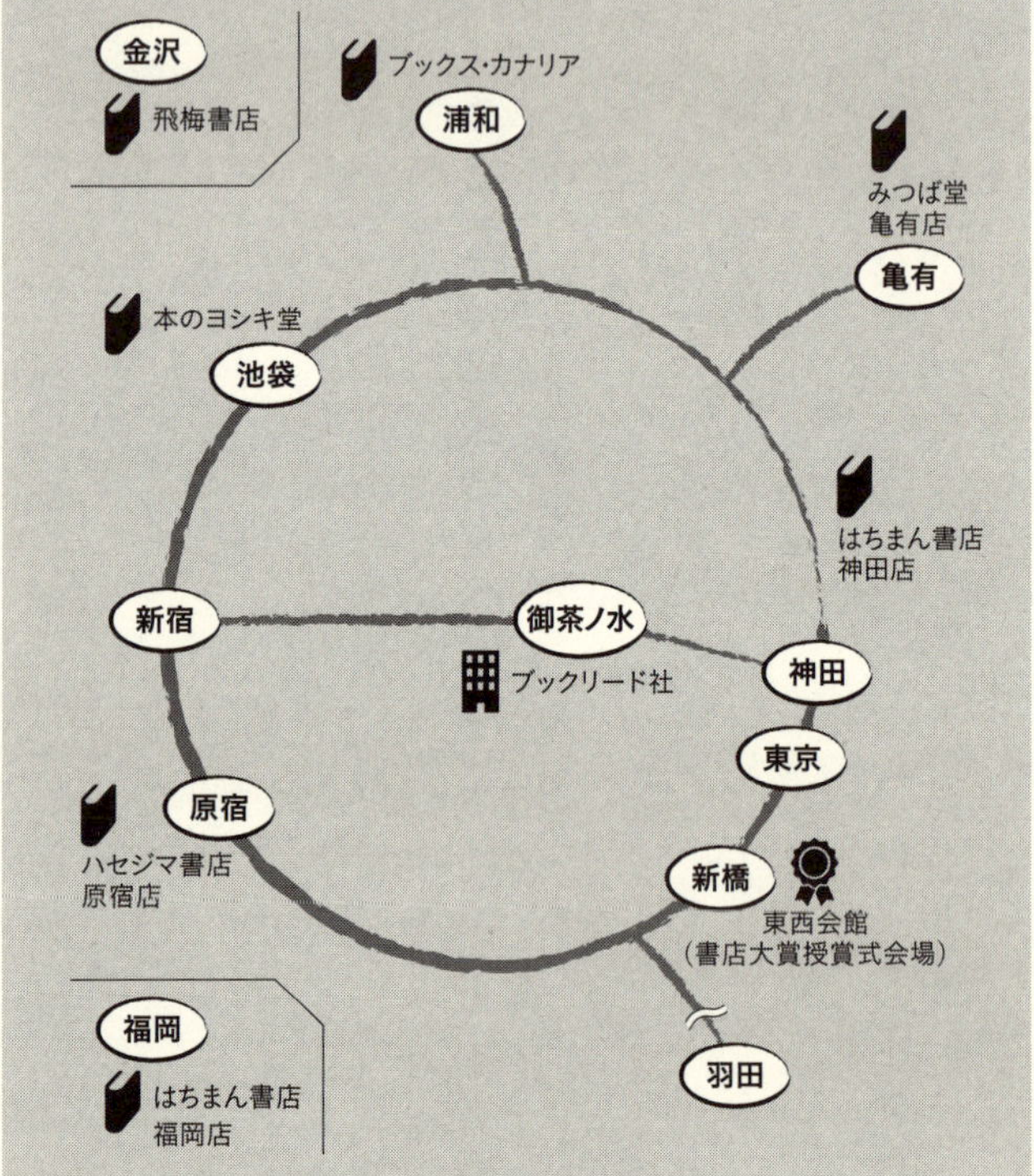

章見出しのマーク

……成風堂書店パート　……明林書房パート　……その他のパート

7時40分

朝食を食べ終え窓に目を向けると、空はいくぶん明るくなっていた。さっきまで降り出しそうな雲が低く垂れ込めていたが、天気は回復に向かっているらしい。朝刊の予報欄でも雨の表示は見あたらなかった。念のため、折りたたみ傘を入れて行こうか。

「降り出した？」

台所から妻の声がした。

「いや、保《も》ちそうだ。東京は日中、晴れ間があるかもしれない」

「それはよかったわ。春先は急に荒れ模様になったりするでしょ。心配してたの。あとは乗り物が順調に動いてくれるだけね」

「着いたらメールするよ」

「写真もお願いよ。会場の雰囲気、知りたいわ。きっと大勢集まって、賑《にぎ》やかな集まりになるわね。あなたにとっても特別な日だし。ようやく漕《こ》ぎ着けた、っていう意味で」

力を込めた妻の言葉に、気づかぬふりをして笑みを向けた。でもその笑顔は、本人の気持ちとは裏腹に冴《さ》えないものだったらしい。

「あら、顔色悪くない？」

「そんなことないよ」

「昨夜も寝たのが遅かったから。今日だってこんなに早くに起きてくることないのに。パーティの開始は夕方でしょう？」

「その前にいろいろと、やらなきゃいけないことがあるんだよ」

「当日になって、まだ何かあるの」

たった今、しみじみと感慨に浸《ひた》るような顔でいたかと思ったら、さっと塗り替え、畳《たた》みかけてくる口調は鋭い。かわすように肩をすくめコーヒーカップを持ち上げた。大丈夫。休憩なら乗り物の中でとればいい。やるべきことは決まっているのだ。

残っていたコーヒーはすっかり冷えていた。もう一杯飲みたいところだが、準備を調えたあとでうんと熱いのを飲むとしよう。階段からトントンと、小さな足音が聞こえてきた。娘が起きたらしい。洗面所を占領される前に歯を磨かなくては。

さあ、行こう。

たしかに特別な日だ。全国の書店員が一堂に会する、さまざまな思いの込められた日になる。すべてうまくいきますように。すべて、すべて。

洗面所に行く前に窓辺に歩み寄り、白いカーテンを開けて外を見た。娘の植えたチューリップが蕾《つぼみ》を膨《ふく》らませ、雲間から差し込むほのかな光を浴びていた。

8時20分

いつものように従業員出入り口にある警備員室の前で、花乃《はなの》は朝の挨拶を口にした。

「おはようございます」

「ああ、おはよう」

顔なじみの警備員がうなずき、花乃の抱えている鞄《かばん》に目を留める。

帰宅時にはファスナーを開けて中を見せるのがルールだ。バックヤードから商品を失敬する不届き者を出さないための予防策として。出勤時は点検されることなくそのまま入れるのだが、花乃は視線を気にして鞄を少し持ち上げた。

「今日、これから東京なんです」

「東京？」

「お店にちょっとだけ顔を出して、すぐに戻ってきます」

詳しく聞きたそうにする相手に会釈《えしゃく》して、下りてきたばかりの従業員エレベーターに滑り込んだ。開店前の時間だ。フロアはどこも非常灯がともるだけで暗がりに沈んでいる。各店舗はそれぞれカーテンやネットで覆《おお》われ、昼間の姿とはまったくの別ものになっている。

八階に到着し、エレベーターを降りて通路を行くと、中には開店準備に取りかかっている店もあって、レジを開け閉めする音や話し声が聞こえてきた。

さらに進むと一番つきあたりに煌々《こうこう》と明かりのともる一角がある。花乃のバイト先、「はちまん書店」福岡店だ。

「おはようございます」

すでに四人のスタッフが出勤して朝の荷出しに精を出していた。早朝に届いた雑誌の束を仕分けて解《ほど》き、数を確認し、付録のついているものはゴムや紐《ひも》でくくって、それぞれの定位置に並べるのだ。

はちまん書店は日本各地に大規模店を展開しつづける全国チェーンの書店で、福岡に進出したのは十一年前。市内でもっとも栄えている繁華街、天神《てんじん》近くに建つファッションビルの八階にオープンした。売り場面積は約四百坪。雑誌、文庫、新書、実用書、文芸書、各種専門書、参考書、児童書、広々としたフロアに整然と棚が並び、そこかしこに設けられたイベント台が華やかな色を添える。

近隣にはさらなる売り場面積を誇るライバル店が二軒あるが、はちまん書店の入ったビルは三年前に全館リニューアルし、集客数が跳《は》ね上がった。おかげで落ち込みつつあった売り上げが回復し、目標額をそこそこクリアできるようになったと聞く。

「おはよう。あれ？　今日は東京じゃなかったっけ」

「そうよ、書店大賞の授賞式って今日でしょ？」

「行くわよねぇ。ほら、ちゃんとお出かけの恰好《かっこう》してるし」

「どこのお嬢さんかと思ったら花ちゃんか」

矢継《やつ》ぎ早《ばや》に声をかけられ、花乃はジャケットの肩をすぼめた。昨年、大学の入学式用に買ったスーツの上着だ。この春から経済学部の二年生に進級した。スカートは考えに考え、プリーツスカートを合わせていた。

長めのおかっぱ頭に赤茶色の眼鏡フレーム、童顔で小柄。まちがってもパンプスやストッキングが似合う柄ではなく、ふだんはジーンズやカーゴパンツで通している。でも今日ばかりは多少なりともおしゃれに気を配らなくては。盛大という噂《うわさ》のパーティに出席するのだ。

「これから行きます。飛行機の切符もホテルの予約も取りました。ひとりじゃ心細いんですけど」

「大丈夫よ、なんとかなるわ。迷子にさえならなければ。ああ、それが問題か」

「早めに行った方がいいわよ。忘れ物?」

「いいえ、ちょっと用事があって」

言っているそばから派手な音ががらがらと聞こえ、台車と共に女性スタッフが現れた。

「おお花ちゃん、悪いわね。ありがとう。わざわざ寄ってくれて。恩に着るわ」

「あら、中林《なかばやし》さんが?」

「そうなの。頼み事があって来てもらったのよ」

バイトやパートが多い中、中林玲子《れいこ》ははちまん書店の社員で、もうすぐ三十に手が届く。

「大きな声じゃ言えないんだけど、今日のパーティに、なんと、影平《かげひら》さんが出席するらしいの。

昨日になってその情報をキャッチして、いてもたってもいられず花ちゃんにお願いしちゃった。サインをもらえる絶好のチャンスだもの」

「影平さんって、あのミステリ作家の？」

「他に誰がいるの。みんなもほしいだろうから申し訳ないとは思っているわ。ごめんなさいね。今回ばかりは見逃して」

「いいわよ、別に」

アイドルじゃあるまいし、作家のサインにそんなに目の色変えなくたってと、パートの女性は肩をすくめ、中林は大好きな作家の顔でも思い浮かべたのか相好《そうごう》を崩す。どちらの気持ちもわからないでもない花乃だ。微笑《ほほえ》んでいると、すかさず中林に引っぱられた。

雑誌の山をかいくぐるようにしてレジカウンターまで行く。等間隔に設置された三台のレジの一番奥まったところに、店のレシートを貼り付けたビニール袋が置いてあった。会計済みの私物で、中身は見なくてもよくわかっている。今夜正式に発表になる「書店大賞」の、四位にランクインした作品だ。

「ほんとうにごめんね。軽いものじゃないのに」

「これくらい、ぜんぜん平気です」

拝むように手を合わせて言う中林に笑いかけ、花乃はビニール袋を手に取った。

「無理しないでね。会場はすごく混雑しているだろうから、ひょっとしてみつけられないかもしれない。それも重々承知してるの」

「頑張ってみます。できれば、中林さんの名前入りで」

「わー、どきどきする。楽しみ。うまくお会いできれば、気さくに応じてくださるとは思うのよ。そういう方だって聞いたから。あーあ、去年だったらなあ。私は行ったのに、影平さんは来なかったんだもん」

不満げに口を尖《とが》らせる中林は、仕事をばりばりこなす頼もしい存在であると同時に、妙にかわいらしい面も持ち合わせている。昨年までは文芸書の担当者として書店大賞の授賞式にも参加していたが、今年は雑誌担当になったばかりで忙しくもあり、泣く泣く断念だそうだ。

今宵《こよい》のイベントの、参加資格はいたって単純だ。社員、パート、バイトを問わず、現役の書店員であること。前もってエントリーし、書店大賞に自分の票を投じること。この二点をクリアすれば誰でも参加できる。そして会場にはノミネート作の著者が招かれ、出版関係者やマスコミの人も数多く出席するという。近年ではテレビ中継も入り、キー局のニュース番組で盛り上がる様子が放映されていた。年を重ねるごとに活況を呈《てい》しているイベントとあって、出席者数も着実に増えている。

とはいえ授賞式の開始は午後七時。夜に開かれるパーティに、福岡からの日帰りはむずかしく、花乃の勤める店からは中林が行ったり行かなかったりの状態だった。今年はその中林が早早に不参加を表明し、新たに名乗りを上げたのは花乃だけだった。

みんなには驚かれたが、大学卒業後の就職先はどこになるかわからない。社員数を減らす傾向の書店は狭き門となる。興味津々《きょうみしんしん》のイベントに、参加できるチャンスはバイトの間だけかもしれない。

「他店の書店員さんには行く人もいるみたいなのよ。福岡から一緒に行けるよう、紹介してあげたのに。花ちゃん、東京はよく知らないんでしょう?」

「大丈夫です。こう見えても、意外としっかりしてるんです」

「山手線《やまのて》と京浜東北線《けいひんとうほく》をまちがえないようにね。ああ、心配だわ。どの駅も大きくて改札口がたくさんあるの。いちいち確認しなきゃだめよ。ホームからどの階段を下りるかで、運命が変わるんだから」

大げさな言い方をされ、花乃は苦笑いを浮かべたが、頭から笑い飛ばすこともできない。東京が大きな街であることは修学旅行のさいにしみじみ実感した。駅という駅に、ホームがずらずらと並び、電車の車両も数え切れないほど繋《つな》がっている。どこもかしこも大通りで、車が洪水のように流れ、高層ビルを見上げているうちに、あやうくひっくり返りそうになった。福岡にも繁華街や地下街、背の高いビルはあるが、そんな中心部が十も二十もくっついたような街だ。もしかしたら百という単位かもしれない。

「何時の飛行機だっけ」

「九時半です」

「羽田《はねだ》に着くのは十一時過ぎね。それからどうするの? 行ってみたい書店があるんだっけ。どことどこ?」

心配のあまり溜め息がちだった中林が、にわかに目尻を下げる。彼女自身、毎回それを楽しみに出かけていた。東京の大型書店、あるいは個性的な書店をめぐり、ディスプレイの工夫やら店のレイアウトやらを見学してくるのだ。土産《みやげ》話をたっぷり聞かせてもらい、花乃も自分なりのプランを立てていたのだけれども。

「私、名探偵のいる書店に、行ってみようと思うんです」

「めい……？」

「前に中林さん、話してくれましたよね。影平さんのサイン会の話。人気作家のイベントとあって、やりたがる店はたくさんあった。方々から手が挙がり、ふつうならその中のどこか、首都圏の大型店に決まる。でもそのときは、他ならぬ影平さん自身が条件を出した。サイン会は、謎のメッセージを解読できる書店員のいる店で開催したいって」

中林は思い出すように目を細め、訝《いぶか》しむ顔つきになった。

「営業さんから聞いたのよ。面白い話だったから、花ちゃんにも言ったっけ」

「すごくむずかしい、わけのわからないメッセージで、まったく意味不明。解くのはとうてい無理だとみんな思ったのに、一軒だけ、ちゃんと解いてみせたお店があって、サイン会はそこで開かれた。ですよね？」

「うん。まあね、私が聞いたのはそんなとこよ」

「私、行ってみようと思います」

「ちょっと待って。花ちゃん、名探偵マニアだった？　いや、たとえそうだったとしても。推理小説とはちがうのよ。その人はごくふつうの、私たちと同じ書店員。そうだ、花ちゃんみたいな大学生のバイトさんだったかな。本物の探偵じゃないの」

長身の中林がかぶさるように迫ってきたが、花乃は気弱にしぼむことなくお腹に力を入れた。

「書店の謎を解いてくれる人であれば、いいんです」

「は？　なんの話？」

「書店大賞の事務局に届いた怪文書ですよ」

とたんに中林が目を剝く。

「ちょ、ちょっと――」

「あの謎を解いてもらいたいんです。ダメ元でいいんです。会えないかもしれないし、取り合ってもらえないかもしれない。第一、ただのいたずらかもしれない。そうなんですけど、影平さんの出した難問を解いた人がいるなら、意見を聞いてみたい。何か、わかるかもしれないじゃないですか」

「花ちゃん」

「誰にも迷惑かけません。もちろん中林さんにも」

「突然何を言い出すのかと思ったら。ああ驚いた。今年一番のびっくりよ」

降参のポーズを取ってから、「あのねえ」と口元を歪《ゆが》ませる。本格的に花乃を押しとどめようとしたのだろうが、花乃をたしなめるより先に、品出《しなだ》し中のスタッフから名前を呼ばれた。

「中林さん、この付録、ほとんど破損してますよ。どうします？」

「うそ」

「硬いものにぶつかったのかも。ああ、こっちのもやられてますね。予約が入っていたらまずいんじゃないですか」

開店前の忙しいときだ。傍《かたわ》らではあわただしく、レジの開設準備が始まった。

「行ってください、中林さん。私なら大丈夫です」

「ちっとも大丈夫じゃないわよ。怪文書だなんて。どうせ誰かの悪ふざけよ。うちにも花ちゃんにも関係ないの」

「わかってます。ただの好奇心です」

「よけいに悪いでしょ。実行委員はみんな忙しくしてるし、緊張もしてるわ。おかしく騒ぎ立てたらダメ」

子猫をつまみ上げるように中林の手が伸びたが、再び名前を呼ばれて気がそれる。それを狙ったわけではないが、花乃は預かったビニール袋を胸に、すばやく一歩下がり、中林の手をかわした。

「ほんとうに大丈夫です。無茶はしません。行ってきます」

ここぞとばかり、にっこり笑顔で手を振った。あとは中林の返事を待つことなく書店のフロアから離れ、急ぎ足で従業員エレベーターへと向かった。慣れないスカートが膝の上でひらひら動く。たった三センチでもヒールが歩きにくい。提《さ》げていた鞄を肩にかけ、脇をきゅっと固めた。

エレベーターホールで恐る恐る振り返ると人影はなかった。中林はあとを追うことなく、自分の仕事に戻ったのだろう。ほっと胸を撫で下ろす一方、新たな緊張感がこみ上げる。花乃は精一杯背筋を伸ばし、自分を励ますように声に出して言ってみた。

「名探偵に会いに行こう」

9時0分

駅のコンコースを横切っていると前から来た人とぶつかりそうになり、一歩、横にずれた。携帯電話でしゃべりながら歩くビジネスマンだった。舌打ちして顔をそむければ、目の前は弁当屋の店先だ。そのとなりは本屋。

狭い店内に立ち読み客がひしめいている。レジからは「カバーおかけしますか」「ありがとうございます」と、賑やかな声がひっきりなしに聞こえてくる。出る人、入る人で通路は混み合い、その合間を縫《ぬ》うようにして、今日発売の雑誌を陳列している店員もいた。

ぼんやり眺めると、店奥の張り紙にふと目が吸い寄せられる。細かいところまでは見えないが、太字で書かれた「書店大賞ノミネート作！」は嫌でもわかる。こんな小さな店にも候補作は置いてあるらしい。

脳裏をいくつもの表紙がよぎった。人気のイラストレーターを起用した装丁《そうてい》、写真のカラージュ、黒と赤の強いコントラストの抽象画、版画風、あるいは熊のぬいぐるみのアップ。今この店に置いてあるのはおそらく数点だろうが、明日はまちがいなく風景写真をカバーにあしらった一冊が高々と積み上げられる。ノミネートではなく、「決定」の言葉を添えて。

棒立ちになっていると、再び誰かとぶつかりそうになり、四年前を思い出した。

あのときも体をひねってかわしたので、痛くもなければ何かを落としたのでもなかった。けれどたとえば、買ったばかりの弁当を床に落としたようなやり切れなさを味わった。残念なのか、口惜《くや》しいのか哀《かな》しいのか。そもそも、それはほんとうに自分の持ち物だったのか。当たって落ちたというより、自ら捨てた気もする。手から離れ、床にひっくり返ったそれは、見るも無残な有様で、こんなものを後生大事《ごしょうだいじ》に抱えていたのかと焦燥にかられた。

弁当のたとえなどおかしかったか。自虐《じぎゃく》の笑みと共に顔を上げると、目の前には無数の本。強い照明を浴びた真新しい表紙は、毒々しい色彩にまみれ下品な盛《さか》り場そのものだ。見苦しいと、四年前の自分は思った。中に入るなどごめんとばかりに、逃げるように踵《きびす》を返した。

あのときだけではない。手のひらを広げ、本にまとわりつくごてごての飾りをすべて振り払うことができたなら、さぞかし気が晴れるだろう。そう思い続けてきた。でも今、そんな気概さえ持てずに立ち尽くす。

今日はどんな日になるだろう。あと十時間後、自分はどんな顔で、どこに立っているのだろう。

9時10分

「あつつつっ」

あがった悲鳴に杏子《きょうこ》はハッとして振り向いた。

「切った？」

「いいえ輪ゴムが」

情けない声でひょろりとした紐状のものをぶらぶらさせる多絵《たえ》に、杏子は大きく眉をひそめた。切れたのは付録を閉じるために伸ばした輪ゴムらしい。気をつけてねと目配せすると、多絵は素直に「はい」と応じた。

届いたばかりの新しい雑誌は縁《ふち》の部分が思いのほか鋭く、触れただけで手を傷つけることがままある。慣れてくれれば危険なところをよけて手が動くようになるが、それでも時間を気にするあわただしさに、ついやってしまう。

輪ゴムが切れて当たるのも相当痛いが、流血の惨事にならなかったのは幸いだ。自分に言い聞かせ、杏子は目の前のコミックに集中した。伝票と照らし合わせて冊数を数える。新刊コミックは雑誌と同じくビニールに包まれ、紐でくくられ書店に届く。多量に入荷する人気コミックならば同じ巻が二十冊、三十冊とまとめられて届くので、その日に必要な分だけ梱包《こんぽう》を解き、あとは事務所の奥などにストックする。何をどれくらい解くか、ストックにまわすかは、些細《ささい》なことながらも経験がものを言う、忙しい朝に求められる重要な判断だ。

そして端数や少ない冊数のものはまとめられて入荷するので必ず解き、隅々まで目を光らせる。冊数の確認はもとより、タイトルも要注意。表記についてのルールはないので、戸惑うことはしばしばだ。シリーズ名が大きく書かれ、一冊ごとのタイトルが小さく入っているものもあれば、タイトルが大きくシリーズ名が小さい場合もある。大きい方が伝票に印刷されていればいいがそうとも限らないので、見逃したり混乱したり。数が合わずにもう一度やり直し、やっとあこれかと気づいて腑《ふ》に落ちる。

そこで終わりにせず、記憶に留めようと心がけるのは杏子なりの知恵と努力だった。入荷数の少ないものほどマイナーなファンがいて発売当日に問い合わせを受ける。漫画に詳しい人がその場にいればぴんときて応対ができるが、そうでないといたずらに時間ばかりかかる。伝票を調べて入荷の確認ができたとしても実物がみつけられず、目の前に置いてあっても気づかない。もたもたした対応に痺《しび》れを切らし、腹を立てるお客さんもいる。商品知識の低さが招くトラブルなので、全面的に店側の落ち度だ。

ただ、これだけ出版物が多いと把握しきれないのも現実で、少しでも対処すべく、杏子は入荷の乏《とぼ》しいものほど気を配るようになった。午前中の売れ行きや問い合わせの有無によって、他のスタッフに申し送りをする。口頭であったり、レジにメモを貼ったり。特に、今日のように午後から不在の日は神経を使う。

「杏子さん」

今度はやけにきっぱり名前を呼ばれた。

「付録がひとつ足りません」

「は？」

「ほんとうです。そんな疑うような目をしないでください。三回は確認したんです。こっちの小さい方の冊子《さつし》が足りません。ぜったいです」

杏子はこめかみのあたりを人差し指で押さえた。開店前にしなくてはいけない雑誌の検品、陳列作業など、まさに仕事は山積みだ。だからこそ多絵にも出勤を頼んだ。

ひと梱包あたり二十冊のファッション雑誌に、二種類の冊子を挟み込んでゴム掛けする作業にいったい何分かかっているのやら。別の場所でパートの藤村《ふじむら》は、快調に山を切り崩し、すでに十束をやり遂げている。

「多絵ちゃん、一番美本でなさそうなのをよけて、それに付録が足りないと張り紙を付けてくれる？　ストッカーに入れておいて」

「はい。了解です」

返事はいい。はきはきしてて小気味良い。もともと頭の回転のいい、快活な子だ。雑多な本屋の仕事を要領よく覚え、数字に強く、記憶力も抜群。敬語がきちんと使えるので接客も上々にこなせる。多絵は何かと頼りになるバイトの学生だ。ただひとつ、手先が器用でないことを除けば。

慣れてきたと思ったがスピード勝負の朝のゴム掛けは無理だったか。足りないと主張している付録の冊子も、ぴったり張り付いた二冊を見落としていることが多い。

「多絵ちゃん、ストッカーにしまったら、客注《きやくちゆう》と定期購読の本を拾ってってくれる?」

「こっちは?」

「それはやるから大丈夫。客注の方をお願いね」

入荷してくる雑誌やコミックをあらかじめ注文しているお客さんがいるので、もれなく確保しておくのも朝の重要な仕事だ。それこそ数冊しか入らないコミックの場合もある。うっかり売り切ってしまっては一大事。

杏子の勤める「成風堂《せいふうどう》」書店は売り場面積二百坪足らず、中堅どころの書店だ。首都圏近郊にある駅ビルの六階部分に入っている。女性客向けのブティックや雑貨店が主流のビルなので、書店の客層も若い女性が多く、駅直結の利便性から通勤通学客も立ち寄る。売れ筋は、ファッション誌、コミック、文庫、ビジネス書。旅行ガイド誌や料理本もよく出る。

多絵はファッション誌の平台《ひらだい》から離れ、カウンターの内側に置いてあるファイルを取りに行った。彼女のシフトは休日や夕方からの時間帯がほとんどだが、以前も頼んだことがあるのでちゃんと覚えているらしく、月刊誌、週刊誌、新刊コミックと手際よくチェックしている。この仕事ぶりならまちがいはないだろう。

杏子は目の前の検品をすませると、多絵の代わりにファッション誌の束に取りかかることにした。腕まくりするような気持ちで平台と束を見比べていると、通路に人影が見えた。

「おはようございます。早いですね」

「出かけるふたりに仕事を頼んじゃったから、やっぱり気になってね」

「すみません。ちょっと助かるかも」

同僚の内藤、三つ年上の男性社員だ。

「今日は十一時半までだったよね」

「はい。あとのことはよろしくお願いします」

「大丈夫だよ。賑やかな会になるだろうから、羽を伸ばして楽しんでくるといいよ」

言葉を交わしていると、てきぱき快調に飛ばしているパートの藤村も加わった。

「杏子ちゃんも多絵ちゃんも、病気や怪我みたいなアクシデントもなく、元気に参加できそうで、よかったわ。こんなところでいつもの仕事をしていると、夜にパーティがあるなんて嘘みたい」

「ですねえ。木下《きのした》さん、夜にそなえてパーティドレスは用意してきた？」

「ドレス？」

驚いて聞き返す。日ごろ無愛想なまでに口数が少なく真面目で物静かな内藤が、どうやら冗談を言ったらしい。

「まさか。ちょっとした外出着でいいんでしょう？　ちゃんとリサーチ済みですよ」

「あら杏子ちゃん、テレビ中継で映るかもしれないわよ。インタビューされたらどうする？　そのときはあわてず騒がず、とにかく笑顔よ、笑顔。そうだ、夜のニュース番組を見るために、私も早いとこお風呂に入っとかなきゃ」

「藤村さんってば」

苦笑いで手を振った。

「そんなのあるわけないですよ。全国からたくさんの書店員さんが集まって、会場はぎゅうぎゅう詰めらしいですよ」

「作家さんも来るよ。ほんの数人だけどね」と、内藤。

「それも楽しみです。一位の方はぜったい来ますよね」

「ああ。POPは書いてきた？」

「もちろんです」

年に一度、春に開催されるイベント「書店大賞」は、書店員がその年一番売りたい小説を決める賞だ。書店員を中心とした数人の出版関係者によって発案され、今から八年前、記念すべき第一回が開かれた。そのときは知名度もなく、どういう趣旨の賞なのかごく一部の人間しか知らず、入荷してきた本の帯に「書店大賞受賞作！」と書いてあるのを見ても、書店員のほとんどは首をひねるだけだった。

誰がなんのために選んだのかわからない。規模も不明。取次《とりつぎ》から入ってきたので棚に置く、ただそれだけのルーティンワークだったのだ。

じっさい賞と名の付くものは数多く設けられている。アマチュアからプロ作家への登竜門的位置づけの賞や、プロアマ問わずの作品公募で受賞作の出版化を約束した賞、あるいは既刊の本の中から選ばれる賞など、一年中、ひっきりなしに「本年度はこの作品」という発表が賑々しくなされ、帯に謳《うた》われた本が入ってくる。

今度は「書店大賞」というのができたのか。多くの書店員は他人事《ひとごと》のように受け止めた。銘打たれている言葉が「売り場で今、もっともすすめたい本」だったとしても、自分が選んだわけじゃない。誰かの「おすすめ」を粛々《しゅくしゅく》と並べるだけ。いつもの作業に変わりはなかった。

ちがったのはお客さんだったと、これは、他ならぬ成風堂書店の店長が杏子に語った。

「平台の前で立ち止まったお客さんが『あら、本屋さんがすすめる本なの？』と、のぞき込むんだよ。どう返事していいかわからないから曖昧《あいまい》に笑っていると、『毎日本を扱っているんだもの、そりゃ詳しいわよね』と言われる。これまた返事に困って、はあ、まあ、えーっと、なんて口ごもっていると、『だったら読んでみようかしら』とレジに持って行く。これには驚いた」

帯に「○×賞受賞作」と印刷されていても、お客さんはなかなか飛びついてくれない。賞が多くて、ありがたみが薄れてしまうのだろう。売り上げに結びつくのはもはやまれだ。その「まれ」が目の前で起きたので店長はびっくりした。

書店員がきっかけとなりベストセラーが生まれた例は以前にもある。自分の気に入った本に手作りのPOPを作って飾ったところ、売り上げがぐんぐん伸び、それに気づいた版元の営業マンが各地の書店に伝え、口コミの力でもって全国的なブームにまで広がったことがあった。

「○×賞受賞作」の効力は年々薄れがちで、「感動」「傑作」「涙が止まらない」「胸を打つ」「驚愕《がく》」「最強」といった煽《あお》り文句についても、反応はシビアだ。お客さんは誰が唱えているかをよく見ている。出版社の人間では売るための宣伝とみなされがちで、直接の利害関係がなさそうな人がすすめてこそ、信憑性《しんぴょうせい》が高まり試し買いを誘う。

もともと多くの出版社と取引し、独自の判断で本を陳列させているとおぼしき書店員は、恰好の存在だったのだ。

自分がいつも利用する店の店員に、「これが一番」と太鼓判を押された気分になったのか、第一回の受賞作はお客さんの関心を引き、早い段階で売り上げを伸ばした。遠巻きに眺めていた書店員も、売れれば認める気持ちになる。積極的に仕入れて目立つ場所に置いたところ、さらに売り上げが伸び、多量の増刷がかかった。出版社サイドの見る目も変わり、マスコミに取りあげられるようになる。

たった一回の、文字通りたった一冊で、書店大賞の知名度は飛躍的に跳ね上がった。

杏子が成風堂で働くようになったときにはすでに定着し、次の受賞作はなんだろうとスタッフ間でも噂になっていた。設けられている選出法はわかりやすくシンプルだ。現在書店で働いていれば社員、バイト、パートを問わず、投票に参加できる。対象は前の年に出た新刊の創作物、ノンフィクションだ。自分が推したい作品を三点選び、年明けの一月に投票。そこから上位十作品が、ノミネート作として公表される。

二次投票については十作品すべてを読むのが条件で、読んだのちに三点を選んで投票する。それらが集計され、結果発表は四月の上旬。書店大賞授賞式にて大々的に紹介される。

興味はあったものの日々のあわただしさに紛《まぎ》れ、参加するまでに至らなかった杏子だが、二年前、同僚の内藤が投票すると言い出した。出版社の開いた新レーベル説明会で他店の書店員と親しくなり、誘われたそうだ。一次投票ののちにノミネート作をすべて読破し、二次投票に臨み、その年の授賞式には休みをもらって出向いた。

日頃から社交的とは言い難《がた》く、どちらかといえば出不精《でぶしよう》にしか見えない内藤の行動に、店長などは「知り合ったのが女性にちがいない！」と騒いだが、そうではなく相手は同年代の男性らしい。全国から書店員の集まる親睦《しんぼく》を兼ねた授賞式が、いい刺激になるとのこと。一回行って気がすんだと笑っていたが、翌年も投票には参加したところ、一位に輝いたのが彼の好きな作家だったために二年続きで出席した。

そうなると杏子もがぜん好奇心が刺激される。何しろ投票も授賞式への参加も無料なのだ。書店員ならば誰でもエントリー可能で、手続きはすべてウェブ上で事足りる。やってみないかと他のスタッフに声をかけたところ、応じたのは多絵だけ。杏子さんが行くなら私も行ってみたい、というのはまことにかわいらしい。プレゼント包装が苦手でも、レジペーパーの取り替えができなくても、ノミネート作が読めて投票できれば問題はない。

そんなわけで年明けの一次投票から、成風堂内は妙に沸き立った。一年間いろいろ読んでいた杏子は三点に絞るのに苦慮し、店長をはじめパートさんやバイトから、何にしたのか尋ねられ、あれにしろこれにしろと意見される。だったらエントリーして自分も投票すればいいのに、それは面倒らしい。

一方多絵は新刊をあまり読んでいなかったので、やはり方々からあれにしろこれにしろとすすめられ悲鳴をあげていた。なんとか互いに三点を決めて投票し、あとは上位十点の発表を待ちわびた。

一月末にノミネート作が公表され、再びスタッフ一同大騒ぎだ。あれが入っていない、これが漏れていると嘆き、意外な顔ぶれに驚き、自分の推薦作が入っていて小躍りする。新刊に限られているとはいえ、一年間の出版点数は多い。ベテランも中堅も新人もすべて対象であり、映像化の決まった話題作や、すでに十万部を超えたベストセラーも範疇《はんちゅう》に入る。月に一点の注目作をあげただけでも、十からはみ出るのだ。さまざまな要素をふまえて、特定の目利《めき》きが候補作を絞ったわけでもない。すべてはひとりひとりの投票次第なので、何が選ばれるかは、蓋《ふた》を開けてみないとわからない。

授賞式参加のためには、ノミネート作をすべて読み切るという、次の課題が待ち受けていた。杏子の未読は四点で、これは少ない方だと内藤に言われ、なんとなく嬉しかった。多絵は七点もある。おまけに上下巻に分かれている本も含まれていて、顔が引きつる。彼女の場合、学校の勉強もテストもレポート作成もあるので、二次投票締め切りまでのひと月半で読破するのは大変だろうが、リタイアすれば授賞式にも行けない。一次と二次の投票が参加の条件だ。

「多絵ちゃんならできるよ。一緒にパーティ、行こうね」

ご褒美《ほうび》のニンジンをちらつかせるようにして励まし、ときどき「あのトリックはありえない」「あの伏線が回収されていない」「あの年齢であの名前はおかしい」などと不平不満をぶつけられ、宥《なだ》めてさらに励ました結果、ぎりぎり期日に間に合い、多絵もパーティへの参加資格を得た。

今日は昼近くまで店に出てできるだけ仕事を片づけた後、東京に向かう予定だ。

雑誌とコミックをすべて仕分け、ゴミを片づけたところで開店時間を迎えた。さっそく現れたお客さんに「いらっしゃいませ」と声をかけつつ、杏子は段ボールで届いた書籍の検品作業に取りかかった。チェックをすませた本はブックトラックに載せ、フロアでの陳列作業に入る。新刊コーナーには、今年度の書店大賞ノミネート十作が並べてあった。内容も著者も出版社もばらばらだ。何度目のノミネートだろうか、という人気作家もいれば、新顔もいる。初めての作家にとっては、これがネームバリューを上げるチャンスになるだろう。多くの本が出版される今、気づかれずに埋もれてしまう作品も多い。内容がすばらしくても大きな話題にならない本はそこかしこにある。けれどノミネートされ十枠の中に入れば、店の一等地に並べられ、お客さんの目にも留まりやすくなる。宣伝効果は抜群だ。成風堂に限らず、全国各地の書店でコーナーが作られているのだから。

「今日の夜にはここも模様替えね」

お客さんからの取り置き依頼があったのか、ファッション誌の最新号を抱えた藤村が通りすがりに足を止めた。公《おおやけ》には書店大賞の発表は夜でも、投票者には結果が知らされている。これも参加特典のひとつだ。早く情報を得られれば、一位に輝いた本を前もって手配できる。発表と同時にたくさん積むことができる。売り損じを回避できるので、店としても大きなメリットになる。成風堂のバックヤードでは、一位に内定した本が今宵の出番を待ちわびている。

「作家さんはノミネートされた人が来るんでしょ？」と、藤村。

「みたいですね。一位の方はもちろんいらっしゃるんですけど、あとは来たり来なかったりなんですって」

「みんな来てくれればいいのにね」

「遠方の方もいますし。でも、私としてはひとり、すごく楽しみな方がいるんですよ」

口にするそばから、杏子の顔はにやけてしまう。

「もしかして、前にうちでサイン会をやった人？　影平さんだっけ」

「あの方もノミネートされてますねえ。でもちがうんです」

「へー。誰なの？」

「覆面作家です」

料理とインテリアの本が好きな藤村は、熱心な小説読みではないのでぴんとこなかったらしい。きょとんとした顔になった。

「ふくめん？」

「マスクをかぶったレスラーじゃないですよ。経歴を伏せ、これまで一度も人前に出てないんです。どういう人なのか、誰も知らない」

「男か女かも？」

「はい。おおよその年齢もわかりません。ノミネートされた本が出版されたのは昨年の五月。インタビュー取材などのオファーはいろいろあったそうですが、ご本人が直接の取材を避けているらしく、未《いま》だに誰も会ったことがないとか。謎の人なんですよ。その人が今日、会場に現れるという噂で」

いつの間にかそばにいて、話を聞いていた多絵が口を挟んだ。

「どんな人か誰にもわからなかったら、会場にいても気づかなかったりして」

「そうなの、多絵ちゃん。何食わぬ顔で出席者に紛れていたらどうする？　どんな人かしらって、自分の噂話をしてるのを聞いて、にやにやしてるかも」

「杏子さんが何気なく話しかけるとなりの人が大当たり、ってこともあるんですね」

「やだ」

思わず大きな声をあげてしまい、口を押さえた。まわりに視線を走らせ、近くにお客さんがいないのでほっとする。

「もしそれで気づかなかったら口惜しいなあ。かといって、いちいちまわりをうかがっていても落ち着かないし」

「とりあえず、私以外はみんな怪しいですよ。顔を知ってる書店員さんや実行委員の人たちだって、もしかしたらって考えられるでしょう？　内緒で小説を書いて、ペンネームで出版すれば誰も正体に気づかない」

「あ、そうか」

経歴はまったく明かされていないのだ。

「書店員の可能性もあるね。作家ではなく、私たちみたいに一般の書店員として受付をすませて会場に潜り込む。パーティが始まったのち、司会者がこう言う。『実はこの場にいらしています。挙手をお願いします』って。みんなきょろきょろして、ざわめきが広がる中、すっと手が挙がる。『うわー、あの人だったんだ』『ぜんぜん知らなかった』、いいなあ、これは盛り上がるわ」

「受付があるんですか」

「うん。ひとりずつ受け付けして名札をもらってから、中に入るんだって」

「それだと、謎の人物が、誰にも知られずこっそり紛れ込むのは、無理ですね。別の顔を持っている関係者だったら、隠して入れるかもしれないけど。ふつうに現れたら、受付でばれるでしょう？」

もっともなことを言われ、杏子は曖昧にうなずいた。作家だとわかったら、会場ではなく控え室に案内されるのかもしれない。

覆面作家当人が書店員や出版関係者でない限り、誰にも知られず、何食わぬ顔で会場内に立つことはできない。まったくの第三者は中に入れない。突然のスポットライトという名シーンは確率として低そうだ。

「どんな人だろう」

気を取り直して杏子は手を伸ばした。一冊の本を手のひらで包む。

市松晃　いちまつこう　『窓辺のドレミ』

地方のテレビ局に勤める、若い女性アナウンサーが主人公だ。昭和の流行歌を数多く手がけた作曲家の先生が、引退して地元に戻り、昼の時間に対談番組を持っている。その担当になったことから先生のペースに巻き込まれ、泣いたり笑ったりの奮闘の日々が始まる。

主人公の仕事に対する想いと遠距離恋愛、地方都市が抱える問題、バラエティ豊かな——ある意味豊かすぎる対談相手たち、テレビ局の内情、先生が語る想い出話、級友との再会。心揺さぶられるドラマが、陳腐にならないぎりぎりのラインを守り、贅沢《ぜいたく》に盛り込まれている。

作者に関する情報はまったく明かされず、少なくともこの筆名では一冊しか出ていない。にもかかわらず、じわじわと支持を得て売り上げを伸ばし、書店員の間でしょっちゅう話題にあがるようになった。ついには一次投票において十枠に滑り込んだ。これには成風堂を訪れる各社の営業マンたちも驚いていた。

売れているといってもまだまだブレイクの手前で、著者の知名度は低い。ノミネートされれば面白いが、厳しいだろうというのがおおかたの予想だった。ところが得票数で九位にランクインし、当事者である、『窓辺のドレミ』の版元でさえ知らせを受けて仰天したらしい。

さらにもう一度、この作品は脚光を浴びることになるだろう。一次投票では下位だったのに、最終的には三位まで浮上した。二次投票はすべてのノミネート作を読んで選ぶことになっているので、それだけ内容がよかったことになる。

順位が公表されるのは今晩だ。『窓辺のドレミ』は一位に次いできっと話題をさらう。作者はどこの誰だろう。なぜ覆面作家なのか。パーティに現れ人前に立つとすれば、その覆面を脱ぐことになる。

かぶった理由も脱ぐ理由も、できれば知りたいものだ。そう思いながら、杏子は本を元の場所にそっと戻した。

9時30分

「だから、つべこべ言ってる場合じゃないんだよ」

受話器越しに聞こえるあきれたような声に、智紀《ともき》は顔を歪めて天井を仰いだ。蛍光灯のまぶしい職場の天井だ。明林書房《めいりんしょぼう》、四階建て自社ビルの一階、営業部フロア。そこに見慣れた顔がありありと浮かび、さらに鬱屈《うつくつ》した思いが膨らんだ。

「もしもしひつじくん、聞いてる？　ぼんやりしてないで、色よい返事ってやつを早く言えよ」

「ひつじじゃありません。井辻《いつじ》です」

何度言ったらわかるのだろう。佐伯《さえき》書店の真柴《ましば》という営業マンだが、いっぺん膝を正して礼儀というものについてこんこんと教え諭《さと》したい。いくらこっちが年下だからって、二十歳をいくつも超えた男をつかまえて「ひつじくん」はないだろう。失礼な。

そしてこの、先輩営業マンは、いつだって忙しいときにわけのわからない用事をふっかけてくる。今日をなんの日と心得ている。年に一度開かれる恒例イベント、書店大賞の発表当日じゃないか。

全国から書店員が数多く集まるので、営業マンとしては極上の笑みを浮かべて歓待しなくてはならない。まだまだ新米の部類にくくられてしまう智紀としても、仕事熱心で有能な営業マンを印象づけるべく、精一杯頑張る所存だ。

予定としては、このあと外に出て、都内の受け持ちエリアをざっとまわり、地方から上京する書店員さんたちのランチ会に顔を出し、彼ら彼女たちの書店まわりに少し付き合い、ほどよいところで失礼して早めにイベント会場に到着する。会場のとなりに設けられた出版社ブースで、明林書房の販促《はんそく》活動に勤《いそ》しむ。

めいっぱい走り回る一日になることは、すでに決定している。なんといっても今年は明林書房の本も六位にランクインしているのだ。大手とは言い難い規模の出版社なので、これはまことに喜ばしい営業チャンス。一位に輝いたのは残念ながら他社の本だが、幸いその作者が明林書房からも本を出している。大賞受賞作家の本として、大きな売り上げが望めそうだ。すでに全国から注文が入り、多量の増刷をかけた。これも売り込まなくてはならない。

「今すぐ出てこいなんて無理ですよ。いつも言ってますけど、無理は言わないでください」

「他ならぬ、竹ノ内《たけのうち》さんの呼び出しだから、どんな無理でもしょうがないんだよ。それくらいわかれよ石頭」

ムッとする。腹が立つ。あなたに言われたくない、と噛みつきたいところだけれどぐっとこらえた。我ながらなんて出来た大人なのだろう。

「とにかく真柴さんが行って、詳しい事情を聞いてきてくださいよ」

「少しなら聞いた。知ってる」

「だったら教えてください。なんですか、さっきからもったいぶって」

「どっちみち、ひつじくんを竹ノ内さんの元まで連れてかなきゃいけないんだ。会って直接話す。さっさと出てこいって」

押し問答している間にも明林書房の営業マンたちはそれぞれの仕事に散っていく。朝イチの連絡会議を終えた直後だ。これから始まる一日を思い、互いにかけあう声もいつもより大きい。早く自分も用意しなくては。

「もしもしひつじくん?」

聞かなかったことにして、いっそ切ってしまおうか。

「これだけは言っておく。今日のイベントに関わる重大問題なんだよ。君だって授賞式を無事に迎えたいだろう?　だったらこっちを優先すべきだ。竹ノ内さんは今、ひとりで頭を抱えている。力になってあげたいと、君は思わないわけ?」

口惜しいが、なんて素晴らしく有効な脅し文句だろう。

重大問題だの、無事に迎えたいだの、大げさと思わないでもなかったが、竹ノ内の顔がちらついて、つれない言動が遠ざかる。こんなふうに突きつけられたら、わかりました以外、言えないじゃないか。

押し切られる形で電話を切った。智紀は溜め息と共に立ち上がり、デスクワークに励む秋沢《あきさわ》のもとに歩み寄った。敏腕との誉《ほま》れ高き女性の上司だ。冴えない顔の智紀に気づき、どうしたのと身を乗り出す。たった今の電話のやりとりを包み隠さず話した。そもそも包みようもない内容だ。

竹ノ内は今日のイベントの責任者、書店大賞実行委員長を務める男だ。中堅どころのチェーン店、「シマ屋書店」池袋《いけぶくろ》店の店長でもある。三十代半ばだろうか。書店大賞を立ち上げたときからの主要メンバーであり、顔が広く人望も厚く、気さくで太っ腹。書店員だけでなく営業マンからも慕《した》われている。

その竹ノ内を困らせる事態が起きた、というのは真柴の話から察せられたが、自分が呼び寄せられる理由はさっぱりわからない。まして、ひとりで頭を抱えているというのはなぜだろう。竹ノ内のまわりには頼りになる仲間が大勢いるはずだ。

話を聞いて、秋沢も渋く唸《うな》った。

「おかしいわね。当日になっていったい何かしら。よっぽどの重大事項か、すごく些細なことか、どっちかじゃない？」

さすがだ。膝に手が届いたら即座に叩《たた》いていただろう。

「そうですね。ちょっとした引っかかりだから、なんとなく、そのときたまたまそばにいた営業の真柴さんに話したんですね。本格的な一大事だったら当然、実行委員のメンバーに相談するだろうし」

「竹ノ内さん、ああ見えて沈着冷静な人よ。何があっても浮き足立つタイプじゃない。もしかしたらプライベートの問題かも」

「プライベート？」

聞き返した智紀に、秋沢は右肩だけ持ち上げ、首を小さく左右に振った。

「家庭の問題ってわけじゃないのよ。竹ノ内さん個人の心配事。気になることがあったのかしら」

「どうしたらいいと思います？」

「真柴くんがそこまで言うなら、しょうがないわね、行ってあげてよ。状況次第で井辻くんの穴埋めは手配するわ。連絡ちょうだい」

うなずいて、遅ればせながら腹を決める。明林書房にとっても大事なイベントなのだ。思い切り専心できるよう、実行委員長の憂《うれ》いを和《やわ》らげることができるなら、それはそれで大きな意義がある……かもしれない。

待ち合わせに指定されたのは東京駅の構内だった。地下一階の「銀の鈴」をのぞむ柱に真柴はもたれかかっていた。よりにもよってなぜこう、ベタな場所を指定するのか。センスを疑うが、文句を言い出すときりがないので自重《じちょう》した。開口一番の、「ひつじくん！」という呼びか

け も、暑苦しい満面の笑みも、我慢してやり過ごす。

出版社の営業マンになって、仕事で訪れた先の書店で、素敵な女性書店員に巡り合いたいという夢を持つ真柴は、駆けつけた智紀がせっかくブーイングをのみ込んだというのに、今日はどこそこの誰それが来る、かわいらしい声で「会場で会えますね」と言われた、あの人とは何年ぶりの再会だ、何々さんはミニのワンピースを着てくるという噂だけどほんとうかな、などなど一方的にまくし立てた。

「そんなことより、竹ノ内さんの話はなんですか。その用件じゃないんですか。ちがうなら今すぐ失礼します」

「君さ、『そんなことより』って、素敵な書店員さん以上に大切なことって、この世の中にほとんどありゃしないだろ」

「真柴さん！」

「大きな声を出すなよ。いちいちやかましい。わかっているってば。少しはあるから、竹ノ内さんは男だけど心配してるんじゃないか」

なんの要領も得ない話だ。無駄口を叩きながら真柴は銀の鈴から離れ、中央連絡通路を進み、中央《ちゅうおう》線のホームに向かった。智紀もあとにくっついていく。

「竹ノ内さんに、会いに行くんですよね。どこにいるんです？」

「書店大賞の事務局がどこにあるのか、君、知ってる？」

「えーっと」

どこだろう。

「ブックリード社の中だよ。一室、貸してもらっている」

そんなことも知らないのかと、冷ややかな一瞥《いちべつ》を真柴から向けられ、口惜しいのでわざとらしくそっぽを向く。ブックリード社は本に関するさまざまな情報――新刊紹介や書評記事、テーマごとのブックガイドなどを扱っている出版社だ。書店大賞設立時からオブザーバー役を担《にな》っている。

もとが書店員の親睦会から発生したこの賞は、公平性を保つために特定のスポンサーをつけず、寄付金の類《たぐい》も受け付けていない。運営スタッフは最初からノーギャラのボランティアで通している。書店員としての仕事の合間に、手弁当で打ち合わせを重ね、事務作業も雑用もすべて自分たちでこなす。身軽さが信条とのことだ。専用のオフィスも構えていなかったらしいが、イベントが大きくなるにつれさすがに不自由になったのだろう。

「パソコンがあればたいていのことはできるけど、そのパソコンだって、置いておく場所はいるだろ。打ち合わせの部屋もいる。話し合いのレジュメくらいは作りたい。そこでブックリード社が一室を提供しているそうだ。ブックリード社があるのは御茶ノ水《おちゃのみず》だよ」

言葉の通り御茶ノ水駅で下車し、真柴は改札口で携帯から電話をかけた。どうやら竹ノ内のいる場所を確認したらしい。今話に出たブックリード社ではなさそうだ。智紀は自分が呼び出された理由を追いすがるように尋ねたけれど、すぐわかるの一点張りだ。

やがて雑居ビルの細い階段を二階に上がり、レトロな雰囲気の喫茶店に入る。店の人に待ち合わせですと断って窓際に進むと、奥まった席で腰を浮かす人がいた。竹ノ内だ。ひとりきりなのを見て、智紀は立ち止まりそうになる。

なんといっても、書店大賞授賞式が行われる当日なのだ。一番の責任者である実行委員長が、いるべき場所ではないだろう。じっさい目にするまで半信半疑だったが、現実になるといたずらに胸が騒ぐ。

「悪かったね、急に呼び出して。今日は忙しいだろう」

「それはこっちのセリフですよ」

真柴がコーヒーを注文しながら向かいの席に座ったので、智紀もそれにならって腰かけた。平日の十時半、中途半端な時間のせいか店内に人影はまばらだ。窓際には誰もいなかった。観葉植物も恰好の目隠しになっている。わざとそういう席を選んだのか。

「井辻くんもありがとう」

「いいえ、こちらはなんとでもなるので、かまいませんよ。ただその、何かあったんですか」

「真柴くんから聞いてない？」

「まったく。何も話してくれないんです」

恨みがましく言ってやったが真柴はけろりとした顔で、あっさりうなずいただけだ。竹ノ内はそれについては何も言わず、唇を真一文字に結んだ。いつもの気さくな雰囲気を拭い去っている。

「何かあったんですよね」

「井辻くん、君、ごく最近、『飛梅書店《とびうめ》』について口にしていたそうだね。なぜだろう。詳しいことをぜひとも聞かせてほしいんだ」

「とびうめ？」

なんのことか意味がわからず視線をさまよわせると、横から真柴に小突かれた。

「言ってたろ。本屋の名前だ。たしかに聞いたぞ」

「真柴くんがその名を口にしたから、驚いて尋ねた。すると、井辻くんから聞いたと言うんだ。頼む。教えてくれ。どこで耳にしたんだろう。飛梅書店の噂を、誰かしていたのか？」

真顔で詰め寄られ、智紀は背中をまっすぐに伸ばした。突然のことに言葉が出ない。真柴が「まあまあ」と間に入る。

「竹ノ内さん、いきなりじゃ面食らうだけですよ。今日みたいな大事な日に、いったいどうしたんですか。これは、今話し合わないといけないことなんですか」

テーブルに身を乗り出した竹ノ内が座り直し、そこにウェイターがコーヒーを持ってやってきた。三人とも押し黙って、カップが置かれるのを見守った。ウェイターが去ったあと、竹ノ内が深々と息をついた。気のせいか、ひどく憔悴《しょうすい》している。

「実はひと月ほど前に、不審なＦＡＸが届いたんだよ。ブックリード社内にある、我々が使わせてもらっている番号宛に、だ」

「ＦＡＸ？」

竹ノ内は智紀と真柴を見比べ、意を決したように傍らに置いてあった鞄をまさぐった。中から紙切れを引き出し、それが見えるようにテーブルに広げた。こうあった。

『だれが「本」を殺すのか』　犯人は君たちの中にいる。飛梅書店

ただならぬ顔で差し出されたので、智紀としてはどこか拍子《ひょうし》抜けする思いがした。これだけ？　これが問題なのか。もっともっと物騒な内容かと身構えてしまった。なーんだと、喉まで出かかったが、少しもゆるまないその場の空気を読んで唇を噛んだ。

「たしか、実際に出版された本ですよね。ずいぶん前じゃないですか」

真柴が慎重に口を開く。竹ノ内はポケットから出したハンカチで額の汗を拭った。

「二〇〇一年にプレジデント社から出た本だ。著者は佐野眞一《さのしんいち》さん。今は文庫になっている」

「書店大賞の投票としては無効ですね」

対象は昨年一年間に新しく出た本だ。

「ああ。ふつうに考えればまちがいかいたずらだろうが、ここにある『飛梅書店』というのが気になってね。さっきはわざと伏せて尋ねてしまったが、八年前に閉店した本屋なんだよ」

それを聞き、智紀も真柴も紙の上のとある一点に目が吸い寄せられた。まるで落款《らっかん》のように番線《ばんせん》印が押してあった。番線印とは書店特有の判子《はんこ》で、車のナンバープレートよろしく店舗ごとに数字やカタカナが割り当てられている。形は縦二センチ、横三センチの四角。記号は上段、中段、下段の三列に分かれて並んでいる。今でこそネットの注文が増えてきたが、それまでは

発注の際、注文用紙に必ずこれを押した。すみやかに荷物を仕分けるための、アドレスのようなものだ。

「この番線印は、飛梅書店のものなんですか？」

「そうなんだよ。伝手《つて》を頼って調べてみたところ、当時使われていたものにまちがいなかった。だから、ただのいたずらには思えない」

「今はもうない書店の名前で届いたFAXですか。もう少し、詳しく聞かせてください」

さっきとは逆に真柴が身を乗り出した。

「FAXの番号は誰が知ってるんですか？　どこかに公表されてますか」

「いや、大っぴらにはどこにも載ってない。書店大賞にエントリーした人にだけ知らせているんだよ。というのも、昨年からFAXでの投票も受け付けるようにしたから。メールが苦手の人もいるし、自宅にパソコンを持ってない人もいる。携帯電話では長文メールがまどろっこしいという声もあった。投票するさい、推薦文を添えるのがルールだからね」

「では、わりと多くの人が知っている？」

「そうなるね。発信履歴からすると、このFAXは新宿《しんじゅく》のコンビニから送られている」

特定の電話からではない。コンビニで、しかも新宿となると、送信者は限定しづらいだろう。それを狙って送っているのか。「犯人は君たちの中にいる。」という一文が不穏な雰囲気を醸《かも》し出す。

「送り主について、心当たりはないんですか？」

智紀が確認のつもりで尋ねると、竹ノ内は首を横に振った。

「まったくない」

「このこと、実行委員の他のメンバーは知っていますよね？」

「それなんだが、届いた日、たまたま打ち合わせに遅れてしまってね。着いたときには居合わせた人たちが見たあとだった。みんな訝しそうな顔をしていたよ」

まるで隠しておきたかったと言いたげだ。

「井辻くん、どうだろう。君はどこで飛梅書店の噂を耳にしたんだろう。どんな小さなことでもいい。教えてほしいんだ」

「すみません、もったいぶったわけじゃなく、すぐには出てこなかったんです。ぼくにも意味不明の出来事だったんで。実は誰かの話を聞いたのではなく、おかしなものをみつけたんです」

今度は智紀が自分の鞄を開け、ファイルや書類の間から一枚の紙切れを引き抜いた。差し出してすぐ竹ノ内の顔色が変わった。

「これは……」

ブックカバーだ。正しくは、ブックカバーのカラーコピー。地色は紫がかった淡い水色、白抜きで梅の花がちりばめられている。

「どうして君が？　飛梅書店のカバーじゃないか」

受け取って見入る竹ノ内の目が、心なしか潤《うる》む。声もかすかに震えていた。

「懐かしい。とても懐かしいよ。今、これを目にするなんて」

「ぼくにもわからないんです。知らないうちに書類と書類の間に紛れていました。えーっと、二週間くらい前だったかな。書店まわりをすませて会社に戻り、自分の机の上で鞄の中身を整理しているときにみつけました。どこで、どうやって入ったのか、見当もつきません。不思議だったから、何かのはずみで真柴さんに話しました」

「知らないうちに」

つぶやきながら竹ノ内は目を伏せた。肩が大きく上下する。ひどくがっかりさせたらしい。落胆しているのが手に取るようにわかる。差し出し人不明のＦＡＸの手がかりを与えるどころか、新たなる悩みの種を与えてしまったのかもしれない。

竹ノ内と別れて御茶ノ水駅まで戻りながら、智紀の足取りは重かった。心配していた天候は小雨の予報が外れて曇りになり、その雲も暗い色ではない。空は明るく、この分だと昼過ぎには日が差すかもしれない。薄手のジャケットを羽織《はお》った人たちとすれちがう。楽しげな笑い声が花柄のショールと一緒に翻《ひるがえ》る。

今ごろ各地の書店員も、こんなふうに春の陽気にふさわしい笑顔でいるだろうか。休みを取って上京してくる人もいれば、夕方までせっせと業務をこなしている人もいるだろう。ときどき時計を見ては夜に開かれるパーティに思いをはせているにちがいない。

「竹ノ内さん、なぜあんなに気にするんだろう。今日は書店大賞のことだけ考えていればいいのに」

智紀の言葉に、真柴もうなずく。

「飛梅書店って、なんだろうな。すべての理由はそこにあるんじゃないか」

「八年前になくなった店。そういえば、書店大賞のスタートも八年前ですね」

どちらからともなく足を止め、互いの顔をうかがった。このままほうっておくわけにはいかない。竹ノ内には思い出したこと、新たにわかったことがあったらすぐ知らせると約束した。

彼は少しの間逡巡《しゅんじゅん》してから、頼むよと口にした。とても名残《なごり》惜しそうに、ひとしきり眺めまわしてからブックカバーのコピーを返してくれた。

「まずは飛梅書店について調べてみようか」

「でもどうやって？」

「所在地は金沢《かなざわ》だったか」

それこそカバーに住所が印刷されていた。

「金沢にあった書店を気にしてるところからして妙ですよね。さすがに今からは行けないでしょう？」

「気にしている竹ノ内さんは、都内で働く書店員だ。手がかりはきっと都内にあるよ」

そうだろうか。首をひねるより先に肩を叩かれ、智紀は再び歩き出した。四の五の言っている場合ではない。行こう。とにかく動いてみよう。

11時40分

九時から十一時半まで雑誌と書籍の検品、品出しに精を出した杏子と多絵は、ややこしいお客さんにつかまることもなく、入れ替わりに出勤してきたパートさんにあとを任せてロッカールームへと引き上げた。

杏子は黒いパンツにアイボリーのブレザージャケットを羽織り、中は少しフェミニンにレース素材のブラウス。多絵は膝丈のワンピースにボレロ風のカーディガンを合わせていた。それぞれ着替え終わり、派手かな、派手じゃない、暑いかな、寒いかな、バッグはどう？　靴は？　などと見せ合い、チェックはなかなか止まらない。

ひとしきりああだこうだと言ったあと、今度はこれからの予定を話し合う。都内に出て、どこでランチを取って、どこの書店をのぞきに行くか。候補を出し合っているうちにも時間が過ぎ、時計を見ればもう十二時をまわっている。いっけない、早く早く、と互いに急《せ》き立てていると、ロッカールームのドアがノックされ、パートの藤村が顔を出した。

「ああよかった。ふたりともまだいて」

「どうかしました？」

「それがね、お客さんなのよ」

眉を八の字に寄せた藤村を見て、杏子はさぐるように言った。

「問い合わせですか？」

「ううん。成風堂のお客さんじゃなくて、なんでも九州から来た書店員さんなんですって」

「九州？」

誰だろう。思い浮かぶ顔はない。きょとんとして立ち尽くしていると、藤村がいいから早くと手招きした。

「まだ若い女の子よ。その子ね、書店の謎を解く、名探偵に会いに来たんですって」

それはもしや。他の店は知らないが、成風堂においてその名前で呼ばれるのはひとりしかいない。杏子は多絵を見、多絵は居心地が悪そうに身じろぎした。そして、なんでしょうねととぼける顔になる。

すでに私服に着替えていたが、そのままでいいと藤村に言われ、杏子と多絵は売り場の廊下に出た。手にはしっかり鞄を持っている。お客さんは内藤と共に事務所にいるらしい。

事務所といっても小さなバックヤードだ。机や椅子《いす》、FAX付き電話の載ったキャビネット、コミックにかけるビニールの熱処理をする機械、あとは段ボール箱や台車などが押し込まれている。その、整理整頓が徹底されない小部屋から、聞き慣れた声が外まで漏れ聞こえてきた。

杏子はノックしようとして、ためらう。思わず藤村と多絵を見た。ふたりとも似たりよったりの微妙な表情になっていた。さしずめ、トランプでよからぬカードを引き抜いてしまったようなバツの悪い顔。中に店長がいるらしい。所用があり、どんなに急いでも店に出るのは二時以降と言っていたのに、なぜだろう。書店大賞の授賞式に出席する杏子や多絵を気遣い、少しでも早くに来てくれたなら店のためにはありがたい。でも、予期せぬ来訪者があったという今の状況ではもう少し遅い方がよかったのでは。

覚悟を決めてドアを押し開けると、回転椅子のひとつにふんぞり返っていた店長が、杏子を見るなり腰を浮かした。「じゃあね」と言い残し、藤村は売り場に戻ってしまう。

「おお、来た来た。何やってたの。遅いじゃないか。せっかくお客さんが来たんだから、もっとちゃっちゃと出ておいで。なーんだ、ふたりともふつうの恰好だな。夜はパーティなんだろ。もっとおめかしすればいいのに。あれ？　こういうのもまずい発言？　まさか、セクハラとかなんとかじゃないよね。いや、似合っているよ、似合っている。いつもよりおしゃれだよね」

「店長」

バックヤードの段ボールとほとんど同化したような地味なたたずまいの内藤が、突っ立ったまま低い声を発した。

「なんだよ。ちゃんと紹介するってば。今、いろいろ話をうかがっていたんだよ。杏ちゃん、多絵ちゃん、こちらは佐々木《ささき》花乃さん。なーんと、はちまん書店福岡店の店員さんだ。ついさっき飛行機で羽田に着いて、まっすぐうちに来たんだって」

店長と向かい合っていた来客用椅子から、ぴょこんと女の子が立ち上がった。振り返って杏子たちに頭を下げる。小柄で眼鏡をかけ、髪型は長めのボブカット。明るい灰色のジャケットを羽織り、膝丈のスカートをはいていた。ノーメイクではないようだが、とても控え目な薄化粧だ。緊張しているのがありありと見て取れる。場所が事務所だけに、バイトの面接に来た学生そのもの。じっさい他店とはいえ書店で働いているらしい。親しみを覚え、杏子は笑顔で会釈した。

「初めまして木下です」

「そうそうこっちが社員の木下杏子。前に同じ苗字のパートさんがいたことがあって、うちでは下の名前で呼ばれているんだ。おれはつい『ちゃん付け』になっちゃうんだけど。で、となりにいるのが西巻《にしまき》多絵。大学の三年生だっけ。何を隠そう彼女こそ、我が成風堂の誇る名探偵なんだよ。杏ちゃんじゃなく、多絵ちゃんの方ね」

店長はとても上機嫌に念を押した。多絵はあわてても否定もせず、頭を小さく動かした。

「でも、福岡の書店員さんがなぜうちに？」

「それなんだよ」

間髪を容《い》れず、店長ではなく内藤が応じた。

「話をざっと聞いたところ、今日の書店大賞授賞式がらみで、多絵ちゃんに相談にのってもらいたいことがあるそうだ。佐々木さんは、以前うちでやった影平さんのサイン会で、多絵ちゃんが活躍したのを聞いたんだって」

「ああ、あれを」

「福岡の書店まで広まっているなんて驚きだよね。その話を思い出して、今日はわざわざ成風堂を訪ねてくれたんだ。ふたりと行き違いにならなくて、ほんとうによかったよ」

「わかりました。詳しいことは道々聞きます」

「それがいい。じゃあ、あとはよろしく頼むね。行ってらっしゃい」

あうんの呼吸でもって内藤と杏子の会話が進んだが、店長が「待った」をかけるように片手をかざした。

「怪文書が届いたそうだよ」

「は？」

「書店大賞事務局に、謎のFAXが入った。誰がなんのためにそんなものを送りつけてきたのか、名探偵に謎を解いてほしいんだってさ」

杏子たちが現れる前に、具体的な話を聞き出したらしい。得意げに胸を反らす。自分に責任が及ばないことについては、事態が面白おかしく転がるのを歓迎する人なので、ややこしそうな話からは極力遠ざけておきたかった。

「言うまでもないけど、九州からうちを頼って来てくれたんだ。力にならなきゃダメだよ。ほら、杏ちゃんだっていつも言ってるだろ。多絵ちゃんは本屋の謎を解く、本屋限定の名探偵って」

「でも店長、書店大賞は……」

「あれは、本屋がやってるイベントだよ。本屋が乗り出さずにどうする」

それまで黙って聞いていた多絵がぽつんと口を開いた。

「怪文書って？」

「そうそう、よくぞ聞いてくれた。なあ、佐々木さん」

「店長、いちいち大きな声を出さないでください。怪文書が書店大賞の事務局に届いたとして、どうして福岡の書店員さんが？」

「だから、それには深い理由があるんだよ。ねえ、佐々木さん」

しつこく名前を呼ばれ、花乃はすっかり身を縮めてしまったが、拳を握りしめるようにして杏子に言った。

「届いたFAXの中に福岡に関する言葉があって、うちの店に問い合わせがあったみたいです。何か知ってることはないかって。でもわかる人はいなくて、謎は謎のまま。私はバイト学生で今日はただの参加者ですけど、とても気になるんです。あれを解決しないと悪いことが起きそうな、胸騒ぎというか、なんというか。それでこちらのお店に来てしまいました。いきなりのことでものすごく迷惑だと思うんですけれど、どうか力を貸してください」

「悪いことが起きる？」

杏子の訝しむ顔を見て、花乃は意を決したように自分の鞄をまさぐった。中から紙切れを取り出す。

「送りつけられたFAXには、こういう文章があったそうです」

『だれが「本」を殺すのか』　犯人は君たちの中にいる。飛梅書店しばらく口をつぐんだのちに、杏子は話しかけた。

「FAXにあったのはこれだけ？」

「あとは、書店名の後ろに番線印が押してあったそうです」

「『飛梅書店』の飛梅って、太宰府《だざいふ》にある梅のこと？　福岡にはそういうお店があるのかしら」

「いいえ、昔のことはよくわからないんですけど、今はないです。でも番線印があるってことは日本のどこかに絶対あるはず」

きっぱり言われても、成風堂の面々は押し黙る。微妙な空気を感じ取ったのか、花乃はさらに言葉を重ねた。

「送り主不明のFAXはこのあとも続き、内容はだんだん過激になっているそうです。同じ店で働いてる社員の中林さんは悪ふざけだろうと言うんですが、脅迫状みたいな文面もあると聞きました。それを問題視する人もいれば、そうでない人もいて、結局はうやむやのまま。それじゃまずいと思うんです。いたずらに騒ぎ立てたいわけじゃなく、私は純粋に、書店大賞のことが心配で。おかしな妨害工作を誰かが企《たくら》んでいるなら、事前になんとかしなくてはと。何か起きてからでは遅いでしょう？　なのでどうか、一緒に調べてください。お願いします」

全身に力を入れ深々と頭を下げる女の子を前に、杏子は途方《とほう》に暮れた。内藤と目が合うと、彼も渋い顔になっている。書店大賞を思う気持ちは尊重すべきものかもしれないが、自分たちはあくまでも参加者だ。FAXの話は初耳。たった一文では「怪文書」かどうかもわからない。届いた先である、書店大賞事務局の所在地やスタッフの顔ぶれ、人数さえも把握していないのだ。

「ごめんなさい。どう動けばいいのか見当もつかないわ。私たちが知っているのは今日の会場と授賞式開始の時間だけなの。見ての通り、うちはふつうの本屋で、情報ひとつとっても福岡の書店より疎《うと》い。ＦＡＸの話だって、今初めて聞いたのよ。申し訳ないけど、協力のしようがないわ」

無理な相談だとわかってほしい。あきらめてほしい。となりの多絵をうかがうと、杏子の気持ちを察するように目でうなずいた。ときに大胆不敵で自信家で相当な負けず嫌いである多絵だけれども、けっして目立ちたがり屋なわけではない。

おかしなＦＡＸ一枚に目の色を変えない思慮分別があって、ほんとうによかったと杏子は安《あん》堵《ど》した。けれど、横から店長が口をはさむ。

「たしかにこれだけじゃ何もわからないよね。もっと詳しく知りたいなら、聞きに行けばいい」

「は？」

「これから都内に出るんだろ。ちょうどいい。都内の大型書店には、我々より内情を知ってるやつが必ずいる。実行委員だって、ぎりぎりまで店で働いているかもしれない。今、どういう状況になっているかだけでも聞けたら、佐々木さんの気もすむよ。ねえ」

心細げにうなだれていた花乃が顔を上げ、ありがとうございますと声を震わせた。そのまま泣き出したらどうしようと思ったが、意外にも頬を引き締めしゃんとする。高校生にも中学生にも見えるあどけない顔立ちが、初めて大人びて見えた。

「ほら杏ちゃん、付き合ってあげなよ」

「でも店長、具体的なあてがないですよ」

「あるある。それならある。内藤、おまえが親しくしている知り合いって、たしか、はちまん書店だったよな？」

「え？」

そこに行くのかと杏子は困惑をあらわにする。知り合いになったのは男性だと前々から言っているのに、店長は未だに妙齢の女性を疑っているらしい。

「はちまん書店の神田《かんだ》店ですけど、書店大賞の実行委員はやってませんよ」

「いいんだってば。都内なら噂が入りやすい。きっと何か知っているよ。こちらの佐々木さんが系列店に勤めていると聞けば、そうむげにもできまい。内藤、すぐ電話しろ。うちの名探偵が行くから相手をするようにって」

すっかりわくわく顔の店長に、内藤は断るのも面倒だと思ったらしく曖昧に首を振った。助け船を出すよりも、この場を切り上げた方が賢明だろう。杏子もそう判断し、「行きましょう」と花乃に声をかけた。

「あとのことはよろしくお願いします、店長」

「え？　もう行くの？　作戦をもっと練った方がよくない？」

「時間がもったいないですよ。どんどん行かなきゃ」

「張り切ってるな、杏ちゃん。でも名探偵は多絵ちゃんだからね。しっかり頑張れよ。ＦＡＸ

の文章の解読、楽しみにしているから」

多絵と花乃を急かして事務所を出る。内藤は店の出入り口までついてきて、三人を見送ってくれた。

「とりあえず、電話はしておくよ」

「いいですよ。繋がらなかったことにしておけば」

「そうもいかないだろう。一応、かけてみる。もし店にいたら会ってくれればいいし。はちまん書店の神田店なら書店見学にもうってつけだろ。店内、ディスプレイが盛りだくさんで楽しいよ。ただ、三笠《みかさ》さんというその人は……」

内藤は言いかけて途中で口をつぐんだ。考え込む顔になる。店頭に置いた幼児向けのジグソーパズルをじっとみつめてから、小さく息をついた。

「どうかしました？」

「ううん。なんでもない。三笠さんは愛想がよくないかもしれないけど、聞いたことには答えてくれると思う。パーティ、無事に開かれるよう祈っているよ」

そう言われるとかえって不安になるではないか。何事もなく、盛大に開かれるに決まっている。抗議のひとつもしたいが、「じゃあ」とにっこり笑われ、ともかく杏子たちはフロアを後にした。エスカレーターを一階ずつ降り、駅に直結する二階からビルの外に出た。そこで足を止め、あらためて挨拶を交わすと、花乃は再び深く頭を下げた。

「何もかも急なお願いで、ほんとうに申し訳ありません」

「私たちも初めての参加なの。知り合いもあまりいなくて、力にはなれないかもしれない。でも、神田店までは一緒に行きましょう。その先はその先で、私たちに遠慮せず気のすむように動いて」

「よろしくお願いします。少しでいいんです。何か、少しでもわかれば」

やけに切実な声で言われ、ふと疑問が頭をかすめた。書店大賞が心配という以外にも、この子には一生懸命になる理由があるのだろうか。会ったばかりではあるけれど、押しの強い人騒がせな子、好奇心だけで動く無鉄砲な子には見えない。

杏子の物思いに気づかず、駅ビルから出たところで、花乃はまわりの光景をゆっくり見渡す。駅ビルの出入り口や行き交《か》う人々、ＪＲの券売機、通路に面したフラワーショップ、立ち食い蕎麦《そば》屋、小さなベーグルの店。

「佐々木さん、出身は福岡なの？」

「いいえ。でも地方なんです。東京はほとんど知らなくて。今になって、成風堂にたどり着けたのが奇跡に思えます」

だったら、神田まで同行するだけでも手助けになるだろうか。「さあ」と、促すように歩き出したところで、もうひとりの同行者の不審な様子に気づく。あらぬ方角を向いてぼんやりしているのだ。

「多絵ちゃん、どうしたの」

「さっきの内藤さん、気になりませんか？」

「さっき？」

「何か言いかけたでしょ。知り合いの書店員さん、三笠さんでしたっけ、その人のことで」

「ああ。話すほどのことでもなかったんじゃないの」

「それか、話しづらい内容だったのかも。あるいは話すと長くなるからやめたとか。顔つきからすると、愉快で楽しい情報ではなさそうですよね」

内藤はもったいぶる人間ではないので、含みはあったのかもしれないが、深く考える余裕は杏子になかった。

「とにかく東京に出よう。お昼も食べなきゃいけないし」

うなずいた多絵と花乃を引き連れて、まっすぐ改札口へと向かった。

「佐々木さん、何年生？　私は法学部の三年生なの」

「だったら私の方が後輩です。この春から二年生で。えっとお名前は、西……」

「よかったら、多絵って呼んで。佐々木さんは佐々木さん？」

「いいえ、私も下の名前で呼ばれているんです」

「ということは花乃さん？　花乃ちゃん？　花ちゃんかな」

にこやかに言葉を交わすふたりを見て、杏子の気持ちはやっとほぐれた。ロッカールームで着替えたときの浮き立つ思いを少しでも取り戻そう。大がかりなイベントに予期せぬトラブルはきっと「付きもの」だ。毎年何かしら起きていて不思議はない。怪文書の件はすでに解決済みかもしれない。

華やかと噂されるパーティまであと七時間足らず。大賞発表を見届け、成風堂のディスプレイにひと花、添えるのだ。

11時45分

八年前、すでになくなったという飛梅書店がどういう店なのか、まずそこを知りたい。智紀と真柴のふたりは池袋にある老舗《しにせ》書店に向かった。

駅ビルやデパートに入っている大型店ではなく、地価高騰の荒波にも屈せず「町の本屋さん」を貫く路面店だ。間口は狭く、奥行きの深い三階建ての古いビル。店主が情報通として有名なのは智紀も知っていた。営業には訪れていないが、客としてのぞきに来たことはある。真柴は顔見知りだそうで、きっと有益な情報が得られると太鼓判を押した。

「わざわざ足を使って調べなくても、さっきちゃんと竹ノ内さんに聞けばよかったんですよね」

「今からでも遅くないよ。電話してみれば？」

まんざら冗談でもない雰囲気で真柴が顎《あご》をしゃくった。複雑な事情があるらしいが、こちらが肩に力を入れずひょいっと尋ねることができたなら、相手もついついふわりと乗ってくるかもしれない。ひょいも、ついも、ふわりも、言うは易く行うは難《かた》しの名言通りだと、竹ノ内の表情を思い出し智紀は唇をへの字に曲げた。

聞き損なったのではなく、切り出せなかったのだ。

「真柴さんこそ、調子よく聞き出すのは得意じゃないですか。なんで今日に限っておとなしく引き下がったんですか」

「それはまあ、あれだよ」

「あれ？」

「うん、あれ」

平日の昼間であっても池袋の町は買い物客や学生、勤め人がごちゃごちゃと行き交いすんなり前には進めない。赤信号で止まった真柴は、はぐらかすような言葉と共に、街路樹と電線とビルの合間にのぞく空を見上げた。

あれってなんだろう。

「真柴さんだけでなく、まわりの人も不思議です。竹ノ内さんには親しくしている書店員がたくさんいるでしょう？　もちろん実行委員のメンバーもそうです。ひとりひとりについて詳しいことまではわかりませんが、ぼくが思い起こしても信頼できる人は何人も顔が浮かびますよ。悩み事があるなら、まずそちらに相談するのが自然でしょう。なのにさっきの口ぶりでは、ひとりで抱え込んでいるみたいだ」

「大ごとにはしたくないんだろう。みんなの忙しさは竹ノ内さんもよく知っている。今日のイベントを開催するだけでいっぱいいっぱいだ。心配かけたくないんじゃないか」

「それを言われると返しようもないですけど」

「ひとりで抱えきれなくて、こぼれ落ちた分があるなら、そこだけでも付き合ってみよう。竹ノ内さん、ほっといてくれとは言わなかったろ」

「ですね」

それもまた解《げ》せない点だ。


訪れた池袋の書店は「本のヨシキ堂」といい、一階のレジで真柴が挨拶すると快く店主に取り次いでくれた。

「いいのかい、うちなんかに来ていて。忙しいんじゃないの？」

三階で待ち受けていたのは小柄で猫背で丸い眼鏡をかけた、初老の男性だった。智紀はすかさず名刺を差し出した。それを受け取って、「ふーん」と鼻を鳴らす。

「近くまで来たんで、ご挨拶に寄ったんですよ。うかがいたいこともあって」

「へえ。なんだろう」

真柴が切り出し、店主はその場に立ったまま小首を傾《かし》げた。学術書関係のフロアなので立ち読み客がまばらというのも今日はありがたい。

「今ちょっと、個性的ないろんな本屋さんの情報を集めているんですよ。その中に一軒、噂に聞いたものの知らない書店があって。そういうのはヨシキさんに聞くのが一番だから」

「おいおい、持ち上げてるつもりかい？」

「名前は『飛梅書店』です。八年前まで金沢市内にあったと聞きました」

「金沢……」

ヨシキ堂の店主はそう言って、眼鏡の奥の目を不思議そうに見開いた。

「地方の書店さんはよっぽどの店じゃないと知らないよ。それに、飛梅なのに金沢？」

「そうなんですよ」

「ますますわからないな。飛梅といやぁ菅原道真《すがわらのみちざね》だろ。九州の太宰府にはそれにちなんだ梅の木が植わっているはずだ。だからあのあたりにあるならおかしくないが。金沢なら北陸だよね」

智紀も傍らで深くうなずいた。昔々の伝説だ。九〇一年、ときの右大臣だった菅原道真は藤《ふじ》原《わら》氏の陰謀により失脚。大宰府《だざいふ》に左遷《させん》させられると、幼い頃より親しんでいた自宅の梅の木が、主《あるじ》を追いかけ一夜にして九州まで飛んだとされている。今でも太宰府天満宮《てんまんぐう》にはゆかりの梅の木が植えられている。

「その名前の書店、都内で聞いたことがありませんか」

「ないねえ。絶対とは言えないが、ちょっとでも目に留まったり耳にしていたら覚えているよ。それこそ東京にあったとしても気になる名前だ」

「ですよね」

真柴はちょっとした「がっかり」をのぞかせつつ、いつもの彼らしく微笑んだ。

「ヨシキさんの記憶にない、というのも貴重な情報です。ありがとうございます」

「そんなふうに言われると、せっかく来てくれたのに申し訳なくなっちゃうよ」

「いえ、とんでもない」

「その店がどうかしたの？　まだどこかにあるんだろ？」

「もうないらしいんですよ。八年前に閉店してそれきり」

「ふーん。そうか」

店主は皺《しわ》の目立つ指先を近くの書棚に伸ばし、飛び出していた本をゆっくり押し戻した。

「どんな店でもなくなってしまうね。驚いていたらきりがない。それくらいどんどん消えていく。これも時代だと言ってしまえば楽だろうけど、若いときの苦労は買ってでもしろっていう諺《ことわざ》があるんだよ。ただでもらえるならめっけものだ。それくらいの気概で、若いもんには踏ん張ってほしいよ」

「頑張ります。頑張る甲斐《かい》のある仕事ですし」

「たのもしいねえ。と、言ってるそばからナンだが、今日は例のお祭りの日だろ。こんなところで油を売ってて大丈夫かい」

「その、書店大賞のための、地道なサポート活動なんですよ」

店主の目が見開かれる。

「今の話にあった『飛梅』の本屋が、今夜のイベントに関係しているの？」

あわてて真柴も智紀も手を横に振ったが、思い切りにやりと笑われてしまった。

「東風《こち》吹かば、匂いおこせよ梅の花、あるじなしとて春なわすれそ。いいね、今はちょうど春だよ。全国各地から菅原公を慕って梅が飛んでくるかもしれない。ひょっとして、梅ならぬご本人そのものが現れたりして。おお、だったらわたしも参加したいな」

乾いた笑い声をあげ、白髪《しらが》頭の店主は曲がり気味の背中をぐいっと反らした。

「面白い人ですね」

「ああ、でも商魂たくましいから、君なんか山ほど本を買わされるよ」

リアルにそのシーンがよぎり、智紀は財布の紐よりもまず気持ちを引きしめた。

「得られた手がかりは、都内にそれらしき店はないということと、書店人の噂にのぼるような特殊な本屋ではなかった、そんなとこか」

「変わっているのは名前だけで、店そのものは一般的だったのかもしれませんね」

けれど竹ノ内にとってはちがう。ＦＡＸの名前に驚き、カバーを手にして顔つきを変えていた。特別な店なのだ。

「いったいどんな関係なのかな。飛梅書店と竹ノ内さん。というか、書店大賞？　まさか、菅原道真が書店大賞の設立に関わっている、ということはありませんよね？」

「和歌も得意なんだから文才はあるだろうけど、道真公といえば学問の神様だ。文芸の賞だとぴんとこない」

設立の発端となったのは親睦を兼ねた書店員同士の飲み会だそうだ。出版不況と言われるなかで、自分たちで何かできないかと、まさに飲みながら話し合った。今でこそネットがある。書店大賞をきっかけにした交流もある。けれどひと昔前は他店との繋がりはほとんどなかった。系列店はさておき、本屋と本屋は同じ商品を扱い、お客さんの獲得でしのぎを削るライバル関係だ。親しくするメリットはなく、売り上げの比較だけが気になる。他店をのぞくときも偵察が主な目的だった。

同業他社。智紀の中でさまざまな業種がよぎる。コンビニや家電量販店、デパート、自動車メーカー、あるいは進学塾、不動産会社、旅行代理店。そこで働く人たちは他社の人間をどう思っているだろう。どんな付き合い方をしているだろう。大なり小なり競争意識はあるにちがいない。

「書店員さんは会社の枠を超えて仲がいいですよね。ぼくが出版社に入った頃はすでにそうだったので、当たり前のように思っていました」

「業界全体の売り上げ低迷があったからこそ、手を組んでお客さんの獲得に乗り出す、という構図ができあがったんだろう。ある意味、皮肉だね」

小さなパイを奪い合うのではなく、パイそのものを大きくしなくては共倒れという危機感をひとりひとりが持ち始めた。お互いそっぽを向いている場合ではない……。

「いずれにせよ、ライバル店の社員が居酒屋で膝を交えて語り合うなんて、ちょっと前まで考えられないことだった。それをやってのけた人たちがいて、書店大賞の下地ができたんだよ」

「当時のメンバーには、飛梅書店を知る人がいるでしょうか」

「竹ノ内さん以外に当たるしかないか」

スタート時のスタッフは今でもだいたい残っているそうだが、今日はみんな役割があって忙しいだろう。もしかしたら竹ノ内が気にしているのはその人たちなのかもしれない。届いたF

ＡＸを彼らには見せたくなかった口ぶりだった。

「初期メンバーで、今はスタッフから退いている人がいいんじゃないですか」

「そう簡単に言われても、すぐには思いつかないなあ」

池袋駅に向かって歩きかけたところで立ち止まり、真柴は眉間《みけん》に皺を寄せた。考え込んでいるのを見守るだけというのも歯痒《はがゆ》いが、智紀は現在のスタッフを指折り数えるのがやっと。携帯に登録してある書店でも順番に見てみようか。何か思い出すかもしれない。

ポケットから取り出すと着信履歴があった。たった今だ。

「細川《ほそかわ》さんから電話です。なんでしょう」

道行く人のじゃまにならないよう脇道に入り、リダイヤルするとすぐに本人が出てきた。「マドンナの笑顔を守る会」の緊急呼び出しだそうだ。急を要する大変な事態が起きたので、必ず駆けつけるようにとのこと。告げられた場所はよく利用している居酒屋だった。

「こんな真昼から飲み屋ですか。っていうか、今の時間はやってないでしょう」

「ううん。最近はランチ営業を始めたんだ。ぜったいおいでよ。ぜったいだからね」

「どういう緊急ですか。ほんとですか？」

「当たり前じゃないか。それと真柴への連絡、頼むよ。かけたけど出なくてさ。井辻くんに任せた。一時前にはおいでよ。十二時五十分集合。来ないと岩《いわ》さんに絞め殺されるよ」

物騒な脅し文句を添え、電話はあわただしく切れた。そっくりそのまま真柴に伝えると、なるほど彼の携帯にも細川からの着信履歴があった。よりにもよって書店大賞当日に、なんの用だろう。常日頃からしょうもないことで大騒ぎして集まる人たちなのだ。

彼らの言うマドンナとは、感じがよくて仕事熱心で爽やかで心優しい妙齢の書店員さんのことだ。「笑顔を守る」と謳っているが、要するに特定の誰かが親しくなることを親の敵《かたき》のように嫌っている、抜け駆け防止のために結成された地下組織だ。ライバル会社の営業マンとして、ふだんは書店で陣取り合戦を繰り広げているが、この一点に限り暑苦しい絆《きずな》で結ばれている。

智紀は明林書房に入社して、書店まわりを始めてすぐ、有無を言わせぬ力で引きずり込まれた。

「どうします？　竹ノ内さんの件もあるし。とうてい付き合ってられないですよ」

「ランチ営業してるなら、ランチがてら行けばいいじゃないか」

「行くんですか」

「だって向こうも一大事なんだろ。よっぽどのことが起きたんだよ」

ぜったいちがう気がする。溜め息と共に、メンバーのひとりひとりの顔を思い出したところで智紀はハッとした。

「そういえば、『ハセジマ書店』の望月《もちづき》さん」

「ああ、みなみちゃんね。我らのマドンナ。彼女がどうかした？」

「気安く下の名前で呼ばないでくださいよ。望月さんは今、文芸書の担当ですけど、前任者がそれこそ書店大賞の実行委員じゃなかったですか？　前にそんな話を聞いたことがあります。異動で遠方の店勤務になり、手伝えなくなってしまったと。書店大賞のスタッフを辞めたということですよね」

　数年前また異動になり、望月のいる店に顔を出しに来たそうだ。都内に舞い戻ったことになるが、それきりスタッフに返り咲いたとは聞いていない。

「どうしたんですか、真柴さん」

　うつむいて目元を押さえているので、急に立ちくらみでもしたのかと思ったが、智紀に名前を呼ばれて顔を上げるやいなや「くー」と変な声を漏らす。

「岸田《きしだ》さんだな。岸田恵《え》美《み》さん」

「そうですそうです。今は児童書担当でしたっけ」

「結婚したんだよ」

　暗黒の過去を語るように言う。さらに泣きつくようにしなだれかかってくるので、あわてて両腕で突っぱねた。

「ちょっ、ちょっと真柴さん」

「ほっそりした顔立ちに切れ長の瞳で、肩の上で切りそろえたまっすぐの黒髪や、笑うと左右がきゅっと吊《つ》り上がる薄い唇が、パリコレのモデルを思わせる、ほんとうに素敵な人だ。異動であの店に来て、新しく就《つ》いた文芸担当と紹介されたときには、出版社営業になってよかったと感激の涙が出そうだったよ。三つ年上ってところも、強烈な運命を感じた」

　どうして三つ年上が運命なのか。ろくでもないこじつけに決まっている。

「それなのに、そのときすでに彼女には婚約者がいたんだよ」

「真柴さん、今は失恋話をだらだら聞いてる暇はないので、あとにしてください」

「ひつじくん」

「井辻です」

非難がましい声をぴしゃりと叩きつぶす。つぶしてやる。

「岸田さんは今、書店大賞のスタッフではないですよね」

「結婚の準備が忙しくて、仕事を続けるのがやっとだって言ってた。イベントを手伝う余裕がないってね。そんなの表向きの理由だよ。どうせ相手の男が独占欲のかたまりで、いろいろ難癖つけて、彼女のしたいことの妨害をしてるに決まってる」

男の醜《みにく》い嫉妬《しっと》はほっといて、智紀は携帯を操作して登録リストの中からハセジマ書店を探し当てた。彼女の今の勤務先、原宿《はらじゅく》店に電話する。売り場ではなく裏方である事務所にかけると、出てきた人に精一杯の低姿勢で問い合わせた。

「今日そちらに児童書担当の岸田さんはいらっしゃいますか？　ちょっとお話ししたいことがありまして、これからうかがおうと思うんですが、売り場にいらっしゃるかどうかと思いまして」

お待ちくださいとのひと言で、保留音に切り替わる。通常のオフィス勤務と異なり、書店員の勤務はシフト制だ。出勤日と公休日はまちまち。ふらりと出かけては無駄足になる場合が多い。人通りの少ない路地裏で携帯から流れる保留音のメロディを聴いていると、やっと誰か出てきた。

「もしもし岸田ですけれど」

本人だ。幸い、望月の前任者である彼女とは短い間ながらも面識がある。

「忙しいところ、すみません。明林書房の井辻です」

「どうかしたの？　電話なんて。私、今の担当は児童書よ」

用件は単刀直入、もったいぶらずに切り出そうと決めていた。

「岸田さん、たしか書店大賞の実行委員に加わっていましたよね。初期の頃の」

「うん。でもちゃんと関わったのは第一回のときだけよ」

「飛梅書店って、知ってます？」

電話が切れてしまったかと思うくらい、沈黙が続いた。

「もしもし」

「どうして井辻くんがその名前を？」

知っている。そして潑剌《はつらつ》とした声と打って変わり、いかにも怪訝《けげん》そうに尋ねる。

「何かあった？　ううん。ないわよね。あるわけないもの」

「今からうかがうので、少しだけ時間をもらえませんか。ほんとうに少しだけ」

「ここだとちょっと……。井辻くん、今どこ？　休憩時間を変えてもらうから、一階のカフェに来ない？　テラス席が空いてたらそこにいる」

ただちに向かうと約束して電話を切った。

真柴と共に池袋駅に戻り、山手線に乗り原宿駅で降りて、ハセジマ書店の入っている商業施設に急いだ。本屋のフロアは六階だが、一階フロアを突き抜けて東側の出入り口に向かう。イートインのカフェがあるのだ。電話を切ってから三十分もかからなかっただろう。ちょうどレジをすませたばかりの岸田がいた。トレイにサンドイッチやジュースを載せ、屋外のテラス席を指さすのでうなずいた。

智紀たちもそれぞれ飲み物を買い求め、彼女の座るテーブルに着いた。ハセジマ書店の制服は紺色のベストとスカートに水色のブラウスだ。彼女はベストを外し、茶色のカーディガンを羽織っていた。

「ふたりともお昼は?」

「これから新宿に行くので、そちらでとります。岸田さんは気にせず食べてください。貴重な休憩時間でしょう?」

智紀と真柴も遠慮なくコーヒーに口を付けた。

「それにしても驚いたわ。飛梅書店の名前を聞くなんて。しかも今日は書店大賞の日よね」

ひとつめのサンドイッチをたいらげた彼女がナプキンで口元を押さえながら言う。

「あの電話のあと、指先に力が入らなくて本が持てずに困った。井辻くんも真柴くんもいったいどうしちゃったの。何か聞いた?」

どこまで打ち明けていいものか悩む気持ちがあって口ごもる。横を窺《うかが》うと、真柴は困った顔であるものの智紀よりずっと緊張感に欠けている。むしろへらへらしているようにも見受けられる。憧れの岸田が目の前にいて話しかけてくるからだ。

とたんに肩の力が抜けた。

「少し前になりますが、書店大賞の事務局宛に、おかしなFAXが届いたそうです。差出人の名前は飛梅書店。ぼくにも真柴さんにも聞き覚えのない書店名ですが、竹ノ内さんはひどく気にしていました」

「誰かのいたずらなんじゃないの?」

「今のところ不明です。心配をかけたくないのか、時間がなかったのか、竹ノ内さんはまだ誰にも相談してないようです。成り行きでぼくと真柴さんにはそのFAXを見せてくれましたが、授賞式の当日に何ができるのか。悩んでいる竹ノ内さんを見て、少しでも力になりたいと思うんですけど、手がかりを探すあてすらなくて。現在のスタッフは今日、裏方で忙しいでしょう?」

「それで私に?」

彼女も業務の途中だ。検品、品出し、発注、接客とめまぐるしく仕事に追われているのだろうが、迷惑げな顔はせず、真剣に応じてくれた。

「竹ノ内さん、気にしなくていいのに。誰なのかしら、そのFAXを送った人。不愉快だし、気味が悪い」

「飛梅書店は八年前に店じまいしたそうですね。だから今は存在しない」

「そうよ」

彼女は唇を嚙んでうつむき、深く息をついてから顔を上げた。

「書店大賞は数人の書店員が店の垣根を越えて集まり、意気投合して生まれたの。そのとき、一番の中心人物だったのが飛石《とびいし》さん」

「飛石？」

「長いこと都内にある別の書店に勤めていたみたい。私がスタッフに加わった頃はすでに、郷里の金沢に戻ったあとだったけど」

「金沢！」

いちいち驚いて聞き返してしまう。

「飛梅書店は彼の実家がやっていた本屋さんなの」

「もしかして、飛梅といっても菅原道真には関係なく？」

やっと岸田の頬がほころんだ。

「所在地がたしか梅田《うめだ》町なのよ。飛石さんのおうちが梅田町で始めた書店だから飛梅書店」

謎がひとつ解けた。けれど喜んではいられなかった。閉店の理由を聞いたからだ。

「飛石さんは私よりひとまわりくらい年上だった。当時は三十代半ばか、後半か。働き盛りといっていい年頃でしょう？　なのに突然倒れ、急死してしまったの」

「亡くなったんですか」

智紀の脳裏を梅の花をちらした風情《ふぜい》あるブックカバーがよぎった。春の訪れを予感させるかわいらしい花に粉雪が降りしきり、遠ざかるように淡くかすんでしまう。

「あまりにも突然のことでみんなショックを受けたわ。嘆く声、惜しむ声、たくさん飛び交っった。そのときすでに経営難だった飛梅書店は店主を失って続けることができず、店じまいになったと聞いた。私が知っているのはそれくらいよ」

「この八年間で他に何か?」

「ううん。ぜんぜん。だからほんとうに久しぶりに名前を聞いて驚いた。そのFAX、他になんて書いてあったの?」

ためらいはしたが、そもそも口にするのを憚《はばか》るような内容でもない。店で使われていた番線印が押され、数年前に出版された本の名前があっただけだ。


『だれが「本」を殺すのか』　犯人は君たちの中にいる。飛梅書店

岸田はいっそう顔を歪めた。

「番線印ってことは飛梅書店の関係者が絡んでいるの?　ちがっているとしても、あたかもそう見えるよう演出してるってことよね。そして、誰かを告発するような書名。嫌な感じ。そもそも匿名のFAXを使うことからして陰険よ。竹ノ内さんは飛石さんをすごく慕っていた。人としても、書店員としても尊敬してた。だからよけいに不愉快で、腹が立ったんじゃないかしら」

智紀はそう言われて初めて、竹ノ内に怒りや憤《いきどお》りがなかったことに気づいた。彼にあったのは憔悴や苦悶の表情だけだ。こんなものをよこしたのは誰だと、もっと腹を立ててよかった

のに、黙って自分の胸にしまおうとしている。なぜだろう。

休憩時間をすべて奪っては申し訳ない。ひととおり話を聞かせてもらうと、礼を言って席を立った。岸田からは「竹ノ内さんの味方になってあげてね」と頼まれ、智紀も真柴も笑顔でうなずきテラスをあとにした。

「閉店した金沢の書店と竹ノ内さんの関係、やっと見えてきましたが、それにしたってどうしてあそこまで。真柴さん、そう思いません？　亡くなった人を思い出して感傷的になったとしても、今日のイベントに力を注ぐ方が建設的でしょう？」

ついつい不満げな声を出すと、原宿駅に向かう真柴の足取りがぐっと遅くなった。

「たぶん竹ノ内さんは、あのＦＡＸの送り主を思い、落ち込んだんだろうね」

「まさか、心当たりがあるとか？」

「さっき岸田さんが、誰かを告発するような書名と言ってただろ。そのまんまだ。何者かが、書店大賞そのものの是非を問うてきた、そんなふうにとらえたのかもしれない。書店大賞に対してのアンチ意見は、君だって見聞きしてるだろ。すでに売れてる本しか選ばれない、ただの人気投票、裏で得票数の操作をしている、一票いくらで売り買いしている、だから信用しない、うさん臭い、インチキ、目ざわり、さっさとやめちまえ。そんなバッシングの数々」

知っている。ネット上で何度となく目にした。書店の店頭に立っているときに、通りすがりのお客さん同士が囁《ささや》き合っているのも耳に入った。大賞を取る前から売れてる本に一位をあげたって意味ないよ、埋もれている本を教えてくれるのが醍醐味《だいごみ》だったのに、がっかり。つまんない。

数人の書店員の思いつきから生まれた年に一度のイベントは、八年を経て大きな賞に育った。当初は誰も予想しなかった。始めた人たちだって想像しなかった。今ではもっとも受賞作が売れる賞と言われ、出版社の目の色が変わった。投票者である書店員の参加も年々増えている。そして期待や成果、認知度が上がるにつれ、世間の風当たりも強くなった。

「口惜しくもあるし、もどかしいですけど、辛口の意見は書店大賞に向けられたもので、竹ノ内さんひとりが責任を感じることはないですよね」

原宿駅に着き、今度は「守る会」から指定された店をめざすべく、山手線のホームに下りていく。

「真柴さん」

たった今の自分の言葉に同意しないのが気になって、名前を呼んだ。階段を下りきったところで真柴が振り向く。

「やってる人間にとっちゃ、誹謗中傷《ひぼうちゅうしょう》がなんでもないわけないよ。竹ノ内さんもいろんなジレンマを抱えていたと思うよ。ただそれだけなら、君が言うようにひとりで背負わなくてもいい。スタッフみんなで受け止め、無視するもよし。改善策を練るもよし。じっさい、毎年さまざまな試行錯誤がなされているよね」

智紀はすかさずうなずいた。投票に関してのルールについて、少しでも公平になるよう地道な改変が続いている。

「竹ノ内さんだって、内心めげることはあっても大人の対応を取ってきた。気持ちの整理をちゃんとつけてきたんだと思う。だけど今回の件はそうできなかった。つまりすごく的確に、竹ノ内さんの痛いところを突いてきたんだよ。もう一度現状を考えてみろ。ノミネートされるだけで増刷がどんとかかる。受賞したら数十万部が上乗せされる。そんなふうに利害が絡み、多くの出版社がノミネート枠をめぐって暗躍している。君も知ってるよね。自社本を推してもらうために、人も金も使って書店員に働きかけている会社が現実にある。ロビー活動は年々露骨になっている。それだって、竹ノ内さんの責任じゃない。彼だけが思い悩む問題じゃない。そうなんだけど、スタート時の理念や純粋な志を思えば、心も揺れるだろうよ。飛梅書店は彼にとって、その、スタート時を思い出させる特別のキーワードなんじゃないか？」

ホームに滑り込んできた山手線外回りの車両に乗り込む。代々木《よよぎ》、新宿。降車駅までほんの五分。その間もさまざまな思いや考えが渦巻いた。

車両から吐き出されるように新宿駅のホームに降り、智紀は真柴に話しかけた。

「つまりFAXには、竹ノ内さんをもっとも動揺させるキーワードが書かれていたんですか。送り主はそれを知る人？」

要するに内部の人間？

だから竹ノ内はスタッフの誰にも相談できなかった？

ホームから地下通路に下りて東口へと向かう。同じ方向に歩く人、すれちがう人、目の前を横切る人、後ろから急ぎ足で追い越す人、立ち止まる人。押されて揉まれて、まっすぐ歩いているはずの智紀の心も、海原《うなばら》に浮かぶ小舟のように揺れていた。

13時10分

東京駅に着いたところで駅構内でランチを取った。乗降客の多いマンモス駅は、駅ナカも充実している。杏子の提案に多絵はもちろん、花乃も笑顔でうなずいた。

初対面であっても打ち解けるのに時間はかからなかった。地域も店も異なるのに書店員というだけで、最近のベストセラーやら変わった売れ筋やら困った本、珍しい雑誌の話題で次から次へと話が弾《はず》む。加えて今年の書店大賞に、どの本を推したかで盛り上がった。一次投票での三冊、あれとこれとそれ。二次ではノミネート作すべてを読んでいるので、評価のひとつひとつに個性が出る。

すでに三人は今夜発表される最終順位も知っていた。

一位、『凍河に眠れ』野田《のだ》雅美《まさみ》。大迫力の山岳サスペンス。

二位、『シロツメクサの頃』家永《いえなが》嘉人《よしひと》。夜間中学校を舞台にした切なくも温かい物語。

三位、『窓辺のドレミ』市松晃。話題の覆面作家によるローカルアナウンサーの奮闘記。

四位、『ミラーサイト』影平紀真《きま》。ネット犯罪に絡んだミステリ。

五位、『雪しぐれ』西郷佳乃《さいごうよしの》。すれ違った父と娘の和解をしっとり描く時代小説。

六位、『らせんの苑《その》』白瀬《しらせ》みずき。高校で起きる事件と驚愕の結末。

七位、『さよならを重ねて』わたなべ渚《なぎさ》。ひりひりする切ないラブストーリー。

八位、『海峡の風』岡島美奈子《おかじまみなこ》。関門《かんもん》海峡の光と影を描く、文学性豊かな問題作。

九位、『ビスケットとサブレ』植田昌弘《うえだまさひろ》。お菓子をめぐる若きパティシエの成長譚《たん》。

十位、『イソップすごろく』村井《むらい》リサ。ペーソスあふれる秘境の旅。


一次投票で、自分が投票したのに惜しくもノミネートを逃した作品について、未練がましく語ったのち、二次投票で十作のうちどれを選んだのか、三人で告白し合った。パスタの店に入り、ランチメニューを選ぶときは真剣だったけれど、カルボナーラが来てもペペロンチーノが来ても自分のお気に入りについて話すのに夢中だった。

花乃がもっとも心動かされたのは『雪しぐれ』とのこと。これまで時代小説はほとんど読んでこなかったので、本作もノーチェックだった。ノミネートされて初めて読んだところ大泣きしてしまったと、話しながら思い出して目を潤ませる。

多絵は一次投票のときから『凍河に眠れ』を気に入っていた。みごと大賞に輝き、作者にも会えるとあって大喜びだ。他には『イソップすごろく』が面白かったと力説した。

杏子は『シロツメクサの頃』と『窓辺のドレミ』が甲乙付けがたく、二作品は投票の結果も二位、三位と上位に食い込んだ。大賞の『凍河に眠れ』は一大エンターテインメントとして申し分なく、納得の順位だった。

「確実にパーティに来る作家さんって、大賞の野田雅美さんですよね」

多絵が書き付けたメモ用紙に印を入れた。

「あとは覆面作家の市松晃さんが来るかもしれない、と」

「影平さんもいらっしゃると聞きました。私、先輩の中林さんから本を預かってきたんですよ。チャンスがあったらサインをもらいたくって」

「へー、影平さん」

「多絵さんと杏子さんはお会いしたことがあるんですよね。素敵でしたか？」

目を輝かせる花乃に、杏子がすかさず応じた。

「かっこよくてスマートだったわよね、多絵ちゃん。他には前年度の大賞受賞作家も来るのよね」

「ああ。今年の受賞者への花束贈呈役でしたね」

人気作家の名前が飛び交い、いやでもテンションは上がったところで、三人は会計をすませて再び電車に乗った。杏子が携帯をチェックすると、内藤からメールが届いていた。三笠という書店員と連絡がつき、話を通しておいたので声をかけるようにとある。

「文庫担当で二階にいるみたい」

「内藤さんと同じですね」

「新しい文庫レーベルの説明会で、知り合ったらしい」

「今日の授賞式、その人も出席するんでしょうか」

「さあ、どうかなあ。はちまん書店、神田店か……」

多絵だけでなく花乃も、杏子のつぶやきに吸い寄せられる目をした。

「ううん、なんでもないの。ただ、ほら、この頃は新刊本のPRに書店員のコメントを載せたりするでしょ。発売前に出版社から原稿が送られてきて、感想を書くとチラシや広告に活用される。帯に使われることもあるわよね。はちまん書店は全国規模の大型チェーン店だから、ゲラが殺到するって聞いたし、紹介や応援のコメントを方々から頼まれるんじゃないかな。でも三笠さんの名前は記憶になくて。文芸書担当でないなら当たり前か。その手のPR方法は、主に新刊文芸書だから。うちは店長がゲラにまったく興味がなくて、私や内藤さんが読んでアンケートに答えたりするけど」

言いながらふと思い出した。

「そうだ。影平さんの新刊紹介で、はちまん書店福岡店の名前があったっけ」

「それ、中林さんです。営業さんに頼んでゲラを送ってもらって、コメントを寄せたら採用されたんです。PR用のちらしだけでなく、新聞の全国紙に名前と文章が載ったんですよ。中林さん、家宝にするって言ってました」

気持ちはよくわかる。大好きな作家の本と一緒に、というのが二重に嬉しかっただろう。

そんな話をしているときは楽しかったけれど、いよいよ降車駅だと思うと気持ちが沈み込む。

溜め息が出そうになる。初めて会う相手に、さっき知ったばかりのＦＡＸの件を持ち出すのは気重だ。まったくの物見遊山《ものみゆさん》状態である自分たちが関わっていいものかどうか。そこも悩む。

杏子の迷いを察知したように花乃が口を開いた。

「私、あのＦＡＸの送り主をどうしても知りたいんです。それには理由があります」

「理由？」

「実行委員の中に私の大事な人がいるんです。一生懸命頑張っているその人のために、何かしたくて。ＦＡＸは一通だけじゃなく、そのあとも今晩のパーティを妨害するような、まるで脅迫まがいの文面も届いているようです。杏子さんや多絵さんを巻き込んで、申し訳ないと思っています。ほんとうです。もしも、もしも、やっぱりやめるということなら、私ひとりで三笠さんに会ってきます」

花乃はそれなりの決意をもとに口にしているのだろうが、「ひとりで」と言ったとたん悲壮感が跳ね上がる。横から多絵がさらりと言った。

「大事な人って、誰？」

「それは……」

「実行委員って、だいたいが首都圏に住んでいる人でしょう？　遠いと、打ち合わせに出るのも大変だろうし。ということは、花ちゃんはこっちに知り合いがいるってこと？　やっぱり書店員なの？　どういう関係？」

多絵からの矢継ぎ早の質問に、棒立ちとなる花乃の腕を杏子は摑《つか》んだ。降車駅に着いたのだ。

開いたドアからホームに降りる。

「今は言えないんです。ごめんなさい。でもほんとうに特別な人がいます。書店大賞にとても深く関わっている人です。FAXのことがもう少しわかったら、必ずちゃんと話します」

「ひとつだけ、教えて。今はひとつだけでいいから」

多絵は人差し指を一本立て、いかにも楽しそうに口元に笑みを浮かべた。

「その人、男性？　それとも女性？」

「だ、男性です」

「わあ、そうなんだ。なんか面白くなってきた。花ちゃんには怪文書をほっとけない、れっきとした理由があるんだね。うん。じゃなきゃおかしい。ただの好奇心でここまで真剣になるわけないもん。行きましょう、杏子さん。私たちは花ちゃんの謎を知るために」

拳を胸まで持ち上げてきゅっと握ってみせる多絵に、杏子も苦笑いを返した。

「男の人がらみの理由なわけね。花ちゃんも隅に置けないな」

「ち、ちがいますよ。杏子さんまでやめてください。そんなんじゃないんです」

「でも顔が赤いよ、花ちゃん」

混ぜ返す多絵が先頭になって階段を下りる。内藤が三笠にどれくらい踏み込んだ話をしたのかわからない。結局は出たとこ勝負なのだ。もう一歩だけ、今いる場所から踏み込んでみようか。自分に言い聞かせ、杏子はふたりに続いて改札口を通り抜けた。

駅前の大通りをひとつ渡ると馴染《なじ》みのある「はちまん書店」の看板が見えてくる。オフィスビルの一階から三階までを占める大型店だ。一階は話題の書籍が華やかに陳列され、その奥に週刊、月刊、季刊、グラビア、あるゆる雑誌がひしめいている。杏子たちが訪れたのは平日の昼間だったが、どの通路にも本を吟味するお客さんが立ち並び、体を斜めにしなくては通れない混雑ぶりだ。レジカウンターにも会計待ちの列ができ、そろいの制服を着た店員がときどきさっと手を挙げ、お客さんを誘導している。

成風堂にも混み合う時間帯はあるので、活気という点ではひけをとらない。でも新刊の大々的なディスプレイには羨望《せんぼう》の眼差《まなざ》しを向けずにいられなかった。同じ本が、成風堂には五冊しか入らない。ここには百冊以上が積み上げられている。特設コーナーのてっぺんには大きな看板がしつらえられ、著者直筆の色紙も飾られていた。「はちまん書店　神田店さま」と書かれているので、このディスプレイのために用意された色紙だ。版元特製の応援ペーパーが四つ折りにされ、「ご自由にお持ちください」とトレイに置かれていた。

一枚もらうことにする。成風堂に入った五冊はすでに売り切れ、ただちに追加注文をかけるも、現在品切れ中の重版待ち。いつ入ってくるのかわからず、そのため取り寄せの注文にも応じられない。通常は客注品に限り優先的にまわしてもらえるよう出版社から便宜《べんぎ》が図られるが、それもケースバイケース。全国の書店から注文が殺到すればたちまちパンクしてしまう。中には、一冊、二冊でも確保するために、架空の「客注」をでっちあげるところもあると聞く。ズルはズルだが、そうまでしなくては本が入らない中小書店の現実がある。

けれど都会の大型店には山ほど積まれている。お客さんが目にすれば、ここにはちゃんとあるのになぜあそこにはないと、文句のひとつもつけたくなるだろう。じっさい、もっとしっかり仕入れろ、ベストセラーを知らないのかと、店頭でお叱りを受けた経験が杏子にもある。応援ペーパーだけでなく、本そのものにも手を伸ばしたくなった。これを買って行けば客注に応じられる。成風堂のお客さんに話題の新刊を読ませてあげられる。

「杏子さん？」

小突くように多絵に呼ばれ、はっと我に返った。千五百円の本を千五百円で買って帰っては、成風堂の儲《もう》けはまったくない。商売にならない。

「ごめん。行こうか。文庫は二階だったよね」

エレベーターもあったが階段で上の階へと向かう。歩きながら不思議だと思った。同じ商品を扱っていても都心と地方の書店では入荷数も売り上げ数も大きく異なる。お客さんという立場ならばともかく、店員として眺めると大型店に無邪気な驚嘆ばかり寄せてはいられない。出版社にも重きを置かれ、充実の品揃《しなぞろ》えを誇る店とそこで働く人たちに、羨《うらや》ましい以上の複雑な感情を持ってしまう。

その昔、他店の書店員同士で交流がなかったということに、今さらながら納得する。売れる本を取り合う、お客さんを奪い合う、小売店の宿命ではないか。のほほんと構えていられるほど商売は易くない。売り上げが減れば人件費は切り詰められる。給料も下がるかもしれない。切実な問題だ。

けれど数年前からにわかに風向きが変わり、手をとりあって書店大賞を盛り上げている。授賞式の夜は笑顔で集まる。一旦そうなってしまうとその方が自然に思えるけれど、それでもさまざまな葛藤《かっとう》は続いているはずだ。

文庫売り場に到着すると、三人連れがくっついてきょろきょろしていたからか、すぐにひとりの男性店員に「もしや」と声をかけられた。白っぽいワイシャツに黒いエプロン。胸の社員証には「三笠」とあった。

肩幅のあるがっちりした体格で、首がほとんど見えずに頭が大きい。髪型は左右を刈り上げたベリーショート。頰の肉付きもよく、一重《ひとえ》まぶたの目は睨《にら》まれたら恐そうだが、杏子たちには笑いかけてくれたので緊張感はすぐに薄れた。

「立ち話であることに変わりはないんだけどね」

そう言いながら案内されたのは、売り場から引っ込んだ位置にある業務用エレベーターの前。

「仕事中だからあまり長話はできないんだ」

申し訳なさそうに言われ、三人そろって恐縮した。

「いきなり押しかけてほんとうにすみません。すぐに失礼します」

「長くなければ大丈夫。内藤くんからのメールを見て、そりゃぼくだって気になるよ。FAXの件、あちこちに広まっているんだね」

「やっぱりご存じでしたか」

三笠は在庫調べをしていたのか、注文書をセットしたバインダーを手にしていた。仕事中のちょっとした立ち話に見えなくもないので、その方が都合がいいのだろう。ボールペンも持ったままうなずく。

「ぼく自身はタッチしてないんだけど、うちの店にも書店大賞の関係者がいる。他店の顔見知りからも話が流れてくる。自然と耳に入るんだよね。もともと、最初に届いたＦＡＸは意味不明すぎて隠すような内容じゃなかったし。数年前に出た本と、聞き慣れない書店の名前があっただけだ。スタッフも首を傾げ、ほとんどの人がすぐに忘れたと思うよ。でも中に書店名を気にして、友人、知人に問い合わせた人がいた」

「飛梅書店ですね？」

杏子は念を押してから、花乃のことをあらためて紹介した。福岡の書店にも心当たりがないかと連絡があったのだ。

「飛梅といえば九州だもんね。尋ねた人に悪気はなかったんだろうが、そうやって噂は広まったわけだ」

いかにもまずかったという口ぶりだ。

「飛梅書店がどこにある、どういう店なのか、つきとめられましたか？」

三笠はちらちらとまわりに視線を送った。近くに誰もいないのを確かめて口を開く。

「北陸の、金沢にあった書店だそうだ。今はもうない。そこの店長が東京にいる頃、中心となって書店大賞の構想が誕生したと聞いた」

「もうないって……」

「八年前に店じまいしたそうだ」

「すでに閉店した店の名で、ＦＡＸが届いたんですか」

それは気味が悪いかもしれない。杏子が視線を向けると花乃は不安げに身をすくめ、多絵は淡々とした顔をしている。

「お店がなくなって、店長さんや従業員はどうされたんでしょうね」

「閉店のきっかけというのが店長自身なんだよ。突然、亡くなったらしい。三十代と聞いたから、まだまだ若いよね。代わりに引き継ぐ人がいなくて、飛梅書店は看板を下ろした」

「亡くなった……」

「こっちにいるとき、いろんな店の書店員から慕われ、実家である金沢に戻ってからも頼られていたみたいだ。書店大賞の生みの親、陰の功労者と言う人もいたよ」

さぞかし惜しまれただろう。ついぼんやりしてしまう杏子をよそに、多絵が尋ねた。

「八年前というと、ちょうど書店大賞が始まった頃ですね」

「うん」

「亡くなったのは第一回の前なんでしょうか、あとなんでしょうか」

「さあ。どうかな」

三笠は考え込むように首をひねる。

「直接は知らない人だから」

「さっき、一通目のFAXは隠すような内容じゃなかったと言ってましたね。そのあとにはどんなものが届いたんですか」

「だんだん悪意があらわになるという感じだ」

「具体的には？」

躊躇《ちゅうちょ》したのちに、三笠は口を開く。

「『スタッフの中に裏切り者がいる』とか、『罪を犯した者がいる』とか、『書店大賞は開かれるべきじゃない。中止を発表しろ』なんてね。書店大賞は大成功を収めたイベントだ。注目され人気が出ればその分、やっかみも受けるだろう。快く思っていない人間のいやがらせだよ」

「飛梅書店の名前があったのは一通目だけですか？」

「いや、そうでもないらしい。送信者が同じ人かどうかはわからないけど、いやがらせめいたFAXには決まってその名があったようだ」

額に汗がつたい、三笠は拳でそれを拭う。次々に言いにくいことを聞いてしまっているのだ。

「だったら単純ないたずらではないですね。一通目は書店大賞にゆかりのある書店名が記載されていた。そのゆかりも、初期の頃を知っている人じゃなきゃわからない。そして二通目以降も、飛梅書店の名をかたっている。まったくの部外者では送れないFAXですよ」

思いつきを口にしながら杏子は首をひねる。内部の人間が関わっているのだろうか。

多絵の考えを聞いてみたかったが、今は話を向けづらい。書店大賞を好意的にとらえる人ばかりではないのは杏子も知っていた。大きくなりすぎたことにより、否定的な意見を唱える人が出始める。建設的な意見、前向きな改善策の提案ならまだしも、心ない中傷は年々増えていく。世話役の人たちはどう受け止めているのだろう。

「FAXを見たスタッフの人たちは、どんな対策を?」

杏子が問いかけると三笠は渋い顔で肩を持ち上げた。

「今のところは静観みたいだ。それはそれで賢明だと思う。ただ、中には気にする人もいて、他の人に相談したりするから、噂が広まるんだよね」

そうなのですかと、うなずいたところで人の声がした。連れだって来店したお客さん同士の声だ。その後ろから女性の店員が急ぎ足でやってくる。フロアを見まわし、三笠と目が合うなり本の在処《ありか》を聞きに来た。三笠はその本を探しに行き、杏子たちも売り場に戻った。

文庫の棚の前ではお客さんが平台の本を見比べたり、背表紙を指先でたどったり、総目録をめくったりとお馴染みの光景がある。ぼんやり眺めていると、一番奥の通路を横切る人がいた。

「あの人——」

「知ってる人ですか?」

杏子のつぶやきに、多絵がすばやく畳みかける。エプロンは外しているが、白っぽいワイシャツの胸に社員証らしきものが見えた。おそらくここの店員だろう。二十代後半だろうか。ということは三笠と同年代の男性店員。

戻ってきた三笠は、杏子の視線に気づいて言った。

「あいつと、知り合い?」

「いいえ、そうじゃないんです。どこかで見た顔だと思って」

「だったら雑誌や新聞だね。よく載るんだ。うちの文芸担当で――」

「深町《ふかまち》さん？」

本人の姿はもうなかった。おそらくバックヤードにでも引っ込んだのだ。

「はちまん書店、神田店の深町晶史《あきふみ》さんですね。そうです、雑誌の記事で見かけたんだと思います」

「あいつはそれこそ、書店大賞のスタッフなんだ」

だったら、彼にも何か聞けるだろうか。そんな思いがよぎったが、三笠はひどくさめた顔で深町の横切ったあたりをみつめていた。

「毎日、頑張っているよ。今日の授賞式を成功させるために、寝る間も惜しんで奔走している。これから会場に向かうんじゃないかな。ぎりぎりまで店の仕事をやって、文字通り汗水垂らして駆けつける。頭が下がるよ。そしてあいつは、ＦＡＸの送信者がぼくだと疑っている」

「え？」

聞きまちがいだろうか。今、三笠はなんて言った？

花乃はきょとんとした顔になり、多絵は唇を強く引き結ぶ。当の三笠はふっと笑った。そして杏子でも花乃でもなく、まっすぐ多絵を見つめて言った。

「内藤くんがよく言ってたな。うちの店には名探偵がいるって。お目にかかれて光栄だ。その名探偵に、ぼくの摑んでいるとびきりの情報をあげようか。ほんとうにとびきりだよ。誰も知り得ない情報。なんたって、今はなき飛梅書店の、元従業員の消息だから。ＦＡＸの謎を本気で解く気があるなら、訪ねてごらんよ」

「金沢に、ですか」

「いいや、都内だ。今は都内の書店で働いている」

13時15分

新宿駅で降り東口に出て、行き交う人々の間を縫って、智紀と真柴は路地に分け入った。雑居ビルが乱立するそこは、馴染みの場所なのに昼間訪れるのは初めてだ。けばけばしいネオンや呼び込みの声、酔客《すいきゃく》の千鳥足といったいつもの光景はなく、看板や広告をたどりながらきょろきょろ歩く。やがてガラス張りのショーウィンドウの脇に、小さなエレベーターと階段をみつけた。ずらりと並んだテナント名の中には、めざす店のロゴマークがある。「ランチ営業、始めました」というプレートもくっついていた。

エレベーターで三階まで上がり、迷わずのれんをくぐると、見覚えのある店員が威勢よく出迎えてくれた。智紀たちを見るなり訳知り顔でうなずく。奥まった席へと案内された。

「遅い！」

「何やってたんだよ」

「さっさと何か頼め。日替わりでいいな。お兄さん、日替わりの魚と肉、ひとつずつ」

四人掛けのテーブルに二人掛けの小さいテーブルをくっつけ、男が三人座っていた。ひとりは電話をくれた細川。名前に似合わず丸々とした巨体だ。そのとなりもまた、肩幅や胸板のがっしりした体軀《たいく》。一番年長で、岩淵《いわぶち》という。こちらは名前の字面にぴったりの強面《こわもて》だ。ふたり並ぶとすでに四人掛けのテーブルからはみ出していた。向かいに座っているのはひょろりとしたスキンヘッドの男で海道《かいどう》。三人とも大手出版社の営業マンだ。

智紀と真柴は必然的に海道のとなりに腰かけた。勝手に日替わり定食を注文したのも彼だ。三人の前にはすでに食事が運ばれていて、あらかた食べ尽くされたあとだった。

「いったいなんの話ですか」

運ばれてきたおしぼりで手を拭い、コップの水で喉を潤《うるお》した後、智紀は眉をひそめて言葉をかけた。非難がましい声になったと思うが、それでいい。大勢の書店員が全国から集まる書店大賞授賞式の当日に、なぜ、しょっちゅう顔を合わせている者同士で食事をとらねばならないのか。理由を聞かせてほしい。手短に。

「そっちこそ、今までどこにいたんだよ。誰かに会っていたんだろ。誰だ」

「え？」

「まさか、こっちの約束をないがしろにして、妙齢の書店員さんと会っていたなんてことはあるまいな」

迫力たっぷりに岩淵に睨《ね》め付けられ、毎度のことながら、あっけなく貫禄に負けてしまう。

つい今し方まで話をしていたのが、岩淵好みのたおやかな女性店員というのも分が悪かった。

「まあまあ岩さん、しなきゃいけない報告ならちゃんとしますよ。それよりも、今日が大忙しの一日というのはお互い様じゃないですか。話を進めましょうよ。急を要する事態が起きたんですよね？」

智紀がよけいなことを口走る前に、真柴が助け船を出してくれた。きれいな書店員さんのためなら機転の利く男だ。そして、

「おい、太川」

斜め前に座る細川に声をかけた。

「いつまでも皿を舐《な》めてるなよ。からっぽだろ」

「失敬な。舐めてないよ。ドレッシングが残っていたからトマトに付けていただけで」

「一大事の話を聞かせろ」

「うん。あのさ、真柴、聞いている？　書店大賞の第三位に入っている、市松晃って人について」

思わず「は？」と聞き返す。真柴も智紀も。

「市松晃さんがどうした？」

細川が答えるより先に、地を這《は》うような唸り声がした。岩淵だ。ただでさえ恐ろしげな人相が凶悪に歪み、ちょうど日替わり定食を持ってきた店員が通路に立ち尽くした。智紀はあわててなんでもないですと愛想笑いを浮かべ、どうぞここにとコップやおしぼりをよけた。

夜は夜で飲み会やら集会などに使わせてもらっている店だ。出入り禁止になっては不便だし嘆かわしい。集まっている面々が出版社の営業マンとは、店の人たちは気づいていないのかもしれない。冷静なる話し合いをするつもりがしょっちゅうヒートアップし、脱線してしまう。

でも日中は受け持ちエリアをまわり、新刊本を紹介し、既刊本の補充注文をもらうという地味な仕事をこつこつと続けている。岩淵にしても営業成績はけっして悪くない。本に対する愛情は深く濃いので、熱い魂の営業をかけ、書店からの信頼を得ている。

「話っていうのは外《ほか》でもない、市松なにがしのことだ。やっこさん、素姓を明らかにしていないだろ?」

その岩淵が重々しく言う。「なにがし」も「やっこさん」も、いかがなものかと思うがそれは聞き流す。

「たしかに、覆面作家さんでしたね」

「我々の同類かもしれない」

「は?」

「営業だよ、出版営業」

智紀は鱈《たら》の西京焼《さいきょうや》きを咀嚼《そしゃく》していた。甘辛い味噌《みそ》味に、白いご飯がすすむ。

「はあ、そうだったんですか」

サトイモの煮付けやレンコンの甘酢和《あ》えもなかなかいける。真柴もポークソテーを美味《おい》しそうに頬張っていた。

「まだはっきりはしてないがな」

「『窓辺のドレミ』でしたよね。読みましたよ。もしそれがほんとうならすごいです。あんな感動作が書ける営業マンがいるなんて」

「それだよ、それ」

横から海道がわめいた。

「営業で作家なんて、ずるいじゃないか。今日、どれほどの書店員さんが集まると思ってる？　我らのマドンナはあのパーティ会場にほとんど集結するんだよ。華やかで和気藹々《わきあいあい》とした楽しい夜になる。毎年毎年、素晴らしく煌《きら》びやかなひとときだ。もしかしたら心ときめく素敵にチャーミングなサプライズが起きるかもしれない。もちろん、掟《おきて》は守るよ。もちろんだけども、かわいらしい笑顔にたくさん出会える夢の一夜であることはまちがいない。そこにひとりだけ、注目を集める特別の営業がいるなんて。そんなの許せるか？　同業者のくせに、マドンナの関心を根こそぎ持って行くとしたら――」

感極まったように海道は天井を仰いで絶句し、向かいの席で岩淵は拳を握りしめ、細川は「ふぎゅう」とへんな声をあげた。

智紀は箸を手に、つややかな白米と小鉢のレンコンを静かに眺めてから、おもむろにナメコの味噌汁をすすった。ほんとうは箸など置いて頭を抱え込みたかったが、そんな時間も勿体《もったい》ない。さっさと食べて出よう。ここ以外のどこかへ。

けれども真柴はちがう感想を持ったらしい。

「海道、その、営業マンというネタはどこから出てきた？」

「インタビュー記事を細川がみつけたんだ。なあ」

「うんうん。市松さんは自分の正体がばれるような言動は徹底して避けている。担当編集者も正体については一切口をつぐんでいる。もしかしたら会ったことがないのかもしれない」

「そんなんで仕事ができるのか？」

「できるよ。メールがあるじゃないか。地球の裏側にいたってネット環境さえ整えば、何も不自由しない。原稿のやりとりも打ち合わせもメールですませ、本が出来上がれば宅配便で送ればいい。印税は振り込みだろ。直《じか》に会わなくたってなんとかなる。市松さんはもちろん書店まわりもしていない。たださ、新刊が出たあとの取材記事だけは微妙だ。ごくふつうの書評なら ば著者のコメントはいらないけど、インタビューともなれば質問する人と会って話さなきゃならない」

「まあ、そうだな」

写真がNGならば、カメラマンは同席しなくてもいいが、ライターはそうもいかない。

「表には出ない黒子だからうっかり忘れちゃうけど、会話のキャッチボールをする相手が必要なんだよね。そのせいか、市松さんに関するインタビュー記事はほとんどない。今、『ほとんど』って言ったのは、一誌だけ、みつけたんだ」

膨らみすぎた肉まんのようなほっぺたに得意げな笑みを浮かべ、細川が薄い冊子を取り出した。出版社が書店の店頭などで配布しているPR誌だ。付箋《ふせん》の付いているページを開くと、

『窓辺のドレミ』の書影が掲載されていた。「覆面作家、市松晃さんにお話を聞く」という見出しも目に飛びこむ。この手の記事の体裁からすると、ふつうは誌面のどこかに著者近影が入るのだろうが、それはない。

海道が誌面の一角を指さした。

「この記事もじっさい会って行ったのではなく、電話インタビューだったらしい。徹底してるよな。とはいえ、生《なま》の会話ができたからこそ、他にはない情報が載ってるんだ」

質問者が書店大賞のノミネートについて、一報を受け取ったときの気持ちを尋ね、市松晃は「思いがけなくて、なんの冗談ですかと笑ってしまいました。未だに信じられない気持ちです」などと答えている。さらに、授賞式にはいらっしゃいますかと聞かれ、「せっかくの機会ですから」と、明言を避けつつも前向きなニュアンスをのぞかせる。

ここまで読み、智紀は謎の覆面作家が授賞式当夜、パーティに現れるという噂を思い出した。無責任な臆測や希望論ではなく、話の出所《でどころ》がちゃんとあったのだ。

インタビュアーにとってもこの反応は意外だったようで、授賞式の活気を語り、ぜひにと興奮気味に誘う。すると市松晃は、「そうですね、たいへんな盛り上がりですよね」と、まるで雰囲気を熟知しているような口ぶりで応じている。つまり彼――ないし彼女は、これまでの書店大賞授賞式に参加したことがあるようだ。

「この人、既存の作家さんなんじゃないですか。市松晃というのはダミーのペンネームなんですよ」

智紀の意見を、岩淵が「いいや」と否定する。

「おれも方々に探りを入れてみたんだが、少なくとも今までの書店大賞ノミネート作家に、それらしい人はいないらしい」

たとえば出版社の主催するパーティならば、招待される作家も大勢になるが、書店大賞は基本、ノミネートされた人しか呼ばれない。すでに八回を数えているが、重複している人もいるので、延べ人数にしても数十人だ。業界通の編集者ならば怪しい人、そうでない人の鼻が利く。

「作家さんでないとすると、それ以外の関係者ですね」

「すんなり考えられるのは書店員だが、市松なにがしが書店員という線は非常に薄い」

「どうしてです？」

「おれが読んでる文芸誌に、『最高の一杯』をテーマにしたエッセイコーナーがあって、やっこさんも寄稿してるんだよ。そこで語っていたのは暑い夏の昼下がり、外回りの仕事途中に飲むアイスコーヒーについてだった」

「外回り……」

「街中の、よくあるセルフのチェーン店で飲む、氷がざくざく入ったあれだ。店から店への途中、汗だくになってついふらりと立ち寄り冷房に当たる。喉を潤す。おれたちにとっては馴染みの一杯だ。エッセイにはそういう、ほんのつかの間放心するような、からっぽの無になるような雰囲気まで、巧みに表現されていた」

大きな目玉を動かす岩淵の、言わんとすることは智紀にもわかった。書店員にも表に出なくてはならない用事はあるだろう。本の配達や備品の買い出し、取次や銀行とのやりとりなど、考えるそばからいくつも浮かぶ。でもそういった途中に、コーヒー店に立ち寄るか？　寄ったとしても、内勤メインと外歩きメインでは、ほっとする感覚に差違があって当たり前かもしれない。

「もちろん書店員にもいろいろあるだろう。外商なんかは店の外で働くよな。だからぜったいとは言わないが、仕事中に汗だくでコーヒー店に飛び込むのは、多くの書店員には当てはまらない」

「ですね。でも外を歩き回るなら、それはそれでいろんな職種があるんじゃないですか？　なにも営業マンに限らなくたって」

「忘れるなよ。書店大賞の授賞式会場にいる、外回りの人間だぞ」

指摘され、「ああ」と小さな声が出た。市松晃という覆面作家の正体について話をしているのだ。大勢の参加者で賑わうパーティ会場だが、そのほとんどが屋内で働いている現役書店員。彼ら、彼女らを抜かしたら、いったい誰が残るだろう。もともと一般人の参加はない。

「書店員以外にいるとしたら、出版関係者」

「その中でも、編集者や書評家は考えにくい。外回りの仕事を日常のようには語らないだろうから」

「取次はありえますね。書店まわりの取次」

いわゆる本の問屋だ。出版社と書店をつなぐ流通業者で、書店と取引している。ただしパーティ参加者の数は少ない。おそらくほんの数人。

「あとは、出版社の営業マンか。あの会場に限って言えば、頭数は多くなりますね」

「だろ」

岩淵は満足げに腕を組み、大きな頭を何度も前後に揺らした。やりとりを聞いていた真柴までまったく同じポーズを取る。そしておもむろに口を開いた。

「市松さんが営業マンだとすると、なるほど由々《ゆゆ》しき事態だ」

智紀はとっさに反論した。

「なんでですか。いいじゃないですか。むしろめでたいですよ。営業マンから作家なんて、かっこいいじゃないですか」

「よすぎるだろ！」

「真柴さん」

「ひつじくんはなんにもわかってない。我々は一介の営業マンとして、陰になり日向《ひなた》になり、仕事熱心で心優しくチャーミングでかわいらしい書店員さんを見守ってきたんだ。雨の日も風の日も足繁《しげ》く店に通い、その笑顔がいつまでも続くよう、なんの見返りもないままに心から切《せつ》に祈ってきたよ。それを、突然横から現れ、土足で踏みにじるとは。へらへら笑っていられるわけがないだろう」

「誰も踏みにじってないですよ」

「いるよ。同じことなんだ。書店大賞、三位だ、三位。その本を営業マンが書いたと知ったら、書店員さんたちはみんな興奮し、大騒ぎでもてはやす。この世でただひとりきりの、とびきりスペシャルな営業マンだ。話をしたくてまわりを囲み、うちの店に来てくださいときっと言う。そいつがのこのこ訪問すれば、極上の笑みで歓待し、飲み会の誘いをするかもしれない。いや絶対する。そしてキュートでかわいらしい書店員さんは、自分のメアドを紙に書いてこっそり渡すんだ。それもこれも書店大賞、三位だから！」

襟元をねじりあげるような迫力でわめかれ、智紀は椅子から転げ落ちそうになった。あわてて片足で踏ん張り、真柴の体を押し戻すと、情けない顔の細川が見えた。海道は握り拳をテーブルに押しつける。岩淵は唇を噛んで目を閉じている。

相変わらず、めちゃくちゃな人たちだ。ツッコミどころが多すぎて話にならない。

「市松さんは女性かもしれない。性別を明かしてないのに、どうして男と決めつけるんですか」

たちどころに騒ぎを静める魔法の言葉を思いついて口にしたが、岩淵が両目をカッと開いた。

「男だ。それも独身男だ」

「誰に聞いたんですか」

となりのとなりに座っている海道が、腰を浮かし、頭のてっぺんから声を出した。

「さっき岩さんが言ったのとはちがうエッセイに書いてあった。担当編集者に婚活サイトをすすめられたんだって。試しにいかがですかって。自分でも調べてみたところ、男性より女性の方が入会金にしろコンパ参加費にしろ安いって、ぼやいているような内容だ。それって自分が男だからこその感覚だろ」

一理ある、気がした。守る会ならではの嗅覚の鋭さも痛感する。ちょっとしたエッセイから、肝心の情報を嗅《か》ぎ取っているのだ。

「覆面作家さんでも、エッセイの依頼は引き受けるんですね」

「栄えある第三位だからな。原稿の依頼も行ってるだろう。手始めに短いエッセイで声をかけるのは編集者の常套《じようとう》手段らしいよ」

真柴が通《つう》ぶった物言いをした。覆面作家は短い文章の中にも、身元を明かす手がかりを入れてしまったのか。

「外回りの仕事経験があり、男性で独身、というのがそっくり当たっているとしたら、案外うかつな人なんでしょうか。覆面作家としながら、本気で隠そうとは思ってないのかな」

「思ってないよ。だから、授賞式に現れることをほのめかしている。ほんとうは正体を明かしたくてうずうずしてるんじゃないか？　それもまたどうかと思うよ。今日の主役はあくまでも一位を取った、『凍河に眠れ』の野田雅美さんだ。噂の覆面作家が覆面を脱ぐってことで話題をさらうなら、やり方として好きじゃない」

これもまた鋭い指摘だった。真柴を見直す気持ちにもなるが、あくまでも「ここでやめてくれたら」だ。同業者だったら羨ましすぎるという、嫉妬ややっかみは聞き苦しい。

「結局のところ、すべては蓋を開けてみないとわからないですよね。市松さんが我々の同業者なのか、どうか。今晩ほんとうにパーティに現れて正体を明かすのか、どうか。ここで雁首《がんくび》そろえていても、どうにもならな……いたた」

「貴重な情報だろ。パーティまでにもっと集めるんだよ。すでに営業を辞めてるならまだしも、続けてるならこっちも出方を考える」

「どんな？　っていうか、何かあるんですか」

またしても叩かれないように、真柴を牽制《けんせい》しながら言い返していると突然、真柴のとなりで海道が椅子を鳴らした。テーブルに置いてあった携帯に、着信があったらしい。手に取る前にディスプレイを眺め、大げさに体を引く。

「なんだよ、誰からだよ」

真柴が横からのぞき込み、驚いたように二度見した。それを押しのけ、やっと海道が電話に出る。奥まった席にいた彼は、みんながじゃまで移動できず、仕方なさそうに壁にへばりついた。長身を屈《かが》めて口元に片手を添え、声をひそめる。漏れ聞こえてくるのはわずかだが、気の使いようが尋常でないのはよくわかった。

「真柴さん、電話の相手は誰ですか」

「はちまん書店、福岡店の中林さんだって。きっと女性だ」

「福岡？」

智紀の耳にそのとき、思いもしないひと言が聞こえた。飛梅、と。背筋を伸ばして耳を澄ますも、それきり何を話しているのか聞き取れなくなってしまった。電話が切れたあとは、さっきまでの騒ぎが嘘のように静まりかえった。海道はわざとらしく咳払《せきばら》いをして着席し、携帯をしまっておもむろに腕時計を見る。

「えーっと、そろそろ、行きましょうか」

「どこへ！　なんだよ、今の電話」

「見たぞ、はちまん書店、福岡店の中林さんからだろ。誰だ」

「中村さん？　知ってる！　さばさばした、明るくて元気のいい書店員さんだ。ぼく、去年のパーティで挨拶したもんね」

「ほんとかよ！　なんで太川が挨拶したんだ。おれをさしおいて」

「紹介してくれる人がいたんだよ。それよりその中林さんがどうして電話を？　おかしい。あやしい。吐け吐け！」

「な、なんでもないよ。ちがうって」

「何がちがう。言えないのか、海道よ。ここで絞められたいか」

岩淵まで罵声《ばせい》を飛ばす。騒ぎを聞きつけおろおろとやってきた店の人たちに、智紀は謝り、なんでもないですとお引き取りいただき、興奮する「守る会」のメンバーたちを必死に宥めた。この手のもめ事は珍しくないが、今までは夜だったので酒のせいにもできた。昼間にやられては弁解のしようもない。ただの迷惑な客だ。

「落ち着いてくださいよ。お店に迷惑じゃないですか。海道さん、釈明があるなら早く言ってください」

「中林さんは、たしかに素敵な書店員さんなんだけど、オレ、抜け駆けなんかしないし。それに、すごく無念だけど今年は欠席なんだ。今も電話は福岡から」

「早くそれ、言えよ」

「ちょっと待って。何もなけりゃ電話はないよね」

「おー、そうだ。海道、隠し事はためになんねえぞ」

「隠してないですってば。ただその、中林さんは来られないけど、バイトの女の子が参加するそうで。心配だからと頼まれたんです」

女の子？　頼まれた？　なんだそりゃと、再びやかましい。

静かにしてくださいと言いながら、智紀はとなりに座る真柴を押しのけ、海道に話しかけた。

「今の電話で、飛梅がどうのこうのって言ってませんでした？」

「うん、まあ」

「言ってましたよね。飛梅がどうしたんですか」

「知らないよ。なんだよ、井辻くんまで」

店員がやってきて、空《から》になった器を手際よく片づけた。テーブルをきれいに拭いて、お茶も熱いものに替えてくれる。さっぱりしたところで、みんなが聞きたいのはバイトの女の子や福岡の書店員と海道の関係性だろうが、先手を打ち、大事な用件があるからと岩淵や細川を黙らせた。といっても、すみませんと頭を下げての哀願だ。キャリアも年齢も一番下《した》っ端《ぱ》なのでしょうがない。真柴をもう一度、押しのけた。

「飛梅のこと、聞かせてください、海《うみ》さん」

「だから、ほんとうにわからないって。突然中林さんに聞かれたんだ。飛梅書店を知ってるかと。オレはさっぱりだ。井辻くん、君は知ってるの？」

「中林さんは知ってるんですか？」

「さあ。どうだろう。彼女は困ったような口ぶりだった。バイトの女の子がひとりで授賞式に出席する予定なんだけど、その子、飛梅書店にまつわる謎を解くと言って、今朝の飛行機でこっちに向かったそうだ。謎ってのが書店大賞と無関係じゃないんだって。心配だからみつけ出して、余計なことしないよう、見張ってほしいと頼まれた」

きれいな書店員さんのことしか考えていなかった真柴も、さすがに姿勢を正した。

「書店大賞と関係のある飛梅？　ほんとうにそう言ったのか」

「おい、真柴までなんだよ。わかっていることがあるなら話してくれよ。オレ、頼まれた以上はなんとしてでもバイトの子を探さなきゃ」

智紀と真柴は顔を見合わせ、どちらからともなくうなずいた。はちまん書店の福岡店には例のＦＡＸを知る人がいるのだろう。バイトの女の子の耳にも入り、好奇心にかられたのか。と言っても、謎を解く手がかりなどおいそれとみつかるはずもない。それとも当てがあるからこそ、上京してくるのか。

何から何まであやふやで不透明な話にためらいもしたが、海道にとってはすでに乗りかかった船だ。岩淵にしろ細川にしろ、いたずらに口の軽い人間ではない。智紀は書店大賞の実行委員長、竹ノ内を悩ませている謎のＦＡＸについて、これまで摑んだことを順を追って話した。海道も岩淵も細川も初耳だったらしく、眉をひそめたり首を傾げたりと不審げな顔つきになった。

「これだけ毎日書店に通っていても、知らないことはあるもんだな」

「いい話じゃないから、わざわざ営業マンに言う人はいないんだね、きっと」

「厄介事《やっかいごと》があるような口ぶりは何度かされた。でも毎年のことだからな」

岩淵はさらに続けた。

「これだけ大がかりなイベントとなればゴタゴタはつきもんだ、くらいにしか考えてなかった。じっさいの話を聞けば、竹ノ内さん、気の毒だなあ」

「岩さんは書店大賞が始まった頃を知ってますよね？」

「ああ。でも創設時は広告にいたんだよ」

広告部という意味だろう。岩淵の所属するのは大手出版社なので部署が細かく分かれている。

「おれが営業に移ったのは七年前だ」

「だったら立ち上げに深く関わったという、飛石さんのことは……」

「さっきから思い返しているんだが、そういう人がいたのは聞いた気がする。みんなが兄貴分として頼りにしたけれど、実家の都合であるとき郷里に帰ったと。南ではなく、寒い地方だったという記憶はあるんだ。金沢だったのかもしれない。でも亡くなっていたとは。知らなかったよ」

真柴がぽつんとつぶやく。

「この中に、金沢を担当してるのはいないか」

「いても、八年前に閉店してます。仕事では訪ねられませんよ」

岩淵を除くとみんな三十歳以下、営業マンになってからのキャリアは八年に満たない。

「どんな店だったんだろうな、飛梅書店」

今度は岩淵が言う。智紀は思い出して鞄の中からブックカバーのコピーを取り出した。自分が関わることになった発端であり、これもまた謎なのだ。いつどこで自分の荷物に紛れ込んだのだろう。

「ほう。きれいなカバーだな。まさに梅が飛んでいる」

岩淵に手渡すと、いかつい顔がひどく優しげにゆるんだ。あたりの空気まで和《なご》むようだ。迫力のありすぎる風貌に加えて、なめらかで柔らかな営業トークやスマイルをまったく持ち合わせていない朴念仁《ぼくねんじん》だが、梅の花に目を細めるところは道を究《きわ》めた武人にも似た風情がある。

「これ、井辻くんの？　見せてもらったのは初めてだよね。でも、どこかで見たことある」

そう言って、細川がカバーに顔をくっつけた。

「寄りかかるなよ。重いぞ。北陸に旅行でもしたか」

「ちがうよ。最近もこんなふうに、なんだろうとのぞき込んだことがあって。相手はもちろん岩さんじゃなく、真柴でも海道でもなく……」

「細川さん、ほんとうですか。それ、誰ですか？」

勢い込んで智紀は尋ねた。

「えーっと、たぶん、うちの営業なんだろうな。うん。会社のフロアでの会話だ。注文書の間に挟まっていたと言ってたっけ。これとまったく同じかどうかはわからないけど、上品な梅の花があしらわれてた」

本人の知らないうちに注文書の間に、というのは智紀のケースと同じだ。ブックカバーを手にしたのは自分だけではなかった——のかもしれない。

「その人に聞いてもらえませんか。いつどこで、どんなふうに書類の間に紛れ込んだのか。ぼくには見当がつかなくて」

「いいよ。電話してみよう」

細川はすぐに携帯を操作し、その場で同僚に電話をかけたが留守番伝言サービスに切り替わってしまう。どうしたものかと話をしていると、折り返しかかってきた。

「あー、よかった。ごめんごめん。忙しいところ。あのさ、つかぬことを聞くけど」

口の利き方からして、カバーが入っていたのは細川と同年代の営業マンらしい。メモを取る仕草《しぐさ》をするのでボールペンと紙ナプキンを渡した。場所と日付が書かれる。三週間前の、埼玉エリアだ。智紀はあわてて自分の手帳を取り出してめくった。同じ頃、自分も埼玉を訪れている。もちろん仕事で。

紙ナプキンにはさらに文字が並んでいく。書店名だ。智紀が担当している店もあればそうでないのもある。担当が重なっている店こそ、他社の営業マンとの接点になりうる。都内や神奈川、千葉などにも共通する店はあるかもしれないが、細川の同僚はブックカバーが紛れ込んだ日を正確に覚えているらしい。入れられたその日に気づき、なおかつ、埼玉エリアしか回っていない日だったのかもしれない。

智紀はもう一本のボールペンで、いくつかの書店名に丸を付けた。ここで働く誰かしらが、営業マンの鞄に飛梅書店のブックカバーを忍ばせた？　ほんとうにそうだとしたら、必ず意図があるはずだ。

15時0分

はちまん書店神田店を辞して、杏子は多絵や花乃と共に電車を乗り継ぎ、亀有《かめあり》という駅に着いた。名前は聞いたことがあるが初めて降りる駅だ。階段を下りて改札口を抜けるとバスターミナルが拓《ひら》けている。タクシー乗り場を含めてかなり広い。見晴らしがよく、空まで大きく明るく感じられた。

駅に隣接したスーパーマーケットの前を通り、銀行の角から斜めに横断歩道を渡る。道路は駅を中心に放射状に延びていた。その中の一本がめざす商店街だ。ファーストフード店とドラッグストアを確認しながら間の道に入った。

三笠に紹介してもらったのは、「みつば堂」という書店で、今現在は五店舗を展開している。出店エリアが荒川《あらかわ》、江戸川《えどがわ》近辺の千葉寄りに限られているので、杏子には馴染みのない店だった。

銀行、カメラ店、携帯ショップ、喫茶店、不動産屋を順番に通りすぎ、やがて本屋特有の、新刊雑誌の宣伝を掲《かか》げた「のぼり」が見えてきた。みつば堂、亀有店だ。無事にたどり着いてほっとする一方、緊張感も膨らむ。

書店大賞の事務局に送りつけられたFAXにあった飛梅書店は、すでに八年前、閉店していた。なくなった理由は店主の急死とのことだ。謎はさらに深まる。どうして、その書店の名前で意味深なFAXが届くのだろう。途方に暮れる杏子たちに、はちまん書店の三笠は思いがけない情報を付け足した。飛梅書店のかつての従業員が都内で働いていると。

「今、いるかな」

「さあ。聞いてみないとわかりませんよ。杏子さん、行きましょう。このまま立ちっぱなしじゃ、かえって目立ちますよ」

多絵にせっつかれ、ワンフロア百坪ほどの店内に入った。平日の昼下がりだったが雑誌売り場や地図ガイドコーナーに人影が多く見える。文庫や新書の棚にも本をのぞき込んでいるお客さんがいた。

いつもだったら品揃えや平台のディスプレイにたちまち興味を引かれるが、さすがに今日ばかりは並んでいる本ではなく、立ち働いている人を探す。ほどなくひとりみつかった。文庫のストッカーをのぞき込んでいる女性だった。

声をかけ、できうるかぎり丁重に挨拶し、杏子は名刺を差し出した。多絵も花乃もバイトなので持っていない。名刺を渡すのも、おおよその用件を話すのも杏子だ。

「あら残念。小平《こだいら》さんなら今さっき帰ったばかりよ」

「そうですか」

緊張感が抜けて、思わず肩を上下させてしまう。それを落胆と見たのか、店員はひどく気の毒がってくれた。

「たぶんその先のコーヒー屋さんでひと息入れていると思うわ。今日発売の本をいそいそと買って帰ったから。携帯に電話してみましょうか」

「いいえ、そこまでしていただいては」

「金沢の本屋さんについて、聞きたいのよね。だったらこのまま帰しては、小平さんにもがっかりされちゃうわ。旦那さんの仕事の都合でこっちに引っ越してきたけど、金沢のことは今でもとても懐かしいみたいなの」

ちょっと待っててねと言って、その人はバックヤードに引っ込んだ。待ったのはほんの数分だ。現れるなり笑顔で手招きした。チェーン店のコーヒーショップ名を口にする。

「二階の窓際にいるみたいよ。行ってみて」

「ありがとうございます。ここまで来て、無駄足にならずにすみました」

「これが男の人だったら取り次がないけど。あなたたちだったらいいわ。かわいらしいお嬢さんたちだもの」

さらに恐縮し、多絵や花乃と共にお礼を言って、みつば堂をあとにした。ありがたかったのはほんとうだけど、浮かれてはいられない。緊張感が舞い戻ったのに加え、金沢にいた頃を懐かしがる人に対し、ためらうような話題だ。

その人がかつて働いていた本屋の名が、おかしな使われ方をしている。

「多絵ちゃん、どう話せばいいと思う？」

重い足取りで尋ねると、多絵はちっとも暗くならずにさっぱりとした顔をしていた。つるんとしたおでこに、まっすぐな髪が揺れる。

「必要なことだけ聞けばいいじゃないですか。今ごろになって、飛梅書店の名前を持ち出す人がいる。心当たりがあるか、ないか。私たちが一番知りたいのはそれですよね」

「うん」

「番線印についても気になります。ＦＡＸに押してあったのでしょう？」

「そうだ。番線印なら、営業していた頃に関わりのある人じゃないとダメだよね。知り合いはこっちにたくさんいたとしても、金沢の本屋さんが使っていたものなら、金沢にじっさい行かなくちゃ。もしくは、その店にいないと」

「杏子さん、お店がなくなったら、番線印ってどうなるんですか」

「さあ、どうなるんだろ。閉店する店にいたことがないから」

首を傾げているうちにも、見覚えのあるチェーン店にたどり着いた。知らない土地でもここなら入りやすい。中をうかがっていると、一番後ろを歩いていた花乃が情けない声をあげた。

「すみません、私……」

「どうかした？」

「さっきから電話が入っているんです。福岡のお店から。たぶんすごく心配してるんだと思います。これ以上出ないでいると、クビになっちゃうかも」

携帯を手に、首を縮めて唇を嚙む。靴の先も、もじもじと内向きだ。乗り物の中などで、彼女の携帯に着信が入っているのは杏子も気づいていた。

「そりゃかけた方がいいよ。待ってようか？」

「いいえ、大丈夫です。先に行ってください。話が終わったら、すぐ追いかけます」

「そう？　こちらの状況を話して安心してもらってね」

うなずく花乃をその場に残し、杏子は多絵だけ連れて店内に入った。コーヒーをあらかじめ買って行くのは妙かもしれない。とりあえず二階に上がった。小平とおぼしき人は杏子たちを待っていたようで、窓際のカウンター席で体をひねりこちらを向いていた。
四、五十代の中年女性だ。細身でショートカット。ジーンズにスニーカーという出で立ちからして活潑《かっぱつ》そうな人だった。目尻を下げ、気軽にひょいと片手を挙げる。
「私を訪ねてきたんですって？」

歩み寄って挨拶すると、多絵が気を利かせ、飲み物を買いに行ってくれた。杏子は名刺を渡し、小平のとなりに腰かけた。窓に面した席で、見下ろすと電話中の花乃が見えた。すみませんすみませんと、必死に謝っている様子だ。ブレンドコーヒーをふたつ持って、多絵が戻ってきた。杏子のとなりにちょこんと座る。

「急に押しかけて申し訳ありません」

「それはいいんだけど、どこで私のことを聞いたの？」

「はちまん書店神田店の、三笠さんにうかがいました」

小平は不思議そうに聞き返す。

「どなたかしら。あの店にはときどき寄っているけれど。女性？」

「いいえ。三笠さんは文庫担当の若い男性です。若いと言っても私よりいくつか年上で」

「そうなの」

彼女はつぶやき、首を傾げた。てっきり三笠と知り合いだと思ったのに、ちがうのだろうか。

「まあいいわ。何かの拍子におしゃべりしたのかもしれないわね。飛梅書店のことが知りたいんですって？」

あっさり話題を切り替え、小平は年長者らしく余裕の構えで微笑んだ。杏子は本題である、謎のＦＡＸについて話した。

「ほんとうに謎ねえ。わけがわからないわ。あそこは地元の人に慕われるとってもいい本屋さんだったのよ。懐かしがってくれる人がいて、回顧録みたいな本を作るのかと思った」

「すみません」

「謝らなくていいわよ。そういう本ができたら嬉しいなっていう、私の勝手な夢だもの」

そう言って小平はゆっくりコーヒーを口に含んだ。

「閉店の仕方があれだったから、よけいに残念なのよね」

「店主さんが急に亡くなられたそうですね」

「過労による心筋梗塞《しんきんこうそく》ですって。今どきはどこもそうだろうけど、金沢のあの店も経営が苦しくてね。忙しくてもなかなか従業員を増やせず、店長は無理に無理を重ねていた。みんなが危ぶんでいた矢先に倒れてしまい、それっきり」

杏子は黙ってうなずいた。頭の隅に成風堂の店長が浮かぶ。過労死を心配するほどの仕事ぶりでは決してない人だが、今の店のカラーはまちがいなく店長あってのものだ。そして自分はそのカラーに愛着を持っている。仕事仲間としても馴染んでいる。いつもは考えもしないことだが、とても大きな存在なのだ。

「皆さん、さぞかしおつらかったでしょうね」

「ええ。店長が倒れたのは店の中でもあったし」

「お店？　だったら営業中に？」

「ううん。開店前よ。十時の開店に間に合わせようと朝早く出て、ひとりで品出しをしていたの。それもまた、人件費を節約するためね。人に頼んだら一時間数百円の時給がかかるでしょ。少しでも削ろうとしたのよ。お店の経営者ってほんとうに大変。私とは別にもうひとりパートさんがいて、その人が十時前に店に出たら、店長が通路に倒れていたんですって」

杏子は黙って目を伏せた。気の毒以外の何ものでもない。

「そういえば今日は書店大賞の日じゃない？」

「はい」

「店長が亡くなったのはね、ちょうど書店大賞授賞式の朝だったわ」

驚いて聞き返す。

「八年前の？　だったら第一回の授賞式ですよね」

「店長も楽しみにしてた。品出しをして店を開けたら、上京する予定だったの。まさか、自分の命日になるなんて。ごめんなさい。だめね。年を取ると涙もろくなるわ」

手元にあった紙ナプキンを目元にあてがい、小平は無理にも微笑みを作ろうとした。三笠の言葉を思い出す。飛梅書店の店長は、いろんな店の書店員から慕われ、実家である金沢に戻ってからも頼られていた。書店大賞の生みの親、陰の功労者と言う人もいた、と。

その人が大成功の一夜を見ずに、あと数時間というところで他界した。なんという悲劇だろう。

「店長さん、ご家族は？」

黙り込んでしまう杏子のとなりから、多絵が話しかけた。

「奥さんとお子さんがいたのよ。でもそのお子さんもまだ小さくて」

「お店は続けられなかったんですね」

「ええ。ただでさえ、店長の頑張りでまわっている状態だったから。葬儀のあと、店を開けたのはほんの数日。取り置きされた本や定期購読の雑誌を引き取ってもらい、客注をキャンセルして。古くからのお馴染みさんは、入れ替わり立ち替わり現れて棚の本を買ってくれたわ。みんな残念がってくれた。そのあと取次が来て在庫を整理して、シャッターは永遠に下ろされたの」

「つかぬことをうかがいますが、そういうとき、店の番線印ってどうなるんでしょう」

「番線印？」

「謎のＦＡＸには飛梅書店の番線印が押されていたんです」

小平は困惑した様子で眉を寄せた。

「さあ。閉店後の片づけなら手伝ったけど、帳簿や判子の類は奥さんや大旦那さんがまとめて持ち帰ったわ。番線印もその中にあったんじゃないかしら」

「働いてらした方は何人くらいいました？」

「大旦那さんは持病があってほんとうのご隠居状態。奥さんはお子さんがいたからときどき昼間に手伝うくらい。じっさいに働いていたのは店長と、前の代からいる鹿島田《かしまだ》さんっていう男性と、あとはパートやバイトね」

「その鹿島田さんって方、今どうされてるんでしょう」

「私がいたとき五十代だったから、どこかに再就職したんじゃないかしら」

「店長の、奥さんやお子さんは？」

小平はほんの少しためらってから、口を開いた。

「奥さんは金沢の人ではなかったの。郷里に戻ったと聞いたわ」

「郷里はどちらです？」

「大阪か、神戸か。関西だったと思う」

「お子さんも一緒に？」

「ええ。仕方がないわよね」

　自分に言い聞かせるように小平は言った。店長を亡くした従業員。子どもを亡くした老親。夫を亡くした妻。父親を亡くした子ども。残された人々には各々の人生が続く。

「謎のＦＡＸには、飛梅書店の番線印が押してあったのね。だったらもうひとつ、店長の最後にまつわる謎も、いつか解いてくれないかしら」

「なんですか、それ」

「亡くなる前の日、店長はずいぶん深刻に考え込んでいたの。日頃温厚な人なのに、眉間に皺を寄せて低い唸り声をあげたりして。私もそれは知っていた。そしたら翌日、大変なことになったでしょう。倒れているのを最初に発見した上原《うえはら》さん、私と同じパートさんね、彼女は、そのとき作業台に不審《ふしん》な書き付けをみつけたんですって」

　言葉を切り、杏子と多絵をゆっくり見てから小平は言った。

「口惜しい。すっかりしてやられた。無念でたまらない、って。店長の字よ。どうやら品出しをすべて終えてから、作業台でそれを書いた直後に倒れたらしい。つまり店長の最後の言葉なわけよね。いったい何をそんなに口惜しがっていたの？　誰にしてやられたの？　未だに私、もやもやが晴れないわ」

　多絵は目を見開き、何度か瞬《まばた》きしてから身を乗り出した。

「その話、小平さん以外にも知ってる人がいますか？」

「いるわねえ。これでも口止めはしたのよ。口惜しいとか、やられたとか、心穏やかな言葉じゃないでしょ。やたらに言いふらしちゃだめって。でも上原さん、私が忠告する前にもう、近所の人に話してしまったの。店長をみつけたのも上原さんだったから、がまんできなかったのね」

「どういうことです？」

「店長が働きすぎっていうのは、従業員みんなが知ってた。倒れなきゃいいけどと思っていたところに、ただ倒れたんじゃなく、亡くなってしまった。肉体的な疲れだけでなく、店長を追い詰めた人や物事があって、最悪の事態になったんじゃないかと上原さんは考えたんでしょう。だから近所の人に、うちの店長にひどいことをしたのは誰よって、悔し涙にくれたのよ」

「過労死を招いた要因ですね」

小平はうなずき、唇を嚙む。

「今にしてみれば、突然の死が受け止められずに、何かのせいにしたかったのかもしれない。犯人捜しをしてしまうっていうの？　私もだわ。たったそれだけの言葉が書いてあっただけで、店長が大きなストレスを抱えていたように思い込んでた」

「でも、たしかに書いてあったんですよね。タイミングとして、亡くなる直前に」

「それはまちがいない。上原さんのあと、鹿島田さんもその紙を見てるの。前日の夜、最後に店を出たのも鹿島田さん。作業台にそういう紙はなかったらしい」

飛梅書店の飛石店長は、何を口惜しがっていたのだろう。無念にかられたまま亡くなったのではと考えるだけで、残された人々のやりきれなさは増すだろう。

溜まっていた息をつき、杏子が窓の外に目をやると、さっきまで向かいのカメラ店の角にいた花乃の姿がない。振り向いて店内を見渡したが来ていないようだ。どこに行ってしまったのだろう。

そのちょっとした動作が引き金となり、潮時という雰囲気になった。

「あらあら、いろんなことをしゃべりすぎちゃったわ。今のは忘れてちょうだい」

「お話を聞かせていただき、とても助かりました」

ありきたりの言葉だが、心を込めて杏子が頭を下げると、小平が首を振る。

「大した話はできなかったわね」

「そんなことありません。働いていた人に、いつまでも『いい本屋だった』と懐かしがられるお店を、店長さんは築かれていたんですよね。私も心の中に、大事にしまっておきます」

「まあ。そう言ってもらえると嬉しいわ。哀しいだけの思い出話じゃなくなるようで」

微笑んで多絵の方を向くと、何か言いたそうだ。立ち上がって後ろに下がると、さっそく話しかける。

「小平さんは最近、飛梅書店のご家族にお会いになったことはありますか？」

「ううん。ぜんぜん。お彼岸のお墓参りで、たまたま大旦那さんと店長の奥さんにお会いしたことはあったけど。あれも五、六年前になるわね」

「元従業員の人たちには？」

「会ってないわ。上原さんや鹿島田さん、どうしているかしら」

「それ以外の、他のパートさんやバイトの学生には会われましたか?」

「え?」

小平は驚いたような声をあげた。

「どうかしました? お店には何人かいたんですよね」

「いたけど、バイトの子はころころ替わるもの。覚えてないわ」

「そうですか。はちまん書店の神田店で、ばったり出くわしたりしませんか?」

小平は目を見開く。思わず息を止めてしまったらしく、しばらくして大きく深呼吸した。

「すみません、驚かせるつもりはなかったんです。小平さんが飛梅書店の元従業員で、今はみつば堂で働いていることを、神田店の人に聞きました。でもその、教えてくれた人の名前を言ってもご存じないふうでした。別にお知り合いがいるんじゃないかと思って」

「びっくりした。まだ心臓がどきどきしてる」

「申し訳ありません」

「あなたもバイトよね。さっきそう紹介されたわね」

「はい。『あなたも』ということは、再会したのは私と同じバイトの大学生ですか。丸八年経っているから、今は二十代の後半?」

再び小平は肩をすくめ、「やだわあ」と眉を寄せた。

「ご迷惑はおかけしません」

「それ、ほんとうにお願いするわ。隠したかったんじゃなく、言いにくかったの。だから名前は聞かないでね。私にとっては懐かしくても、相手もそうとは限らないでしょ。なんとなく迷惑がられた気がして、あまり触れたくなかったのよ」

「再会を小平さんは喜んだのに、その方はよそよそしい態度でしたか」

「思い過ごしかもしれない。向こうにしてみたらバイト先の、パートのおばさんだものね。もう何年も昔の話だし。覚えてなかったのかもしれない。なれなれしくされて、困ったのかも。やだわ、恥ずかしい」

いえいえそんなことはないですよと、多絵は片手を振りながら愛想よく笑い、それきり話を切り上げた。名前を聞くなと言われたので食い下がるわけにもいかない。杏子も丁重に礼を言い、ふたりしてカウンター席から離れた。それぞれのカップを片づけ、会釈しながら階段を下りた。


店の出入り口のすぐ脇に、花乃が立っていた。そわそわと待ち構えている。

「どうでした？　お話は聞けましたか」

「花ちゃん、ここにいたの？」

窓の下だったので見えなかったらしい。

「さっき上がってったんですけど、杏子さんと女の人が涙ぐみながら話をしてて。とても近づけなくて、下りてきてしまいました」

「ああ。ちょっと込み入った話をしてたから」

歩き出し、通りの真ん中で足を止めて店の二階を見上げた。小平がいたら、最後にもう一度、挨拶をしたかった。向こうも気にしていたようで、身を乗り出して窓越しに手を振った。そして「あら？」と言いたげに指をさした。その指が、三本立つ。

「ふたりと思っていたら、花ちゃんを入れて三人になったから、驚いているのかな」

「ですね。花ちゃん、今からでも遅くないよ。挨拶してくれれば？」

「いいですよ、そんなわざわざ」

「じゃ、花ちゃんは謎の女の子のままで」

多絵の言葉に花乃は身をすくめ、そのあと一緒になって花乃もお辞儀をした。小平はいつまでも窓辺に立っていた。通りをだいぶ進んでから振り返ると、初めて訪れた町の風景に、これまで杏子が見てきた老舗書店の面影が重なる。

八年前、静かに幕を引いた店がなぜ今、取りざたされるのか。過去の番線印を押した者は、固く閉じたシャッターをこじ開けたいのだろうか。開けた先に見える景色はなんだろう。通路に倒れる店主の姿と作業台の紙切れが目の前をよぎり、街角ににじんで消えていく。

「多絵ちゃん、小平さんがはちまん書店の神田店で会ったのは誰だろう。昔は飛梅書店のバイトだった人？　今は？」

「他にも気になることがあるので、ちょっと電話してみます」

「電話？　どこに」

尋ねても答えず、多絵は自分の携帯をいじり始めた。カバーかけもプレゼント包装も苦手な不器用人間なので、余裕たっぷりにすましていたはずが、たちまちディスプレイを睨みつけて口惜しそうに唇を噛む。うまく操作できないのだろう。頭はめっぽういいのに。惜しいことだ。

「危ないよ。かけるなら、ちゃんと立ち止まってからにして」

横断歩道を渡ったところで、多絵を引っぱり銀行の角に身を寄せた。ここまで来れば、駅は目の前だ。けれどどこからどこに行けばいいのだろう。

花乃には小平の話をかいつまんで伝え、彼女の電話についても尋ねた。

「福岡の中林さんだっけ、話はできたの？」

「怒られました。ちゃんと電話に出なさいって」

「そうよ。短いメールでもいいから連絡入れなきゃ」

「はい。無事に成風堂の人に会えて、とってもいい人たちだと話したら、少しほっとしたみたいです」

そんなやりとりをしていると、多絵が電話を切った。

「どこにかけてたの？」

「成風堂です。忙しいところ申し訳ないと思ったんですけど、どうしても内藤さんに聞いておきたいことがあって」

内藤？　なぜ今？

「出てくるとき、内藤さんは三笠さんのことで含みがありそうでした。あれが引っかかってたんですよ。渋りながらも教えてくれました」

「なんだったの？」

「三笠さんは現在、契約社員なんですって。正社員を希望して真面目に働き、やっと店長推薦がもらえるところまできていたそうですが、もうひとり、正社員枠を狙っている人がいて、その人の方が選ばれるんじゃないかと、ずいぶん落ちこんでいたみたいです」

雇用問題？

「採用できる人数は少ないのね」

「各店舗ごとにひとり、あるいは該当者なしで本部にあげ、そこから選考によってさらに絞られるそうです」

ひとりでさえ、通るとは限らないのか。

「もしも今年がだめでも来年っていうふうに、簡単にはいかないみたいです。契約社員から正社員へは、いわば中途採用。毎年、ほんの数人しかなれない。もしも今年、神田店の人が選ばれたなら、しばらくチャンスは他店にまわると言われているようです」

はちまん書店は大規模チェーン店だ。支店の数も多い。だが、各店からひとりずつ推薦されたとして、すべてを採用する体力が会社そのものにない。長引く不況により、経営陣は人件費を極力抑えたいと考えているだろう。そして偏《かたよ》りを避けるためにも、不公平感を生じさせないためにも、続けて同じ店から採用者を出さないというのは、ありうる話かもしれない。

「つまり正社員になれるチャンスは、ひとつの店舗について数年にひとりってこと？」

「そうなりますね。この先、景気が低迷したらもっと厳しくなるかもしれません」

成風堂で社員として働く杏子に、気安く「わかる」とは言いづらい。でも想像力くらいはあるのだ。三笠はおそらく二十代後半。正社員を本気で望んでいるとしたら、今ここでなれるかなれないかは、人生を左右しかねない大問題だろう。

「三笠さんのライバルって、どんな人だろう。推薦されたら、神田店の数年分のチャンスを持って行ってしまう人なのかな」

「内藤さんの情報からすると、文芸担当で、各社のゲラを積極的に読みこなし、新刊レビューにたびたび取りあげられる人だそうです。書店大賞の実行委員メンバーにも名を連ねるはちまん書店のホープ」

「深町さん？」

彼は契約社員だったのか。それに対する驚きは大きくない。契約だろうが、パートだろうが、フリーターのバイトだろうが、書店員であればゲラを読む機会はあるだろうし、優れたレビューを書けば採用される。書店大賞の実行委員にもやる気と熱意があればメンバーに加えられると聞く。

ただ、そういう彼が正社員への希望を明らかにしたら。

叶《かな》うのではないかと、杏子は思ってしまう。同時に、三笠の沈んだ横顔が見えるような気がした。

15時10分

智紀と真柴と細川は、ブックカバーの出所を探しに川口《かわぐち》に到着した。「守る会」のメンバーは二手に分かれ、海道と岩淵は福岡の書店員、中林のたっての希望を尊重してバイトの女子大生の保護に乗り出すことになった。

埼京《さいきょう》線に乗車してからも智紀は手帳を開き、懸命に「その日」について記憶を掘り起こした。細川の同僚である営業マンと、かぶっている店舗は五軒だ。

その五軒の中で、知らないうちにブックカバーのコピーを入れられる可能性はどれくらいあるだろう。考えられるケースはふたつ。ひとつは、目を離した隙に直接、鞄に入れられる。もうひとつは書類の間に挟まれ、気づかずに自分で入れてしまう。どちらだろう。

店頭を思い浮かべると、鞄に直接入れるのはむずかしいかもしれない。在庫チェックのさい、足元に鞄を置くことはあるがファスナーは必ず閉めている。これまで開けっ放しで作業したことはなかった。誰かがそっと近づいたとしても、ブックカバーのコピーはＡ４サイズ。折り目はない。ファスナーが全開でなければ入らないのだ。持ち主の目を盗み、開けたり閉めたりするのはリスクが大きすぎる。

その点、書類の間に挟み込むのは、やりようがあるのではないか。受け取った注文書を返すときに潜り込ませておけばいい。万が一みつかっても、手違いととぼけて回収できる。じっさいそういう状況はあったのかもしれない。

自分はたまたま気づかなかっただけ。智紀は思い返す。知らずに持ち帰り、会社でみつけた。入れられた人が他にもいるということは、誰でもよかったのかもしれない。

「どう？　心当たり、もう少し絞れそう？」

「はい。五店舗のうち二軒は、目の前で書類のやりとりをしました。番線印を押すところも見てます。余分の紙を挟むタイミングはなかったと思います」

「だったら三軒か」

どこも大型店だった。川口の「谷沢堂《たにざわどう》」と、浦和《うらわ》の「よしむら書店」、「ブックス・カナリア」。大きな店だと担当者も数人いるし、作業台に注文書を置いて平台の陳列について話し合うこともある。それを聞き、細川は同僚にメールしてくれた。電車が川口に到着する直前、返事が来た。三軒の中では谷沢堂とブックス・カナリアが怪しいかもしれないと。

川口で下車してファッションビルの七階に入っている谷沢堂に急いだ。単行本と文庫の担当者をみつけてブックカバーのコピーを見せたが、ふたりとも首を傾げるだけだった。どこのカバー？　金沢？　へえ。初めて見る。これがどうかしたの？　ああ、梅の花ね。

受け答えにも表情にも不自然なところはなく、何も知らない様子だった。離れたところから見守っていた真柴も細川も同意見だった。念のため、居合わせた他の書店員にもカバーのコピーを見せたが収穫はなかった。

続いて訪れたのは浦和のオフィスビルの一階、二階に店舗の入ったよしむら書店だ。単行本の担当者はそれこそ授賞式に出席するとのことで、公休日になっていた。文庫担当者の反応はそっけなく「さあ」のひと言で、あとは怪訝そうに眉をひそめられてしまった。他の書店員は谷沢堂の人たちと似たり寄ったりの反応だ。

「困ったね。単行本の人には会えずじまいか」

「授賞式の前に連絡、つくかなあ。井辻くん、彼の携帯って知ってるの?」

真柴も細川もここが受け持ちエリアではないので、智紀がしっかりしなくてはならないが。

「渡部《わたべ》さんって言うんですよ。携帯は知りません。さっきお店の人に聞いたんですけど、教えてもらえませんでした」

「まあ、そうだろうな」

「もしも渡部さんなら、向こうからリアクションがあるかもしれません」

「どういうこと?」と、真柴。

「カバーのコピーを入れた人は、営業マンの反応を待ってるんじゃないですか」

誰でもいい。誰かが飛梅書店について行動を起こすこと。

「いろんな営業マンの書類に謎のカバーを忍ばせる。細川さんのところの営業さんみたいにあとから気づいても、なんだろうと不思議に思うだけの人もいる。でも中にはぼくのように、飛梅書店の名前に興味を持つ人もいる」

「なるほど。君が動いたのは、書店大賞事務局への、ＦＡＸを見たからだね」

「ちょっとふたりとも、さっきから何を言ってるの。もっとわかりやすく話してよ」

「すみません。ぼくもわかってないんです。ただ、営業マンに適当にばらまいたとしても、それをするだけの理由があると思うんですよね」

「謎のFAXと結びつける人間が、現れるのを待っているとかさ」

「ええ。だとしたら、こうして動くことで何かが得られるかも」

「何かって?」

細川が丸々した身体を揺らし、それに対して真柴がにやりと笑って答えた。

「ヒントだよ。FAXを送った人間を突き止める、手がかりだ」

三軒目のブックス・カナリアは駅前からバス便という郊外店だ。奮発してタクシーで到着した。母体は「カナリア」というビデオレンタルやゲーム販売を柱とした会社で、浦和店もショッピングモールの一角に広々とした店舗を構えている。売り場面積の半分がブックコーナー、残りの半分がビデオ・ゲームコーナーだ。

文芸担当者は三十代後半、小柄な女性だ。フロアですぐにつかまり、智紀は挨拶もそこそこにブックカバーのコピーを見せた。不思議そうな顔で手に取り、楽しげに眺めまわし、きれいねと微笑む。内心、力が抜けた。何も知らないらしい。

「この店で、こういった他店のカバーを持っていた人、いないでしょうか」

「いるとしたら、緒方《おがた》さんかしらね」

ダメ元で尋ねたので、答えが返ってきて驚いてしまった。

「緒方さん？」

「実用書担当の若い子よ。伯父《おじ》さんがコレクターだと言ってた。いろんな本屋さんのカバーを収集してるのよ」

　本人ではなく、伯父さんが収集家。ピントが外れているのか合っているのか、すぐには判断しかねるが、コレクターなら廃業した書店のカバーを持っていてもおかしくない。

「緒方さん、今、いらっしゃいますか」

「ううん。今日はお休みよ。彼女の休みは明日なんだけど、用事ができたから替わってほしいと頼まれたの。それで、私が出てるわけ」

「今日の用事？　もしかして書店大賞でしょうか」

「かもしれないわね。投票してたから。でも、それなら夕方からでいいのにね」

　話が途切れたところで、そばにいた真柴や細川が名刺を差し出し挨拶した。

「こんな日に、わざわざ埼玉まで来て。みんなどうしたの？」

「このカバーと同じものを探してるんです。緒方さんが持っていたかどうか、わかりませんか？」

　小柄な彼女は首を傾げつつも、真面目くさった顔で腰を屈める三人を見比べ、表情をゆるめた。図体は大きくとも、彼女から見たらみんな年下だ。

「バックヤードにファイルがあるかもしれないわ。前に花柄のカバーを見せてもらったことがあるの。そのときはクリアファイルに挟んであったのよ」

「我々もそのファイル、見ることってできませんか？　私物だと思うんですけど」

「いいんじゃないかしら。本当の私物は個人ロッカーの中だもの」

踵を返す彼女のあとを三人して追いかけた。この店のバックヤードは企画ものの打ち合わせをするさい、中に入れてもらったことがある。スタッフオンリーの場所だが、他店のそれに比べて広く、仕切られた小部屋の他に事務室らしく机が並んでいた。

いいわよと言われ、智紀たちはドアの中に身を滑らせる。太めの細川もこういうときの動きはすばやい。顔の合った人に会釈し、なるべく目立たないよう腰を屈め、彼女にくっついて移動した。壁際のキャビネットの上にファイルが立てかけてある。歩み寄った彼女は手を伸ばし、たちまち「あった」と声をあげた。探すまでもなく、あっさりみつかったのだ。

「これよ、これ。ほら、いろんな花柄のカバーがあるでしょ」

コスモス、バラ、ひまわり、百合《ゆり》。ぱらぱらとめくっていく中に、智紀が手にしているのと同じ梅の花が現れる。引き抜いて比べれば一目瞭然《いちもくりょうぜん》だ。飛梅書店で使われていたブックカバーの、おそらく実物。

他の花柄と一緒になってファイルに収まっていればなんの違和感もない。智紀たちを案内してくれた書店員は、ごくふつうの親切心で見せてくれたのだ。でもこれは、ただのカバーではない。

「緒方さんって、もしかして金沢の出身でしょうか」

「ううん。生まれも育ちも埼玉のはずよ」

横から真柴が口を挟んだ。

「でもそこにある箱、金沢銘菓《めいか》、中田屋《なかたや》のきんつばですよね」

書店員の視線がキャビネットのはじっこに向けられた。黒っぽい紙箱がある。

「きんつばなら、私ももらったわね。誰かのお土産じゃないかしら。中身はもう空だと思うわ」

誰だろう。そして、いつの土産だろう。

尋ねたかったが、智紀は花柄のカバーが挟まったファイルに、異質なものをみつけた。切り取られ、折りたたまれた新聞紙面だ。広げると、そこにあったのは本の広告。智紀の勤務する明林書房のものではないが、新聞の広告欄なら毎朝チェックしている。見覚えがあった。人気作家の新刊紹介で、購買意欲をそそる煽り文句と、書店員から寄せられた応援メッセージが掲載されている。特別な目新しさはないが、わざわざ挟んであるからには理由があるのでは。

傍らから細川ものぞき込む。智紀はもう一度広告に目を落とした。作家に意味があるのか、煽り文句なのか、タイトルなのか、本の内容なのか、出版社なのか。眺めていて、とある一点に気づく。まさに小さなポイントだ。書店員の応援メッセージは複数載っている。その中のひとりの名前に丸印がついていた。

「はちまん書店、神田店の深町さん」

口にしてすぐ顔が浮かんだ。文芸書担当のエースだ。明林書房もいろいろお世話になっている。

「深町さんの名前に、なんで印があるんだろう」

左手に飛梅書店のカバー。右手に新聞広告。智紀の目の前に、ふたつが静かに並んだ。

16時0分

授賞式の会場は三年前から、新橋《しんばし》駅近くの東西会館《とうざいかいかん》に変更された。

これまでの会場よりひとまわり大きくなったパーティ会場は、壁の色がアイボリーのせいかよけいに広く感じられる。天井も高く、シンプルなデザインの照明が隅々まで光を放ち、行き交うスタッフたちの表情も伸びやかだ。緊張感はまとっていても硬さがない。互いの名を呼び、身振り手振りで指示を仰ぎ、確認を取り合う。ちょっとしたやりとりにも仲の良さが察せられた。

各人の職場はそれぞれちがうはずだ。同じ商品を扱うという意味からすればライバル同士。けれど早い時間から会場に詰めて準備に勤しむ。受付の設置や照明のテスト、マスコミ各社への応対、作家を迎える控え室の手配、会館側の担当者との最終打ち合わせ。

パーティが始まると、フロアの後方には立食パーティ用のビュッフェ料理が運び込まれる。今はそれ用のテーブルがセッティングされ、すべてに白い布がかけられている。

フロアの前方には、参加者がセレモニーに立ち会う場として、広いスペースが確保されていた。もう二時間もすれば、満員電車さながらの混雑ぶりを呈するだろう。

そして正面の舞台に掲げられた横断幕には、「第九回　書店大賞授賞式」とある。

結果はすでに、二次投票が締め切られた数日後に出ている。出版社の主催する文学賞とは異なり、書店大賞は書店員の投じた票によって順位が決まる。はじき出される数字がすべて。公式発表まで一ヶ月半を要するのは、この間、受賞作に増刷をかけ、投票に参加した書店まで本を行き届かせるためだ。

もともとが書店の売り上げ向上をめざすイベントであり、一票の重みは誰でも同じ。等しく扱われる。一見それは公平なようでいて、別の角度から見ればたいそう不公平だ。年間百冊以上読み、吟味に吟味を重ねて選んだ一冊もあれば、ほんの数冊、世間の評判につられて目を通し、ろくな比較もないまま投じられる場合もある。それらが同じ一票としてカウントされる。

後者の割合が多くなるほど、隠れた名作は浮上しにくくなる。すでに売れている人気作家の話題作に票が集まる。結果、目新しさに乏しい、刺激の薄いランキングができあがるのだ。

いつしか巷《ちまた》にも、不満や失望の声があがるようになった。未知なる傑作を教えてほしいという期待に、おいそれとは応えられない現状が続いたから。年々高まる批判的な意見は主催者にも聞こえているだろうが、今年も選出方法に大きな変化はなかった。

そして一位に輝いたのは『凍河に眠れ』。かねてより書店員に人気のあった野田雅美が、二年ぶりに上梓《じょうし》した大迫力の山岳サスペンスが、下馬評《げばひょう》通りに票を伸ばした。意外性に乏しいというささやきをそこかしこで聞いたが、やっと野田に大きな賞があげられたと喜ぶ声も多かった。

実績のある人気作家なので、『凍河に眠れ』も単行本としてはヒットといわれる十万部を、すでに突破していた。受賞がさらなる弾みとなるのはまちがいない。大増刷がかけられ、全国津々浦々《つつうらうら》の書店に山積みされ、マスコミにも大きく取りあげられる。映像化の話も、大手スポンサーが付きトントン拍子に進むだろう。

華やかな快進撃は約束されている。今日のセレモニーは、まさにその門出《かどで》だ。万雷の拍手が湧き起こり、祝賀ムードに包まれる。盛り上がれば盛り上がるほど、売り上げアップにつながり、経済的な潤いももたらされる。

きわめて理にかなった祭典。誰にとっても嬉しくありがたいイベント。わかっているのだけれども、本は、大賞の一冊があればいいというものではないだろう。他のノミネート作九点もしかり。スポットライトを当ててほしい本、当てるべき本は他にいくらでもある。

そんな思いで飾り付けの進む壇上から目をそらすと、壁に横付けされた細長いテーブルに、実行委員のスタッフがせっせと本を並べていた。歩み寄って眺めると意外なラインナップだ。話題にはなったが売れたとは聞かない本。話題にさえならなかった本。書店で一、二度、見かけただけの本。出たことも知らなかった本。

そこに「発掘本コーナー」とプレートが立てられる。一冊一冊に、手書きのPOPがつく。

「前はこんなの、なかったですよね」

つい、声をかけた。若い女性のスタッフは訝しむ顔をしたが、関係者を表す腕章を見て微笑んだ。

「前の会場にはなかったかもしれませんね。手狭《てぜま》でしたから」

「発掘本――ですか」

「ええ。残念ながら書店の中で埋もれちゃってる本です。でも、絶対いいから読め、読んでよかったらあなたの店でも売ってくれ、よろしく頼む、ってコーナーなんですよ」

「誰の発案ですか？」

溌剌とした彼女は、言葉を探すようにして言う。

「誰って……。それはたぶん、書店員みんなのですよ。せっかくたくさんの人が集まるんですから、いろんな本を紹介したいじゃないですか」

「あなたのすすめる本もありますか？」

「はい。スタッフだからってわけじゃなく、おすすめがあるから入れてもらいました」

二歩、三歩と後ずさり、茶目《ちゃめ》っ気たっぷりにこれですと指し示す。初めて目にする本だった。今どきのアニメっぽいイラストが表紙に躍っている。見るからに若い人向けの本で、正直、食指が動かない。そんな気持ちを察したように、ＰＯＰを読むよう促された。

丁寧に紡《つむ》がれた、誠実な青春小説です――とある。

ほう、と声が出た。いかにも若者好みの、派手な演出たっぷりの小説を想像していた。なのでそぐわない言葉に俄然、興味を引かれた。それを狙ってのコピーなら、やるじゃないか。そう伝えようとして口を開けたところで横槍《よこやり》が入った。

「上戸《うえと》さん」

自分と同じ腕章をはめた若い男が駆け寄ってくる。名前はたしか伊東《いとう》だった、と上戸は思った。四十近い自分からすれば、ひとまわりも年下の若造だ。小柄でえらの張った四角い顔にたらこ唇という覚えやすい風貌で、そこだけは助かる。

「探しましたよ。こんなところにいたんですか」

「何かあった?」

「ありましたよ。ですからちょっと」

来てくださいと目配せされる。今でなければいけないのか、あとではだめか。言ってやりたかったがのみ込んだ。顔なじみのディレクターに頼み、飛び入りさせてもらった立場だ。割り当てられた仕事もなく、ひとり気ままにぶらぶらしていた。

女性のスタッフには「ありがとう」と片手で挨拶し、伊東に引っぱられるようにして会場の外に出た。

そこは絨毯《じゆうたん》が敷き詰められたフリースペースで、観葉植物やソファーセットが品よく配置されていた。真正面は庭園に面した大きなガラス窓だ。緑の築山《つきやま》に白い玉砂利《じやり》、石灯籠《いしどうろう》、松や椿《つばき》などの庭木が見える。

ガラス窓の近くでは、参加者に渡すパンフレットなどの袋詰め作業が行われていた。折りたたみ式の机を持ち出し、くっつけて並べ、スタッフたちが流れ作業でこなしている。

「どうかしたの?」

伊東は執拗《しつよう》にまわりをうかがい、かえって挙動不審もいいとこだ。こんなのでテレビマンが勤まるのだろうか。誰かに見咎《みとが》められる前に、上戸の方から話しかけた。

「大変なことがあったんですよ」

「だから何」

「単刀直入に言いますとね、たれ込みがあったんですよ」

「は?」

思わず顔が歪んだのは、驚いたからではなくうんざりしたからだ。伊東は気づかない。楽しげに談笑するスタッフの一群を遠くに眺めながら、声をひそめた。

「今回のランキングに不正が行われたそうです。票の操作。それによって実際の順位とはちがうものが公表されていると」

「おいおい。なんだい、それ」

「ほんとうですってば。ついさっき、そういう情報が入ったんです。考えてもみてください。絶対ないとは誰にも言えないでしょう? 集計作業も発表も、われわれのあずかり知らないところで行われているんですから。数字の改竄《かいざん》なんて、その気があればあっという間ですよ」

「いったい誰だ。そんなでたらめを唱えているのは」

はなから取り合わないと、伊東はムッとした顔になり、「ちゃんと聞いてください」と詰め寄る。

「たれ込みがあったのは、チーフの丘《おか》さんの携帯にです。メールの発信者は今のところ不明。こちらに聞く気があるのなら、改竄される前の正しいデータを送ってくれるそうです。それもきちんと自分の正体を明かし、実行委員の名前で送るとありました」

上戸はゆっくり視線を宙にさまよわせた。速まりそうになる呼吸をやり過ごし、慎重に口を開く。

「内部からのリークか」

「ですね。そうなります」

「実行委員の名前で届いたって、本人からとは限らないだろ」

「わかっています。でも、水面下で何か起きているのはまちがいない。それだけでもネタとして十分そそるでしょう?」

「よそは?」

「メールによると、今のところはうちだけにコンタクトをとっているようです。うちが取り合わないならよそにまわすとありました。丘さんは丁重なメールを返しましたよ。詳しいことをぜひとも知らせてほしい。単独で当たらせてくれるなら、けっして悪いようにはしないと」

だろうなと上戸はうなずいた。ついでに胸に溜まっていた息を吐き出す。ニュース番組のローカルネタを担当している自分とちがい、丘は平日十時台のワイドショーで特集コーナーを持つディレクターだ。本来、独自の企画を通し、尺の長いものを手がけるが、合間合間に短い取材も担当する。書店大賞はそれにあたった。

「丘さんはすでに釣られているわけだな」

「釣りでも面白いと思ってるんですよ。だからといってまったくのデマを摑まされ、踊らされた日にはしゃれになりません。それで上戸さんの耳にも入れておこうと思って」

「おれの？」

「上戸さんもディレクターじゃないですか。恥ずかしながらおれも丘さんも、湯沢《ゆざわ》も新倉《にいくら》もあんまり本を読まないんで、出版事情ってのに疎いんですよ。上戸さんは相当な読書家でもあるし」

「それほどでもないよ」

「いえいえベストセラー以外も読んでいるなら立派な読書家ですって。今回のランキングも、うちらは誰も、一冊も読んでません」

ほんとうに自慢にならない話だ。

「今日のイベントも、本好きだからのぞきに来たんでしょう。そう聞いてますよ」

「ああ。丘さんが行くと聞いて交ぜてもらった。となると、ちょっとは働かないと申し訳ないか」

「ですよ。冷静な意見っていうのをお願いします」

「さっき獲得票数の改竄と言ったが、順位がどう変わったんだろう。問題はまずそれだな」

伊東の表情が目に見えて明るくなった。上戸との距離をさらに詰めてきたので、上戸は反射的に身を引いた。伊東は顔を突き出し耳元でささやく。

「大賞は別の作品だそうです」

「ほう」

「三位になっている作品が、ほんとうはトップだったらしい。すげ替えられたんですよ」

ポーカーフェイスが保てない。上戸の頭の中で、二冊の表紙がめまぐるしく点滅した。

「でも三位のは……」

「覆面作家の作品だそうですね。出版社も小さいところだと聞きました。今回、大賞に決定した方が、人気作家の本で大手の出版社から出ている。そりゃあ今後の展開がちがってくるでしょう。でかい商売になる。どちらが持ちかけたのかは知りませんが、裏取引があってもおかしくない。そう思いませんか」

上戸は顔を上げ視線を通路のむこうに向ける。大きな窓ガラスがぐんぐん身近に迫り、遠くの空に身も心も持って行かれる。

「もうひとつ、メールの主《ぬし》が面白いことを言ってきました。なんでもこのランキング操作を、三位の覆面作家も知っているそうです。不正によって大賞を逸したことについて、コメントがもらえるかもしれない。現在、交渉中とのことです。丘さんの携帯に、公式データとは異なるデータと、覆面作家のコメントが届いたら、真偽の程について上戸さんの意見を聞かせてくれませんか」

伊東の熱っぽい訴えに、華やかな笑い声が重なった。実行委員のスタッフたちがてんでにプリントや冊子を振っている。その先にいるのは笑顔で応じるスーツ姿の男だ。やや貫禄の出た腹のせいか上着のボタンはとめず、人の良さそうな顔にハンカチをあてがっている。慣れないスーツに汗だくだとこぼし、仲間内でどっと沸き返る。

「誰ですか」

「竹ノ内さん。書店大賞実行委員長だ」

「では、今日のイベントの総責任者ですね」

気の毒にというつぶやきが聞こえた気がした。伊東が生意気にもそんなことをほざいたらしい。それとも自分の心の声だろうか。

こうしている今も、舞い込んだ恰好のネタをどう料理するか、丘は設置したテレビカメラの横でほくそ笑んでいるにちがいない。正義の告発だろうとまったくのでたらめであろうと、見せ方次第でいくらでも作りようがある。

逃げ道さえ確保できれば、もっとも効果的なタイミングで、もっとも大衆受けする爆弾を投下することができるのだ。

16時5分

浦和にある郊外型ショッピングモールの一角、大手チェーン店のブックコーナーで、智紀はしばらく混乱を抱えて立ち尽くした。

連れて行ってもらったバックヤードで、自分の持っていたのと同じ柄のブックカバーをみつけた。出所は、ここでまちがいないだろう。けれどそこから先、どう対処すればいいのかがわからない。

実用書担当の緒方という女性店員は、埼玉の出身とのことで、金沢の書店とのつながりは見えてこない。それでいて、彼女が不在でも問題のブックカバーはたやすく発見できた。偶然ではないだろう。わかりやすい場所にファイルを置いたとしか思えない。

そしてそのファイルには新聞のキリヌキがあった。新刊の広告で、推薦コメントを寄せた書店員のひとりに印が付いていた。

深町晶史。なぜ彼の名に？

案内してくれた書店員に尋ねると、「さあ」と言いながら首を横に振るだけだ。緒方は今年二十八歳になる、真面目で堅実な女性とのこと。実用書の担当だが小説が好きで単行本も文庫もよく買って読んでいる。なので新聞広告を持っていたのは不思議ではない。そして新刊の販促イベントや他店で開かれるサイン会などにときどき参加していたので、ひょっとして深町とも顔見知りかもしれない。そう言われた。

「ひつじくん、ひつじくん」

どこかしらに消えていた真柴が、失礼な呼びかけと共に戻ってきた。

「井辻ですって」

「それはともかく、気になる情報を得たよ」

どたどたと太めの体を揺らして細川も現れた。こちらは口を開くより先に、額から玉のような汗を流す。いつものことなので、見ないふりで話を進める。

「情報って？」

「金沢のきんつば男は、ちょっとばかり見てくれがいいらしい」

きんつば？

「ほら、さっきバックヤードにお菓子の空き箱があったろ。聞き込みしたところ、レンタルビデオコーナーの店員の、お土産だそうだ。それが若くてちょっとだけかっこいい男らしい。たぶん、ひつじくんの七、八倍だろうな」

「そんなしょうもない比較はいりませんよ。それに、いくら金沢だからって」

横から細川が「あれはね」と割り込む。

「有名なお菓子なんだよ。そういうのを買ってきて書店員さんの気を引こうとするところがあざとい。自分の職場はレンタルコーナーじゃないか。向こうだよ、うんと向こう。本売り場をうろちょろしてお土産を渡すのは、越権行為も甚《はなは》だしい」

声がどんどん大きくなるので、あわてて止めて人気の少ない売り場に移動した。

「いいじゃないですか、お土産くらい」

今度は真柴がこれみよがしに「ふん」と鼻を鳴らした。

「容姿が少しばかり目立つのをいいことに、きんつばくんは書籍売り場でも人気があったそうだ。真面目で純情で奥手の緒方さんもほのかな思いを寄せていたと、これは仲のいい友だちからの情報だ。なのに彼は、この上のレストランで働くウェイトレスと付き合い始めた。どう考えても書店員さんの方が素敵だけど、このさい、きんつばが他の女性を選ぶなら止めやしないよ。さっさと彼女持ちの札をぶら下げてほしい。ところが最近、正確に言うと、二月くらいから、なぜか緒方さんに接近していたらしい。たびたび話しかけたり、店の外でも会ったりしてさ。目撃情報は複数あるんだよ。きんつばの土産だって、わざわざ緒方さんに手渡していたそうだ」

「はあ。そうなんですか」

他に言いようがない。年頃の男女がどういう付き合い方をしようと、第三者には口の挟みようもない。

「それでね、書店の友だちも気になって、どうなっているのか緒方さんに聞いたんだって。きんつばとどんなことを話しているのか。同じフロアとはいえ、それまでほとんど口を利いたこともなかったのに、なんで急にと不自然に思ったんだな。そしたら緒方さん、こう言ったそうだ。書店大賞について、いろいろ聞かれてるって」

とりまいていたぬるい空気が一瞬にして冷える。真柴は智紀の視線を受けて、意味ありげにうなずく。

「この店で、文芸書を一番熱心に読んでいるのは緒方さんで、書店大賞にも投票していたらしい。ふつうに考えると、緒方さんの気を引くために、彼女の得意分野の話題を持ち出すのは下心ありまくりの男の常套手段ではあるけれど、この場合はどうかな。引っかからないか?」

「ちょっと待ってください。彼は本を読む人ですか」

まず、そこを確認しなくては。書店大賞に興味を持っているというだけで、あらぬ疑いをかけたくない。でも、善良なる読書家ではないのなら、なぜ緒方に接触するのだろう。

にわかに気になって、智紀は真柴たちと共にレンタルコーナーへと移動した。派手なポスターやフィギュアが飾られたカラフルな売り場に、返却されたビデオを棚に戻している店員がいた。ひょろりとした細身の男で、パーマをかけているのか髪の毛がくるくるしている。色も明るい茶色だ。声をかけて名刺を差し出すと、仕事の手を止めてくれた。

きんつばを買ってきたのは、江口《えぐち》という男だそうだ。今日はシフトが入っておらず、このあとも出てこないという。

「金沢はあいつの郷里なんですよ。そりが合わなくて出てきたと言ってたけど、実家はまだあるらしくって」

不在とはいえ、初めてたどり着いた金沢の出身者だ。

「何か、金沢のことで聞いた話はありませんか。たとえば、よく利用していた本屋さんとか」

見上げながら智紀が尋ねると、長身の男は「さあ」と首をひねる。

「飛梅書店という名前に、聞き覚えはないでしょうか」

「いや、本屋の話ってしたことないですね」

「実家のことを、『そりが合わない』と言ってたんですよね。でもごく最近、江口さんは帰省してるでしょう?」

それこそ、きんつばを買ってきている。

「ああ。ひと月くらい前かな。なんか、昔懐かしいものを探しに行くって言ってました」

懐かしいもの？

「何かは知らないですよ。聞いてないし。ただ、自分の部屋がまだ残っているって話から、そんなことを言い出して」

二十いくつの男にとっての、懐かしいものとはなんだろう。

「みつかったんでしょうか」

「と思います。戻ってきたとき、機嫌がよかったから。あったあったって、言ってたっけな」

「へえ」

間の抜けた声を出す智紀の横から、真柴が話しかけた。

「江口さんって、どんな方です？」

「えー、なんですか、それ。どんなと聞かれても、わかりやすいような、わかりにくいような。たまに飲みに行く分には面白いやつなんだけど、ちょっとめんどくさいところもあるかな。ああ、内緒ですよ」

「了解です。さっき書籍コーナーで耳にしたんですけど、女性に人気があるみたいですね」

「まあ、それは。でも見かけほど性格は甘くもないし、かわいくもないし。いつだったか、やけに不機嫌でぴりぴりしているときがあったな。ひどいやつがいて驚いたとか、このままにしておけないとか。悪事を暴いて不正をただす、みたいなことを息巻いたり。そういうのが、めんどくさいんですよ」

「悪事……」

なんだろう。

「いつ頃か、もう少し具体的にわかりません？」

「半年くらい前かな。そうだ、ぴりぴりしてたのは半年前だけど、不正をただすってのは、帰省の前後ですよ」

「だったらひと月前？」

もっと聞きたかったが、しきりにレジを気にしだしたので切り上げざるを得なかった。仕事中にいつまでも立ち話はできない。

最後にもうひとつと彼にも書店大賞のことを尋ねたが、反応はないに等しいものだった。


店を辞してから、智紀と真柴と細川はショッピングモールの中を突っ切って、シャトルバスの乗り場へと向かった。浦和駅との間を往復しているバスだ。行きは気が急いてタクシーにしたが、帰りは少し待ってでもバスにしようと話がまとまったのだ。

話し合いたいこと、考えたいことはたくさんある。

「なんでしょうね、悪事って」

「うん。ひどいやつがいて不機嫌になっていたのが半年前、緒方さんに話しかけるようになったのが年明けの二月から。そして帰省したのがひと月前か」

「緒方さんのことも気になりますね。なぜ、飛梅書店のブックカバーを営業マンの鞄に入れたんでしょう」

「ひつじくんは、気づいた人間の反応を待っていると言ってたね」

ここに来るまでの間に考えたことだ。書店大賞の事務局に届いた謎のFAXの件を知っている者ならば、ブックカバーとの共通点に思い至る。どちらにも飛梅書店の文字が入っているのだから。

気づかせるためにわざと入れ、営業マンを浦和まで来させた。もしそうだとしても、なんのためなのか、そこから先が皆目見当も付かない。

「待てよ。あれを入れたのが緒方さんの意志とは限らない。男の指図かもよ。きっとそうだよ」

「だったら、情報を握っているのは男の方ですか」

「今、そいつはどこにいるんだろう」

連絡の取りようがない。携帯の番号さえわかればと思うものの、さっきの長身の彼にしてもおいそれとは教えてくれないだろう。緒方の番号もしかり。

他に誰か――。

「そうだ。新聞のキリヌキ」

深町の名前に印があった。

「ブックカバーのファイルに挟んであった広告、あれって、いつのものでしたっけ」

智紀の言葉に、さっきからずっと携帯をいじっていた細川が顔を向けた。

「去年の十月だよ。うちの本だもん。まちがいない」

「そんなに前？　十月と言えば、半年前じゃないですか。ひょっとしてあれにも、今回の件が絡んでいるのかも」

「井辻くん、おかしな言い方しないでよ。なんにもないよ。こう言うとなんだけど、ごく一般的なふつうの広告だよ。コメントをくれた書店員さんにはもちろん丁寧な応対をした。トラブルは起きてないし、評判も悪くない。深町さんに限って言えば、他の新刊紹介にも出ている」

「だから不思議なんです。最近のではなく、どうしてわざわざ半年前のものを？　飛梅書店のブックカバーと新聞のキリヌキ、深町さんの名前。つながりがあるんじゃないですか」

バス停にシャトルバスが現れた。地面に置いてあった買い物袋を持ち上げて、お客さんたちが広がっていた列をきゅっと締める。

「本人に聞いてみよう」

真柴が歯切れ良くそう言って、自分のポケットから携帯電話を取り出した。得意げに掲げてみせる。

「スタッフなんだから今ごろは会場だよな。忙しいところ申し訳ないけど、少しだけ時間を融《ゆう》通《ずう》してもらえばいいよ」

書店まわりの営業マンの強みだ。受け持ちエリアすべてとは言わないが、主要店の担当者とは互いに携帯番号を交換しているケースが多い。

「緒方さんが深町さんを知っているなら、逆もありですよね？　緒方さんと連絡が取れるかもしれない。そうすれば緒方さんを通して、江口さんがつかまえられる」

智紀の言葉に真柴も細川もうなずき、携帯を操作する真柴と共に浦和駅行きのバスに乗り込んだ。

16時10分

「ここって亀有駅ですよね？」

立ち止まり周囲を見渡しながら、花乃が言う。

「何よ、今ごろ」

杏子は振り返り、笑いかけた。亀有駅の改札口を出てすぐの、南口バスターミナルだ。飛梅書店の元従業員、小平に話を聞きに行った帰り。これから東京駅方面に引き返さなくてはならない。謎のＦＡＸをめぐり思わぬ寄り道をしてしまったが、今日のメインはあくまでも書店大賞授賞式への参加だ。

飛梅書店についての手がかりはどれも中途半端で、さすがの多絵も口数が少ない。授賞式に行けば新たな情報が得られるかもしれないと、結論づけて歩き始めたところだった。

「中林さんからメールがあったの？」

花乃の手には携帯が握られている。福岡の書店から単身上京した彼女は、店の人たちに相当心配されているらしい。

「どこにいるのと聞かれて、亀有駅のそばと返信したんです。そしたらメールが来て、ここで待つようにって」

「待っていたら何かあるの？」

「さあ。それは書いてません」

　申し訳なさそうに肩をすくめて眼鏡の縁を持ち上げる花乃はかわいいけれど、中途半端な話に足止めされ、動けなくなる。多絵と顔を見合わせ息をついていると、改札口の方からあわただしく駆けてくる人がいた。目をやってすぐ、視線をそらす。

　スキンヘッドに真っ黒なサングラスをかけた長身の男と、迫力満点のいかつい風貌をした中年男のふたり連れだ。どこかで見たような気がして、はたと思い出す。刑事ドラマのワンシーンではないか。クライマックス間際に新たな展開を迎え、取調室から抜け出し、町の雑踏を駆けまわる脇役刑事のふたり。ほとんど徒労に終わるのもお約束だ。

　このあたりでロケだろうか。まさかね。杏子は彼らが行きすぎただろう頃合いを見計らい目を向け、息をのんだ。

　すぐそばに立っている。こちらを見ている。花乃も気づき、身を寄せてきた。気持ちはわかる。関わり合いになりたくない人たちだ。本能レベルで遠慮したい。

　けれど多絵だけは緊張感のかけらもなく、彼らと目が合ったようだが「いらっしゃいませ」と目礼する雰囲気だ。店頭ならば正しい態度だけれど、ここは初めて訪れた駅のバスターミナル前。目礼よりも警戒すべきではないか。

杏子が意見する前に、男たちが近づいてきた。杏子は多絵の腕を摑み、交番を探した。昼間の往来とはいえ、何かあったときは助けを求めたい。

「すみません。つかぬことをうかがいますが、もしや皆さん、書店にお勤めでは？」

低い声でそう言われ、声の主を見ると、凄《すご》みたっぷりの恐ろしげな顔の人が口元をゆるめている。いかにも冷徹で非道そうな双眸《そうぼう》のはじっこが、左右ともに下がっている。

「あの……」

「我々はこういう者です」

上着の内ポケットに手をやったので、黒い手帳の登場を思ったが、出てきたのは名刺入れだった。差し出された紙切れを受け取り、そこに印刷された活字に目をやって驚く。某大手出版社の名がある。

それ自体は、むしろ見慣れたものだった。しかも肩書きは営業だ。またたくまに緊張がほどけ顔を上げ、また逆戻りする。こんなに強面の営業っているだろうか。

呆然としていると、スキンヘッドの男からも名刺を渡された。会社はちがうが、そこにあったのも大手の名だ。もしもこれが本物ならば、出版社は何を考えているのだろう。最近はインパクトの強い人を営業に回しているのか。

「驚かせてすみません」

ほんとうだ。

「亀有駅前にいらっしゃる女性の三人連れとなると、あなた方しかいなくて。いきなり声をかけてしまいました」

ぎょっとしたのはそこではないが、ふたりは身を屈めて頭を下げ、精一杯の気遣いを表そうとする。見かけをさておけば、やはり営業職の接し方かもしれない。

「あの、こんなところにどうして？　書店のフロアでお会いしたならわかるんですけれど」

「ではやはり、書店員さんで」

「はい。成風堂という店です。こちらだけは福岡の書店の子ですけど」

スキンヘッドの男が「やったあ」と拳を握りしめ、その場で派手に体を動かした。サングラスをかけていても満面の笑みというのがよくわかる。動作は「小躍り」というやつだろう。

「やかましい。皆さんが驚かれているだろ。静かにしろ」

「だって、ばっちり巡り合えたんですよ。すごいじゃないですか。素晴らしいっすよ。細川たちに自慢してやろ。口惜しがるぞ。いひひ」

「それはあとだ。あと」

恐い顔の人がぴしゃりと言い放ち、スキンヘッドは「ですね」と首を縮めた。

「お騒がせして申し訳ない。実はこいつの担当に、はちまん書店福岡店がありまして、そこの書店員さんに頼まれたんですよ。佐々木花乃さんという方がひとりで上京したので、よろしくお願いしますと」

「だったら、中林さんの依頼で？」

知り合いの営業マンに花乃のことを頼んだのか。

「そうですそうです。届いたメール、見せましょうか。って、また着信だ。ん？　太川のやつ、またずらずらと長いメールを」

スキンヘッドが眉をひそめ、強面がぎろりと目の玉を動かす。

「向こうはどうしてる？」

「一口じゃ言えませんよ。ほんとうに長いメールなんですから。はあ？　なんだろう。深町さんがああでもないこうでもないって」

「おい。どうしてここで、深町さんの名が」

「わかりません。あとで読みます。中林さんからのお願いの方が大事です」

「まあ、そうだな」

ふたりは顔を見合わせうなずき合った。でも杏子たちはたった今のひと言を聞き逃さない。

「今、深町さんって言いましたよね。もしかして、はちまん書店神田店の？」

「だと思いますよ。でもこのメールの連中は埼玉に行ってるんですよ。神田とは方向ちがいなんだけど。おかしいなあ」

スキンヘッドの男——名刺からすると海道は、やけにあっけらかんと答える。

「今日は書店大賞の授賞式なのに、今の時間に埼玉？」

「はい。そもそも昼飯のときまではそんな予定、まったくなかったんですよ。でもそこでちょっとややこしい話がありまして、わたしたち、営業の精鋭部隊をチームAとすると、もう三人の補欠たちチームBは、埼玉に向かったんです」

「ややこしい話って？」

のっそりと、強面の岩淵という男が横入りする。

「福岡店の佐々木さんはたしか、飛梅書店の話を知ってるんですよね」

花乃が緊張した顔で首を縦に振る。

「少しだけです。へんなFAXが実行委員の事務局に届いたことだけ。その謎を解いてもらうために、成風堂さんのところに行ったんです。多絵さんが本屋の名探偵って聞いたから」

ふたりの男は口をぽかんと開けて多絵を見た。名探偵と言われ、否定も謙遜《けんそん》もしない多絵だ。彼らは何度か瞬きしたあと、「そうですか」とひどく素直にうなずく。わざとらしく聞き返すわけでも、眉をひそめるでもなく、大好きな作家の名前でも聞いたような反応。むしろ満足げに微笑む。

いい人なのかもしれないと杏子は思った。懐《ふところ》が深いのか、度量があるのか。見かけよりずっと話せる人たちのようだ。

「書店員さんで名探偵かぁ。なんていう贅沢な組み合わせ。こりゃもうあれですね、生きててよかった！」

「まったくだ。いかようにも働くので、ぜひとも助手にしていただきたい」

「おーお、それ、いい！　さすが岩さんだ。オレたちにぴったり。名探偵とその助手かぁ。うっへー、かっこいいや。しびれる」

「海道よ、いつも言ってるが、頭のてっぺんから出す声はやめろ」

「しびれ中です」

「絞めるぞ、その首」

甲高い声とドスの利いた声が入り交じるのを聞き、杏子は抱いたばかりの高評価に保留のラベルを貼った。買いかぶらず、いろいろ気をつけた方がいいかもしれない。

「飛梅書店については、そちらも何か知ってるんですね。どんなことですか?」

冷静に多絵が尋ね、ふたりの男はあっという間にしどろもどろになる。

「えーっと。なんというかその」

「昼飯のときにいきなり聞かされて。なあ、おい」

「ですね。チームBの方に、追いかけているやつがいるんですよ。つまりその」

立ち話もなんですからと引っぱられ、駅近くのカフェへと案内された。ためらったが何か食べた方がいいと力説され、ずるずると入ってしまう。授賞式はまずセレモニーがあり、そののちビュッフェスタイルの立食パーティが始まる。参加者が多いので会場はごった返し、あちこちで歓談の輪ができ、ゆっくりものを食べる雰囲気ではないと、杏子も内藤から言われていた。

「さっきはほとんどコーヒーも飲めなかったし、花ちゃんは立ちっぱなしだし。少しお腹に入れていこうか」

「賛成。腹が減ってはなんとやら、ですよ。花ちゃんも食べられるよね」

「はい。喉が渇いているので、何か飲めたら嬉しいです」

　カフェといってもセルフ形式なので、食べ物と飲み物を選んでいると、決まったら一緒に買って行くので席の確保をお願いしますと、営業マンふたりに言われた。ならばと注文を頼み財布を出そうとすると、首を横に振る。

「相手が書店員さんなら経費で落ちます」

「でも」

「領収証をもらうので遠慮しないでください」

「でもおふたりとも、うちは担当している店ではないですよね」

「ここの会計くらい、なんとでもなります」

　押し切られる形で杏子も多絵たちと席に座ることにした。ふたりの笑顔は自然で、支払いを持つという流れはスマートだった。最初に見かけたときはまったく畑違いの刑事コンビにも見えたのに、印象はすっかり変わっている。昨日や今日のキャリアではない、正真正銘の書店まわりの営業マンなのだ。

「どうしました、杏子さん」

「ううん、なんでもない」

「何かあったって、顔に書いてありますよ。どうしたんですか？」

　多絵にまっすぐ尋ねられ、杏子は肩をすくめた。

「あの人たち、本物の営業さんなんだなと思ったの。書店員の相手をするのが堂に入ってる。一緒に食べたり飲んだりは、よくあることなのよね。うちの店は東京近郊の駅ビル店でしょ。

出版社の営業さんはときどき来るけど、ぜんぜん来ないところだってある。来ても店の中で話をするだけ。外でお茶一杯、飲ませてもらうことはない。私だって今回の、このケーキセットが初めてよ。だからって別に、接待をしてもらいたいんじゃないの。何度もご馳走になる書店員もいれば、一度も営業さんの顔さえ見たことのない書店員もいる。ほんとうに、お店によってそれぞれなのよね」

トレイを手にしたふたりがやってきて、テーブルの上が賑やかになる。ケーキあり、サンドイッチあり、スコーンあり。今の話はここまでと思ったのに、止める間もなく多絵がふたりに話してしまった。

「うちからご挨拶にうかがっていませんか？　でしたらほんとうにすみません」

「もしよろしかったらこれをご縁に、寄らせてもらってもかまわないでしょうか」

「ちがうんです。そういう意味ではなくて。一口に本屋と言っても、規模や地域によって、いろいろあるじゃないですか。その、一軒ずつ異なった店で働いている人たちが、同じルールに則《のっと》ってひとつのイベントを作り上げ、継続しているんですもの。書店大賞ってやっぱりすごいなと思ったんです。お店の垣根を越えてって、そうあるもんじゃないですよね？」

「ああ、それはたしかに」

「大きなトラブルもなく続いていますね」

杏子は控え目にうなずき、自分の頼んだチーズケーキにフォークを入れた。

その横で、クラブハウスサンドイッチを両手に持った多絵が、「あの」と声をあげ、営業マンふたりに話しかける。

「せっかくの機会なのでこのさい、不躾《ぶしつけ》なことを聞いてもいいですか」

「どうぞどうぞ。多絵さんでしたっけ。名探偵ですよね？　なんでも聞いてください」

海道がにかっと笑う。

「私の情報源は主にネットなんですけれど、書店大賞の噂では出版社にまつわるものもあります。お金で票を買っている、みたいなの。あれってどういうことなんでしょう。何か知ってますか？」

身を乗り出していたのに、あっという間に体を引き、しどろもどろになる海道に代わり、岩淵が「それはですねえ」と座り直す。

「世間の注目を集めるようになり、売り上げ的にも大きな期待が持てるようになった書店大賞は、出版社にとっても特別なイベントです。ぜひとも自社の本にノミネート入りしてほしい。大賞を取ってほしい。投票によって順位が決まるので、一票でも自社本に多く集まるよう切に祈ります。まさに神頼みですが、中には積極的にお願いしてまわる出版社も出てきます。行った先で書店員さんを接待するというのも耳にします。こうなるといかにもな下心に聞こえるでしょうが、でも、いい本なので多くの人に知ってほしい、ネームバリューを上げて読者を増やしたいという一途《いちず》な頑張りならば、別段、咎められるものではないはずです。足を使って書店をまわり、応援してくださいと頭を下げるのは、我々の仕事ですよ」

ふと浮かんだ言葉を杏子は口にする。

「営業努力?」

「そうです。営業の踏ん張り。ここぞというときの粘り。ただ、あまりにも露骨なやり方は敬遠されるし、接待には資金が必要です。平たく言えば出版社の金が使われている。派手にふるまえば、うさん臭く思う人も出てきます。よくない噂も立ちやすい。そしてここが肝心ですが、『お願い』はいいとしても、強要はNGです。圧力をかけたり、約束を取り付けたりしてはいけない。出版社にしてもイメージダウンは避けたいですからね。このあたりはちゃんと線引きをしてると思うんですけど。そこまでバカではないと思いたい」

思うという言葉が重なった。岩淵にしても断言はできないのだ。

「なんだか、危ういですね」

「ええまあ。これからのことはわかりませんが、今は営業攻勢による得票の影響は少なからず出ています」

「この先、どうなっちゃうんでしょう。せっかくうまくいってるのに」

杏子の声に、岩淵はいかつい大きな顔でどっしりうなずいた。

「数人の発案から始まり、多くの人の協力を得て続いている賞です。みんなで守っていくしかないんじゃないですか。規模が小さければ起きなかった問題が大きくなれば起きる。でも大きくなったからこそ、読者に届いた本もありますよ。後戻りできない道を、書店大賞も、その関係者も歩いているんだと思います」

胸に湧き上がった不安の影に、直接語りかけるような言葉だった。大丈夫と言い切ってくれる人はいない。なんとかなるとの楽観論もない。岩淵の言う関係者にはきっと、参加者である書店員も含まれているのだ。

出版社の営業マンがほとんど訪ねていかない地方の書店に、あるとき熱心な営業マンが現れ自社本を一生懸命紹介したら、書店員の彼もしくは彼女にとって特別な本になるのは想像に難くない。それをきっかけに読んでみたら面白かったというのは幸せな出会いだ。推したいと思って投じられる一票に、非難されるいわれはない。

その一方、書店員が自発的に選んだ本の投票もなければ、賞の自主性が損なわれる。出版社の働きかけに左右されては本末転倒。書店大賞の看板が掲げられない。

「ひとりひとりの意識にかかっていますね」

「その通りです。我々、賞を取り巻く人間も例外ではなく」

杏子と岩淵の会話のとなりで、海道が盛大に洟《はな》をすすった。そして岩淵にほとんどすがりつく。

「なんていいこと言うんですか、岩さん。オレ、猛烈に感動しました。来た来た来た、感動、来たー！　って感じですよ。一生ついていきます。岩さん」

「放せ。おまえなんかいらないよ。やめてくれ。おれはおまえじゃなくて書店員さんたちと、いろいろ分かち合いたいものがあるんだ。気持ち悪いな。離れろ」

必死な形相で押したり引いたりのふたりに、杏子も多絵も花乃も噴き出した。空気が和み、食べたり飲んだりが一段落したところで話が最初に戻る。

例の、謎のＦＡＸや飛梅書店についてだ。岩淵たちが知り得たことを聞かせてもらった。杏子たちがすでに得ている情報も多かったが、ブックカバーについては初耳だった。さっそく多絵は自分の手帳を取り出して何か書き付ける。きびきびした小気味よい動きだったが、それを見た花乃が素《す》っ頓狂《とんきょう》な声をあげた。

「なんですか、それ」

「何って。飛梅書店らしく梅のあしらわれた柄というから、こうして……」

「しおれたチューリップにしか見えません」

あわてて杏子がのぞき込むと、たどたどしい斜めの線の先に丸めたちり紙のようなものがくっついている。これを曲がりなりにも花になぞらえた花乃は、褒められてしかるべきだ。うっかりしていたが、多絵は手先が不器用なだけでなく、絵が悲劇的なまでに下手くそなのだ。

「これのどこがチューリップなの、花ちゃん。ちゃんと梅の木に梅の花が咲いているでしょ」

「木？　もしかしてこの棒線は枝ですか。茎ではなくて」

花乃はえらい。茎にさえ見えない。

「枝に決まってるじゃない。梅は木なの。草花とはちがうんだから、茎の先には咲かないの」

「花だけ散らせばいいんですよ。枝はやめて。その方がきれいでしょう？」

多絵からボールペンを奪った花乃が、四角く囲んだ中に、丸い花弁が五つついたかわいらしい梅の花を描き込む。「ほう」と、海道や岩淵が声を弾ませ、目尻を下げた。

「そうそう、そんな感じのカバーでした」

「写真を撮ってくればよかったですね。でも似ています。うまいですねえ」

男ふたりが褒めそやし、花乃は照れて、多絵はふてくされる。困ったことに本人に絵が下手という自覚がない。

「えーっと、時間がないので話を進めますね。チームBからの報告メールによれば、埼玉の書店員、緒方さんって女の人が、飛梅書店のカバーを持っていたようです。そして、新聞広告の深町さんの名前に印をつけていた。ここまではOKですか？」

海道の問いかけを受け、杏子たちは互いの顔を見ながらうなずく。

「飛梅書店のカバーを持つ緒方さんに、書店大賞のことをいろいろ聞いていたのが、レンタルコーナーで働く江口って男。金沢の出身らしい」

「もしも、もしもよ、深町さんも金沢の人だとしたら、ふたりは面識があるのかしら」

杏子は多絵に話しかけたつもりだが、海道が割り込んで尋ねる。

「深町さんも、金沢の出身なんですか？」

「そうかもしれないと、ふと思ったんです。私たちさっき、この近くで飛梅書店の元従業員という人に会って、話を聞いてきました」

今度は杏子たちがこれまでのことを、ふたりの営業マンに話した。三笠は売り場を横切る深町の姿を見たあと、小平のことを教えてくれたのだ。何かしら関係があるのではないか。

「おふたりは深町さんの出身地について何か聞いたことはありませんか」

「さあ。今まで気にしたこともなかったし」

そんなものかもしれない。

「深町さんって、どんな人ですか。海道さんも岩淵さんもご存じなんですよね」

「それはもう。大型店の文芸書担当で、力を入れたい新刊のゲラはたいてい送っています。推薦コメントをお願いすると、恐ろしく激務だろうに、たいてい快く引き受けてくれて。ついつい頼りにしちゃうんですよ」

「仕事熱心という点ではほんとうに群を抜いてます。やる気があってフットワークも軽く、あちこちから引っぱりだこ。でも驕《おご》ったところがなくて、謙虚な人です。この頃では方々の雑誌で書評コーナーも担当してます」

べた褒め状態の岩淵が眉間にぐっと皺を寄せる。

「とりあえず深町さんの出身地をはっきりさせればいいんですよね。臆測だけでは前に進めない」

「岩さん、だったらオレ、電話してみましょうか。本人に聞くのが一番ですよ。連絡先なら知ってますから」

さすが営業マンだ。海道が自分の携帯を得意げに見せ、多絵が応じた。

「お願いします。聞いてみてください」

「了解です、名探偵。助手はただちに動きますよ」

海道は立ち上がって通話のできる店の外まで出て行く。それを見送って、杏子たちも飲食をすませ、すぐに出られるよう手荷物をまとめた。今はとにかく会場に向かうしかないだろう。

支度《したく》をしていると海道が戻ってきた。冴えない顔をしている。

「深町さんの携帯にかけたんですけど出ません。実行委員だから、今の時間はもう会場だと思って、竹ノ内さんに電話しました。忙しい責任者に申し訳ないんですけれど、みんなの動きを把握してるでしょうから。そしたら運良く、竹ノ内さんには繋がりました。深町さん、まだ来てないそうです。竹ノ内さんも困った声を出してました。頼んだ仕事もあるらしくって」

「連絡が取れないんですか」

「そうなんですよ。逆に、何か知らないかと尋ねられました。でも今の話はしてません」

それはたぶん、正しい判断だ。どの情報も中途半端ではっきりしていない。

「深町さん、いったいどこにいるんだろう」

多絵がぽつんとつぶやき、みんなが押し黙る中、花乃が立ち上がった。

「私、小平さんのところに行ってきます」

「なに言ってるの」

「さっきのコーヒー屋さんにまだいるかもしれませんよ。すぐそこです。深町さんのことをちゃんと聞いてきます。杏子さんと多絵さんはひと足先に会場に行ってください」

杏子は驚いて、まずは宥める。

「花ちゃん、ちょっと待って。落ち着いて」

「これは落ち着いてる場合じゃないですよ。三笠さんが言ってたじゃないですか。最近届いたＦＡＸには、授賞式を中止するようにと、脅すような文面まであったんですよ。こうしている今だって、悪意のある人が、何か仕組んでいるのかもしれない。お願いです、杏子さんたちは会場にいてください。私もすぐに追いかけます」

「小平さんにかけ合うなら、私の方が適任よ。話をしたもの」

「大丈夫です。任せてください。私もお役に立ちたいんです」

必死の顔で訴えられ、たじろいでしまう。すると多絵が「いいんじゃないですか」と言い出す。

「深町さんの出身地、もっと言ってしまえば飛梅書店で働いていたかどうかを、しっかり突き止めてね。あと、江口さんって人のことも。もしかすると江口さんだって元バイトかもしれない。ありえない話じゃないでしょう?」

多絵に言われ、花乃はいっそう真剣な顔になった。決意を表すように拳を握りしめてうなずく。

「頑張ります。ちゃんと聞き出してから、会場に向かいます」

「待って。花ちゃんをひとりにはできないよ。東京には詳しくないでしょう?」

それを聞き、海道が威勢良く手を挙げた。

「それならオレが一緒に行きます。せっかく会えたんだから、はぐれないようにしなきゃ。中林さんにも頼まれているんで」

「うむ。ここは二手に分かれるか。たしかに会場も気になる。手伝えることがあるかもしれない。海道、時間までに必ずお連れしろよ」

「わかってますって。引き受けたからには、ばっちりいい仕事しますよ。助手ですから」

花乃の行動はすばやく、立ち上がって頭をひとつ下げるやいなや身を翻した。海道があわてて追いかける。

「ほんとうに大丈夫かな。小平さん、まだいるとは限らないのに」

「なんとかなりますよ。エスコート役もついているし。私たちも行きましょう、杏子さん」

岩淵も加えて三人で外に出ると、だいぶ日が傾いていた。西の空からレモン色が広がっている。いつの間にか風も出て、街路樹の葉を揺らしていた。馴染みのない駅前を歩いていると、何もかもが非日常に思える。でもこれから向かう会場には、杏子が職場で扱っているのと同じ本が並べられている。けっして遠い場所ではないのだ。

「チームBの営業さんたちとは、お昼まで一緒だったんですか」

駅までの道を歩きながら、多絵が岩淵に話しかける。

「ええ。別件がありまして」

「別件?」

「覆面作家さんの正体について、話し合ってました」

書店大賞第三位の作家だ。営業マンが集まり、雑誌に掲載されたエッセイなどを元に、あれこれ推理を働かせたらしい。たどり着いた仮説を聞き、杏子も多絵も破顔した。目の付け所がいかにも営業マンだ。

そこにメールの着信があった。杏子の携帯だ。

「誰かと思ったら内藤さん」

「なんですって？」

「三笠さんに至急、電話をするようにって。番号を教えてくれたの。なんだろうね」

亀有駅の改札口を抜けた場所だった。階段を上がった先にホームがある。電車の発着やアナウンスの声でいかにもうるさそうで、岩淵にことわり、杏子は階段手前の壁際に移動した。多絵からのリクエストで、会話が聞こえるスピーカー機能に切り替える。

一回目はつながらず、二回目で相手が出てくる。

「三笠さん？　木下です。先ほどはどうも」

「ごめん。話を急ぐ。あのあと休憩時間に外に出たら、あいつの姿を見かけた。気になって、あとを追いかけたんだ」

「え？」

誰を見たのだろう。肝心のところが聞き取れない。

「今、どこにいるんですか。お店じゃないんですか」

「小沢《おざわ》ビルってのが近くに見える場所にいる。それであいつが電話で脅しているのが聞こえた。相手が誰なのかはわからない。得票数が改竄され、大賞はちがう本だって言うんだ。三位の本がほんとうは一位だって。すでにマスコミのひとつに情報を流したそうだ。このあと本物のデータを送付すると脅している。止めなきゃ大変なことになる。君たち、このことを──」

言葉が途切れ、「うわっ」という声と、もみ合うような音が聞こえた。その直後にがちゃが

んだ。
リダイヤルしたが、つながらない。何かが起きた。なんだろう。震える両手を多絵が包み込
「もしもし、三笠さん？　もしもし」
ちゃと金属にぶつかる音がして、通話が切れた。

「杏子さん、落ち着いて」

「でも三笠さん、どうしたの。何かあったの？　おかしいよ」

取り乱すなどまったく似つかわしくない風貌なのに、明らかに岩淵は狼狽《ろうばい》している。

「何者かのあとをつけ、電話の会話を盗み聞きしたようですね。それをこちらに伝えようとして、逆にそいつに気づかれたのか。つまり襲われた？」

もう一度リダイヤルする。つながらない。三笠は無事だろうか。

「どうしよう、多絵ちゃん。警察に連絡した方がいいよね。すごく危ないことになっているのかもしれない」

「通報しようにも、具体的な場所がわかりませんよ。岩淵さん、これから行って、神田店の近くにある小沢ビル周辺を調べてくれますか」

「わかった」

「杏子さん、電車が来るみたいです。乗りましょう。走りますよ」

多絵に肩を叩かれ、夢中で階段を駆け上がった。ホームに滑り込んできた上り電車に飛び乗る。ドアが閉まり電車が走り出しても、杏子の胸の鼓動はいっこうにおさまらず額に汗がにじ

む。

「私たちも三笠さんを探さなきゃ」

「そちらは岩淵さんに任せ――岩淵さん、人手が必要だったら集められますか？」

「ああ。なんとでもなる。三笠さんならよく知ってるし。文庫でお世話になっている人だ」

「よろしくお願いします。何かあったらいつでも連絡ください。私と杏子さんは会場に向かいます。さっきの電話からすると、データが改竄されたと、何者かが言ってるんですよね」

杏子はまた指先が震えてしまい、岩淵は顔を赤くして恐ろしい形相になった。そんな馬鹿なと吐き捨てる。

「ありえない。なんの得になる」

「大賞になれば大きな利益が出ますよ。でしょう？　それを見越して、出版社側なのか、書店員側なのか、どちらかが取引を持ちかける。絶対ないとは言い難いです」

岩淵は口惜しそうに剣呑《けんのん》な眼差しを多絵に向ける。すぐに可能性の話だと気づいたようで目をそらしたが、盛り上がった肩は怒りのしるしだ。

「三笠さんの話からすると、ほんとうは三位の本が真の一位だった、という情報が、マスコミの一部に流れているようです。三位と言えば例の、覆面作家さんの本ですね」

「そうか。『窓辺のドレミ』」

「ええ。杏子さんの好きな本でしょう？」

「好きだけど、あれは三位でも大健闘だと思うな」

「真偽の程はさておき、さらに本物のデータを送りつける用意があると、何者かが誰かしらを脅しているらしい。三笠さんはそれを私たちに伝えようとした」

岩淵が口を開く。

「まったくのガセネタでも一人歩きしかねない。取り扱い次第で火のないところに煙を立てることもできるんだ。早く手を打たないと、書店大賞に傷が付く」

「それが一番の狙いかもしれません。書店大賞を守りたいと思う人がいて、必死になればなるほど追い詰められる。その場合の交換条件ってなんだと思います?」

「交換?」

「一気に情報をリークせず小出しにして、今の段階で電話をかけているのは、ここでやめてもいいともちかけてるように見えます。もしそうなら、代わりの要求が出てくるんじゃないですか。やめてほしければ言うことを聞け、みたいに」

多絵の傍らで、杏子は自分の手を喉元にあてがった。息苦しい。岩淵が鼻の穴を膨らませる。

「脅してる側の、真の目的ってやつか」

「はい。それが授賞式にあるかどうか。可能性を考えなくてはなりません」

イベントそのものに泥を塗る、混乱させてめちゃくちゃにする。子どもじみてはいるが考えられないでもなかった。書店大賞に悪感情を抱いている者はいるのだ。偽物のデータでマスコミを振り回そうとするやり口もあるかもしれない。前々から計画すれば、関係者についても調べられる。中には弱味を持つ人がいるのかもしれない。

けれどそれを使ってさらに狙うものとは？　見当も付かない。杏子は唇を噛み、こういうときこそ勝ち気で不敵な笑みを浮かべる多絵の横顔をみつめた。

16時50分

浦和駅までのシャトルバスの中で、真柴がぼやいた。

「返事がないなあ」

深町に電話をしたけどつながらず、メールにも反応がないそうだ。バスは空き地や畑、雑木林、何かの工場、中古車センター、ラーメン屋の前を通りすぎ、順調に町中に入って行く。

智紀と真柴は携帯画面をのぞき込み、もうひとりの同行者である細川は、ショッピングセンターで買った今川焼きの三つ目を頬張っていた。四個買うと一個おまけというセールをやっていたそうだ。が、そもそも四個はいらないだろう。最初にひとつずつもらったので強くは言えない。

「忙しいんですよ、きっと。今ごろ会場は準備のまっただ中。携帯を見るひまもないんじゃないですか」

「緊急の連絡だってあるんだ。ときどき確認はするだろ」

「だったら目を引くタイトルにしたらどうです？　たとえば、『飛梅書店のブックカバーについて』みたいな」

先ほどのは「真柴です。お忙しいところすみません」という無難なものだ。

「深町さんも実行委員ですから謎のＦＡＸを見てるはずです。飛梅書店の名前を見て、なんだろうと気にしてくれるかも」

「なるほど。それでもう一度、送ってみるか」

真柴はさっそく携帯を操作し、智紀は自分の鞄からペットボトルの水を取り出し、喉を潤した。そして細川に話しかける。

「海さんたちから、何か言ってきました？」

「亀有駅にいると聞いて駆けつけ、福岡のバイトの子に無事、会えたらしい」

「ああ。それはよかったですね」

「うん。でも、向こうは向こうでごたついてるみたいだ。ろくにメールが来やしない。こっちの状況は逐一知らせてあげたのに」

「福岡の女の子は、本屋さんの名探偵に会いに行ったんですよね。ということは、海さんや岩さん、名探偵とも一緒なのかな」

だとしたら羨ましい。そんな思いで智紀は車窓に目を移した。バスは大通りの信号待ちを抜け、前方に駅を示す標識が見えてきた。浦和駅からは授賞式の会場に直行する。そう話がまとまっていた。埼玉まで来て大きな収穫はなかったが、小さいものなら得られた。カバーの出所がほぼ判明したのだ。

「あっ」

真柴が声をあげた。

「返信があった。やった。深町くんだ」

ほっとすると同時に気持ちも上向いたらしく、「さん付け」ではなく「くん付け」になっていた。

「あのタイトルで釣れたという感じだな。ひつじくんのお手柄だ」

「深町さん、なんて？」

真柴とはちがい、智紀にとっては年長者に当たるので、あくまでも「さん付け」だ。

「ん？」

浮かべたばかりの笑みを曇らせ、真柴が首を傾げる。

「どうしたんです？」

「てっきり会場にいると思ったのにちがうみたいだ。急用ができたらしい。今、外なんだって」

「実行委員としての急用ですか？　まさかトラブルじゃないですよね？」

「詳しいことは書いてない。こっちからはごく簡単に、ひょんなことからカバーを手に入れた、相談にのってほしいことがある、と送ったんだ。そしたら『なぜ真柴さんが？　よかったら聞かせてください』だってさ」

「電話で？」

「いや。会ってくれるみたいだ。東京駅で待っていますと」

それは行くしかない。授賞式の行われる東西会館は新橋。浦和からは東京駅を通っていく。途中下車すればいい。

今から向かうので、東京駅に近づいたらあらためて連絡する旨、真柴がメールで伝えた。シャトルバスが浦和駅に到着し、智紀たちはあわただしく外に出た。改札口を通り抜け、たちまち汗をかいて鈍い足取りになった細川を、押したり引っぱったりしながら上りホームに急いだ。大船《おおふな》行きの京浜東北線に乗り、細川が噴き出した汗を拭っている間にも、各地の書店員や会社の同僚からメールが届く。出しそびれていた分も含めてせっせと返信した。メインイベントが近づき、どこもかしこもあわただしい。

やがて電車は荒川を越える。メール返信が一段落すると妙にぽかんとした空き時間ができ、まるで夢の中にいるようだ。こんな日暮れ時に赤羽《あかばね》や田端《たばた》の空を眺めるとは思ってもみなかった。本来なら、授賞式会場近くに設けられた出版社ブースに詰めている頃だ。

今の会場に移ってから、各地からやってくる書店員に向けPRコーナーが置かれるようになった。こちらの会場費は出版社からの参加費でまかなわれる。新刊案内や各種ポスター、POP、映画の割引券やサイン本の受注など、毎年ごった返す。営業マンとしては大事なビジネスチャンスの場だ。

けれど顔を出すこともできず電車に揺られる。智紀は自分の鞄に目をやった。梅の花のブックカバーのカラーコピーが入っている。それを手に取り、目を潤ませた竹ノ内は今ごろどうしているだろう。多くの人の思いを乗せ、間もなく幕が上がる。

第一回の受賞作は『クラリスのいた日々』。タイトルだけ聞くと爽やかで叙情的な話にも思えるが、実は大どんでん返しが待ち受ける異色のミステリだ。いくつかの書評欄で取りあげられ増刷にはなっていたものの、今ひとつブレイクしそこなっていた作品が、書店員の間で面白いと評判になり、ノミネートへと繋がった。そして二次投票を経て大賞に輝いた。

あっという間にブームが巻き起こる。なるほど読んでみたら面白いという声が一気に広まり、受賞作だけでなく、書店大賞そのもののネームバリューも高まった。

続く第二回、第三回と話題作が生まれ、今年で九回目。今夜また、華やかな喝采を浴びる新星が現れる。

電車が上野《うえの》に着いたところで真柴がメールを入れた。

「深町くん、丸《まる》の内《うち》側の地下通路にいるそうだ」

「地下？」

東京駅の場合、京浜東北線のホームは二階部分に相当し、ホームから下りた一階にメイン通路が延びている。丸の内側の改札口付近ならば、そのままフロアを移動すればいい。なぜわざわざ下りる？

「地下の改札口を出て、新丸《しんまる》ビル方面に歩いたあたりにいるらしい」

「改札口の外にいるんですか」

これも意外だった。時計を確かめるまでもない。授賞式の開始は午後七時。すでに一刻も早く向かわねばならない時間だ。実行委員ならばなおのこと。落ち合う場所は効率を優先したい。

構内には飲食店がいろいろあるが、ホームのベンチや柱の陰、あるいは通路での立ち話でかまわない。お互い余裕はないはずだ。なぜ地下、それも改札口の外なのだろう。

　とまどう間にも電車は東京駅のホームに到着する。真柴は器用に人混みを縫い、すいすい進んで行く。智紀は細川を急かしあとを追いかけた。地下までは長い長いエスカレーターを使う。じれったい思いでいると、細川がぼやいた。

「なんで地下なのかな。もっと近いところで待っててくれればいいのに」

「ですよね。細川さん、深町さんってずっと神田店なんですか？」

「だと思う。でも、新卒で入ったわけじゃないよ。大学を出てからちがう仕事に就《つ》いたらしい。書店員に憧れて、あるとき思い切って転職したんだって」

　転職そのものはよくある話だ。

「好きで就いた職業なんですね」

「うん。見かけよりずっときつい仕事だけど、頑張ってるよね。あと、しなきゃいけないことがあるから書店員になった、というふうにも言ってたよ」

　しなきゃいけないこと？

「なんですか、それ」

「さあ。飲み会の帰り道に一緒になって、そんな話になったんだ。向こうも酔ってたしぼくも酔ってたから、あんまり覚えてないんだよね」

　エスカレーターで運ばれ、やっと地下フロアに到着する。人の波に押されながら歩き出してすぐ、細川は強引とも言える動きで壁際に寄った。

「駅にはよく、観光地の宣伝ポスターが貼ってあるじゃないか。深町くんはそのとき、貼ってある一枚に引き寄せられるようにして足を止めた。寒い時期だったよ。ぼくはとなりにあった温泉の写真に見とれてた。すごく暖《あった》かそうだったから」

「深町さんが見てたのはどんなポスターでした？」

細川は眉を寄せ、斜め上を見上げながら言った。

「花じゃないかな。黒っぽい背景に浮かび上がるようにして、白い花の写真」

ひとりだけ先に行っていた真柴が引き返し、「何やってるんだ」と声を荒らげた。早く早くと手招きする。

改札口を抜けると同時に混雑も和らぎ、広い地下通路に人々が散っていく。メールの着信があったそうで、真柴がきょろきょろしながら新丸ビル方面に向かって歩く。新宿の地下街のような賑わいはない。広さのわりに行き交う人が少ないのでがらんとしている。殺風景とも言える白い壁と天井と床。間をつなぐ柱が視界を邪魔する。

「ほんとうにここですか」

「そのはずなんだけど」

電話した方がいいだろうか。そんな話をしていると、目の前の柱の陰から人影が現れた。スーツを端正に着こなした若い男だ。

「深町さん」

呼びかけに応じ、相手は如才なく微笑んだ。書店のフロアで会うときより静かで落ち着いて見える。近づいて、そうではないと思い直す。笑っているようでいて、くつろいだ雰囲気は感じられない。静かなのではなく、閑散としたあたりの空気に溶け込んでいるだけだ。

そして気づく。ここは次の移動を考えての待ち合わせ場所ではない。深町は人目に付かないところを選び、自分たち営業マンを呼び寄せたのだ。


どんなときでもあわてず騒がず、まずはにこやかな笑みを浮かべて、腰低く挨拶する。営業マンの鉄則というより、もはや叩き込まれた習性なのかもしれない。

相手は大手チェーン店、はちまん書店の文芸担当者だ。それも都内の一等地で、広大な売り場面積を誇る神田店。出版社の人間にとって、いくら手厚く遇しても足りないほど大切な店に他ならない。本の販売実績もさることながら、情報の発信源としても並外れた力を持っている。

新刊の中から神田店がセレクトし、大々的に売り出した本は、これまでにいくつものブームを巻き起こしている。低迷していた作家にブレイクのきっかけを演出したり、小さな賞からデビューした新人を粘り強く推して、認知度の上昇に貢献したり、中堅どころの作家の新しい読者層を掘り起こしたり。「最初に目を付けたのは神田店」というフレーズは、業界内に広く浸透している。次に何が来るのか。話題になるのはどの本か。火付け役として期待され、いつもそれに応え、年々注目が高まっている。

どうかひとつと、営業マンが頭を下げるのはけっして社交辞令ではない。本気の本音だ。でも過剰なすり寄りやごり押しは、神田店クラスには通用しない。どこも力を入れて営業をかけるから。熱意も競合する。勝負になるのは結局のところ、本の出来次第という、ある意味とてもフラットな状況ができていた。

とはいえ、智紀も真柴も細川も、待ち合わせの場所に現れた深町に、最大限の親しみをもって接する。明るく歯切れ良く、会えた喜びを率直に表す。彼の呼び出しならば、たとえ書店大賞の当日であろうとも、開催間際の時間であろうともかまわない。相談事があるなら、頼ってくれたこと自体が嬉しい。

仲の良さと本のセレクトが別問題だとしても、距離を詰めるに越したことはない。計算や下心は自然と働く。営業マンとして。

そして仕事だからこそ、冷静な部分もあるのだ。

「こんな時間に、わざわざすみません」

「いいえ、深町さんこそ、今日は忙しいでしょう。何かあったんですか」

「ちょっとよんどころない用事で、どうしても出なきゃいけなくて。帰りがけにもらったメールで驚いた。飛梅書店のブックカバーって？」

「書店大賞の実行委員宛に届いたＦＡＸは知ってますよね？」

「ああ、もちろん」

「そこに書かれていた書店は、八年前に閉店したそうなんですが、とあるところで、なぜかブックカバーがみつかったんですよ」

言葉を切って、真柴が智紀を見た。出せと言うのだろう。智紀はうなずいて、鞄の中から紙切れを引き抜いた。今日一日で、何度となくくり返した動作だ。

けれど初めて、強いためらいがよぎった。ちょっと待てと、心の中で誰かが言う。深町にこれを見せてもいいのか。

なぜためらう。なぜいけない。理由があるはずだ。なんだろう。

「井辻くん？」

智紀に呼びかけたのは、当の深町だ。立ち尽くしているのを怪訝そうにうかがう。考える時間も余裕もない。伏せられている紙をひっくり返し、智紀は差し出した。

彼の表情は動かなかった。受け取り、不思議そうに眺める。少しほっとした。

「これが飛梅書店の？」

「みたいです」

「どうして、井辻くんが？」

「営業でまわった先でいつの間にか鞄に入ってました。どこで誰が入れたのか、見当も付かなくて」

「で、何かわかった？」

言葉も声も柔らかい。向けられている眼差しだけが強かった。再び、躊躇する気持ちが湧き上がる。これまでの経緯を洗いざらい話していいのか、やめるべきか。とまどう理由に、思い至る。

こんな場所に呼びつけるからだ。飛梅書店のカバーを気にするからだ。どうでもいいと思えば見たがったりしない。今でなくとも、明日でも明後日《あさって》でもかまわないだろう。

なぜよりにもよってこの時間、あともう少しで授賞式というあわただしい中で、カバーの出所を探ろうとするのか。

「井辻くんたちは、埼玉から来たんだったよね。それと関係があるの？」

「はい。ちょっとした手がかりがあって、調べに行ってたんです」

「このカバーの持ち主はみつかった？」

智紀はすばやく真柴と細川に視線を走らせた。ふたりとも口をつぐみ、読めない表情を保っている。火中の栗を拾うつもりは微塵《みじん》もないらしい。こういうときの足並みは心憎いほどそろっている。

「持ち主は誰だった？　わかったんだよね」

「直接本人に確かめたわけじゃないんです。だからまだ、もしかしてって段階なんですけど、埼玉の書店でそれらしい人をみつけました」

「聞いてもいい？」

迷う。困る。でも、うなずく以外、道はあるだろうか。

「はっきりしてないので、ここだけの話にしてください。ブックス・カナリアに勤める緒方さんという女性です」

「え？」

「深町さん、ご存知ですか」

「ああ。前に書店員同士の忘年会があって、幹事役だったから知ってるんだ。でもその会に彼女は結局不参加だったから会ったことはない。どうして緒方さんが飛梅書店のカバーを?」

「知り合いにカバーの収集家がいたらしく、コレクションの中にあったようです。こんなふうなコピーを作ることはできたと思います」

「でもふつうは黙って人の鞄に入れたりしないだろう。井辻くんがコレクターならまだしも。君こそ、彼女の知り合い?」

「いいえ。入れられたのはぼくだけじゃないんです。他の営業マンの鞄にもありました」

「ますますわからない。なんのつもりだろう」

助け船がほしかったが、真柴も細川も「任せる」と言いたげな目配せをするだけだ。仕方なく、もうひとつの情報を口にした。

「飛梅書店は八年前まで金沢にあったと聞きました。緒方さんは埼玉の人で、飛梅書店との関係は今のところわかりません。ただその、同じ店舗内のレンタルコーナーに、金沢出身の人がいました。ぼくたちが訪ねたときには不在で会えなかったんですけど、できれば話がしたいと思ってます。深町さん、緒方さんに連絡が取れるようでしたら、その男の人に取り次ぎを頼めませんか。お願いしたくて、真柴さんがメールしました」

「男の人?」

「はい。江口さんっていう人です」

深町の目が見開かれる。手からコピー用紙がすり抜ける。宙に舞って床に落ちそれを拾おうともせず、からっぽになった片手で自分の口元を押さえた。顔を伏せてしまったので、そこからの表情は見えない。スーツの肩がせわしなく上下する。

「深町さん?」

智紀は紙を拾い上げ、呼びかけた。返事はない。なんで、どうしてと、くぐもった声だけが聞こえた。背中を折るように曲げ、今にもしゃがみ込んでしまいそうだ。見かねて真柴が傍らに寄り添った。

「どうかしましたか。大丈夫ですか」

反対側の手で持っていた鞄も床に落とし、深町は両手で顔を覆った。

「もしかして、江口さんを知ってるんですか」

頭が左右に振られる。でも、知らないのではなく、わけがわからないと言ってるようだ。

「深町さん……」

「その江口っていうのは、若い男?」

「みたいです。女の人にもてそうな外見だとか」

智紀が答えると、掠《かす》れた声で「そうか」と返す。そして、やっと顔を上げた。体が小刻みに揺れる。唇の形からして、どうやら笑っているらしい。

「なんだ、あいつか。あの男が絡んでいるのか。ちっとも気づかなかった」

言いながら、笑い声を立てる。

「江口さんを、深町さんは知ってるんですね」

「知らない。誰も知らないよ。今となってはね、もう、誰も知らないんだ」

どういう意味だろう。眉をひそめる智紀たちの前で、深町は笑うのをやめ、天井を見上げる。

「だめだな。所詮《しょせん》、松にしかなれない」

ぽつんとつぶやいた言葉が、とても遠くに聞こえる。

文芸書のエース。無敵の仕掛け人。ブレイクメーカー。羨望も敬意も込めてそう呼ばれる大手書店の人気者が、見る影もなく立ち尽くす。無機質な白い床と壁と天井に、生ぬるい風が吹き抜けた。遠く、誰かの靴音だけがこだました。

17時40分

東西会館にはすでに多くの書店員が集まっていた。正面玄関からガラスの自動ドアをくぐると、広々としたロビーラウンジに出る。右手にはフロント。正面には一階の宴会場につながる廊下があり、左手の奥にカフェやレストランがあるらしい。授賞式が行われるのは二階だ。

エレベーターを探すより先に、宝塚の舞台のように裾広がりに半円を描く大階段が目に入り、杏子と多絵はそちらに向かった。同じく参加者らしい人たちが行ったり来たりしている。どの人も和やかな表情で、華美ではないがあらたまった装《よそお》いをしていた。女性はワンピースやニットのアンサンブル、ジャケットにスカート。男性のほとんどはスーツ姿だ。知り合いでなくとも、すれちがうときなんとなく会釈する。こんにちはという挨拶代わり。同業者という親しみがあるので、自然と頰がほころぶ。

階段を上がってすぐの宴会場では、出版社による販促ブースが設けられていた。数年前からの試みだそうで、ブックフェアの縮小版といった恰好だ。これから出る本の見本が並べてあったり、新しく始まるレーベルのちらしを配っていたり、色とりどりのPOPやポスターが飾られていたり。カラフルで賑やか。中には人気作家のサイン本の受注を取り付けている会社もある。小説に限らず、ビジネス書や実用書も紹介され、人だかりができていた。

何もなかったら、小躍りして分け入った場所だ。内藤からも話を聞いて楽しみにしていた。杏子は情けない顔にならないよう気をつけ、唇を強く結んだ。

突然店に現れた花乃と共に東京に出て、謎のFAXについて調べ始めたときは、せいぜい昼間で終わる用事だと思っていた。軽んじたわけではないが、早々に手の離れる問題だと楽観視していた。まさか、もうすぐ開宴という時間に、授賞式どころではなくなるなんて。

「これからどうする？　多絵ちゃん」

神田駅で別れた岩淵からは未だ連絡がない。三笠はまだみつかっていないのだろうか。その前に別行動となった花乃たちからはメールが届いていた。小平に会えたらしい。深町が飛梅書店の元従業員かどうか、間もなくはっきりする。

「リークを受けたマスコミって、どこでしょうね」

「さあ。雲を摑むような話よね。どういうところが来てるのかも知らないし。キー局っていうんだっけ。東京にあるテレビ局はほとんど来てるんじゃないかな。あとは新聞社や週刊誌？」

「あそこの人、名札に『プレス』とありました。ラインは緑」

多絵が杏子にくっつき、目で合図した。指を差すわけにはいかなかったのだろう。階段の裏手とでもいうような人混みから離れた場所に、茶色のジャケットを羽織った男性がいた。年頃は三十代後半。あるいは四十代。髪は黒々として額の後退はないが、その額の下で、不機嫌そうに眉がしなっていた。手にした携帯電話を耳にあてがったのち、ディスプレイを睨むように見る。いらいらと落ち着きがない。そんな人は珍しいので目立っていた。

「名札なんて、よく見えたね」

「ここに来てすぐのときに、すれちがったんですよ。あっ」

業《ごう》を煮やすような雰囲気で、男性が大きく息をつき、こちらにやってきた。杏子はあわてて目をそらしたが多絵はちがったらしい。男性が階段を下りていくのを見送ってから、耳打ちした。

「日々《にちにち》テレビでした」

「ふーん」

なんてめざとい。

「かけようとした電話がつながらなかったんですね。あれ？」

多絵はしゃがみ込んで白い紙切れを拾う。

「今の人が落としたんですよ。なんだろう、このメモ」

杏子ものぞき込んだ。「ロング」「桜川」「秋」「命」という言葉の横に細かく数字が入っている。

「あとで見かけたら返せばいいよ」

「ですね」

「それよりマスコミの人なら会場にもっといるよ。とりあえず中に入ってみない？　受付ができるみたいだから」

ひとりの男に気を取られている場合ではない。杏子は多絵を急き立て、広い廊下を進んだ。テーブルを横に並べた受付コーナーができている。「書店員」「出版関係者」「報道関係者」「ご招待者さま」に分かれ、それを表すプレートが立っていた。

ふたりが並ぶのは「書店員受付」だ。杏子は自分の名刺を差し出し、多絵は台帳に書店名と名前を記入した。それぞれネームプレートを受け取り、名刺があれば差し込む。なければ白い紙をもらい、書店名と名前を書いて挟む。

お土産と称する手提げ袋をもらって受付から離れた。中をのぞくと冊子やパンフレット類が入っている。

「向こうではお金を払っていますよ」

「出版社受付ね」

話しているすぐそばに、すらりとした女性が立っていた。胸のネームプレートに、「書店大

賞実行委員　香川保奈美《かがわほなみ》」とあった。始まったばかりの受付の様子を見守っているらしい。多絵が「あの」と話しかけた。

「書店員は参加費無料なんですね」

「ええ、そうですよ」

「出版社の人たちは五千円？」

行き来しているのは主に一万円札と五千円札だ。香川保奈美がにこやかにうなずくのを見て、さらに多絵が尋ねる。

「参加費を払う人は、何人くらいいます？」

「例年だと、百二、三十人ね」

「それでパーティってできるんですか？　いや、無理ですよね。結婚式の二次会だって五千円より高いもの。無料の人もたくさんいる。となると、今日の費用はどこから出てるんですか」

率直すぎる質問に杏子はひやりとした。自分には聞けない質問だ。

一次投票と二次投票をすませれば、授賞式への参加資格が得られる。書店員はみんな無料招待。それを聞き、ラッキーと喜ぶだけだった。実際にかかる費用や、資金繰りについては考えもしなかった。

けれど、無料で行われるものはない。会場費はもとより、パーティでふるまわれる料理も乾杯時のアルコールもただではない。

「書店大賞って、寄付の類は受け付けてないんですよね？」

「ええ。寄付ではなく、資金は、帯に対してのロイヤリティーでまかなわれているんですよ」

「ロイヤリティー？」

「書店大賞を取った本には、それを謳った帯が巻かれるでしょう？　一枚につき三円、書店大賞実行委員会に支払われる仕組みになってます。そのお金がプールされ、一年間の事務経費と、翌年の授賞式費用に充《あ》てられます。つまり今年の宴会費は、去年の帯でまかなわれているの」

「知らなかった」

「合理的でしょ」

香川が少し砕けた物言いをし、杏子も多絵も何度も首を縦に振った。書店大賞第一位の帯によって売れる本があれば、そこからロイヤリティーをもらうのは理にかなっている。

「すごい。よく考えましたね」

「一枚につき三円というのはけっして多くないのよ。中には、うちは十円出すから一位をくれないか、なんて冗談を言う出版社もあったり」

「そうですよ。もっともらっちゃえばいいのに」

「書店大賞は儲けを出す必要がないから、資金がだぶついたらかえって面倒なのよ。一年で使い切れるくらいで十分」

涼やかに言い切る彼女を見て、杏子はネットで目にした書き込みを思い出した。実行委員はボランティアで、打ち合わせのとき、ペットボトルの一本も出ないそうだ。本業の合間を縫って、ひとりひとりが手弁当で集まる。それでは見返りどころか、持ち出しばかりだろうに、三円で十分と言い切る。運営側の矜持《きょうじ》であり、心意気でもあるのだろう。

「私たち、参加は今日が初めてなんです。細かいことまで教えていただき、ありがとうございます」

「いいえ。なんでも聞いてください。答えられることはお話ししますから」

その言葉にするりと乗っかり、多絵が会場を指さした。

「マスコミって、どれくらい来てますか？」

「四、五十人ってとこかしら」

「そんなに」

「テレビ局が七、八社。あとは新聞や雑誌の取材が入っているの」

「本番前の今の時間はみんな、どんなふうに過ごしているんでしょう。たとえば、控え室みたいなのがあります？」

香川は片手を左右に振った。

「テレビカメラは一度設置したら動かないけど、新聞や雑誌の人は手にカメラを持っているでしょ。場所取りができないのよ。下手にうろうろしたら、せっかくの場所を人に取られてしまう。だから、ここと決めたところから動かず、本番を待ち続けるの。まあ、それまでに、カメラテストなんかもあるし」

入り口近くまで移動して中を窺うと、なるほど舞台の前でカメラを構えている一群があった。新聞や雑誌の人たちだろう。手を挙げて、しきりに合図や指示を飛ばす。舞台の上にいるのは受賞者の代役らしい。声をかけられ、あっちを向いたりこっちを向いたりと忙しい。

その後方には物々しくテレビカメラが並んでいた。こちらも角度や高さを調整しながらテストの真っ最中だ。

「さっき、テレビ局の人とすれちがいました。あれは、テレビ局の関係者だからこその、自由行動だったんですね」

「そう？　みんなだいたい離れずにいるけれど。生理現象かしらね」

彼女が目をやる先には洗面所を示すマークが掲げられていた。広い廊下の一番奥。その手前には電話をかけている人もいた。遠目ではあるが、首から提げているパスからするとマスコミ関係だろう。緑の線が見えた。杏子たちのはネームプレートには黄色いラインが入っている。出版社は水色だった。さっき多絵がみつけた人も緑のラインだった。

「四、五十人と聞いて、ずいぶん多く思えたんですけど、テレビカメラのまわりにいるのはほんの数人ずつですね。これから増えるんですか？」

「ううん。各局、カメラマンを入れても二、三人なの。意外と少ないでしょ。私ももっと大人数で現れると思っていた。ディレクターやらADやらキャスターやらが大騒ぎで中継する感じをイメージしてた。でもじっさいはひとつの局につき、ひと組のクルーがやってくるの。撮った画像を、その局のニュース番組やワイドショーで何度も使うんですって」

「二、三人。ということは」

つぶやいた多絵がハッとする。

「杏子さん、行きましょう」

「どこに？」

「お話、ありがとうございました。用事を思い出したので、ちょっと片づけてきます」

多絵はそう言って香川に一礼し、杏子を急かして走り出す。

「ちょっと待って。どうしたの急に。すみません」

あわてておお辞儀《じぎ》をすると、香川はきょとんとした顔を引っ込め、「またね」というふうに片手をあげた。

「多絵ちゃん、用事って何」

「さっきの男の人を探すんですよ」

続々と現れる参加者の間を縫い、大階段までたどり着いた。多絵は迷うことなく駆け下り、一階で足を止める。あたりを見まわす。正面は大きなドアが並ぶ玄関だった。ひっきりなしに来訪者があるので、ほとんど閉まる間がない。

ラウンジの中央には大階段があり、それを挟んで片側にフロント。片側には飲食店がいくつかあるらしい。そしてもうひとつ、玄関の真向かいに延びているのが一階の宴会場につながる廊下だ。多絵はそれを選び、杏子にもついてくるよう促した。

おそらく、書店大賞授賞式の関係者が一番近づかないエリアだろう。奥の宴会場には出入りしている人影が見えたが、手前の扉はどれも固く閉まっている。上と同じように幅広の通路には観葉植物や椅子が置かれてあった。

と、男の人の話し声が聞こえる。中庭を望むガラス窓の前に誰かがいる。電話をかけているのだ。杏子と多絵はそっと歩み寄り、丸い柱の陰に身を潜めた。上で見かけた日々テレビの人だ。

「あの人がどうかしたの?」

「他の人は会場前の廊下で電話をかけているのに、あの人は階段の脇でかけ、つながらなければ下におりていきました。よっぽど聞かれたくない話なんだろうなと」

「そういうこともあるでしょ」

「しぃー」

指を立てられ、杏子は口をつぐんだ。男の話し声が耳に届く。

「もう少し待ってください。あとで挨拶に行きますよ、ちゃんと。それよりさっきの話、ほんとうですね? ええ、そうです。今のところ、問い合わせの類は何もない? はい。だったらいいんです。いえ、そうではなくて。あと、一位の得票数って、わかりませんか」

一位?

「今年はずいぶん差があるんでしょう? 言ってたじゃないですか。具体的には? ……はあ。……ええ。でもそれ、どうにかして調べられないですかねえ。至急、知りたいんですよ。ちゃんとした数字。三位はわかってますよね? 他のはともかく、三位は教えてもらったでしょう? 頼みますよ。大変なことが起きないために、今どうしても必要なんです」

なんの話だろう。

通話を終えるとそのままの姿勢で立ち尽くし、しばらくしてから再び携帯を耳にあてがった。

「ああ、すいません。今戻りますよ。います、ちゃんと中にいますってば。ほんと。例の件を、おれなりに調べていたんです。ははは。わかってます。またまた」

先ほどとはちがい、砕けた物言いだ。そして今度は切るなり、大きな溜め息をついた。舌打ちのおまけまでつく。絨毯敷きの床を爪先で蹴り、窓ガラスに歩み寄る。

多絵が柱の陰から出た。足音が響かないので男性は気づかず、かなりそばまで寄ったところでこちらを向いた。のけぞるほどに驚く。

「すみません、今、話し声が聞こえてしまって」

「君……」

目を剝く男性に、多絵はすまして自分のネームプレートを指さした。

「成風堂という書店で働いてます。こちらの杏子さんも」

紹介を受け、杏子は肩をすぼめながら多絵の横にくっついた。

「驚かせてしまったみたいで、申し訳ありません」

「いやその、わたしも、怪しい者じゃないんですよ。あれでしょ？　おふたりは、ほらあの、書店大賞の授賞式にいらしたわけで」

「はい」

「わたしも仕事で来てるんですよ。テレビ局でディレクターをやってましてね」

男性はたどたどしい笑みを浮かべ、額の汗を握った拳で拭った。多絵の読みからすればわざわざ人目を避け、まわりに誰もいないのを確かめてから電話しただろうに、話し終わったところでいきなり声をかけられたのだ。しどろもどろにもなるだろう。

「今年の一位と三位がどうかしましたか。今、電話でそう話してましたよね？」

冷静を装おうとする男性に、多絵は容赦ない。

「書店大賞の順位じゃないですか？　決定しているものについて、何を調べているんですか」

「君、聞いてたの。盗み聞きか。よくないな。失敬だ」

「私たちも調べているところなんです。誰がなんの目的で、つまらない横槍を入れているのか」

険しくなった男性の顔つきが変わる。今一度、驚かされたらしい。

「なんの話だろう。もう少し、わかりやすく言ってもらえないか」

杏子は多絵の片腕を摑んだ。たった今、挨拶を交わしただけの人に話すのか。性急すぎやしないか。もう少しゆるやかなアプローチがあってしかるべきだろう。たしなめるつもりで腕を引っぱるのに、多絵は止まらない。

「書店大賞の順位について、おかしな情報をマスコミに持ち込んでいる人がいるようなんです。私たち、どのマスコミがその情報を得たのか探そうと、会場に来ました。そしたらテレビ局のネームプレートをつけた人が、下の階におりていくのが見えました。今の時間はどこもカメラテストなどが行われ忙しいそうです。関係者は持ち場から離れられないと聞きました。でも、大きなネタを摑んでいるところがあれば、必ず他とちがう動きをするはずです。そう思って階下に移動した人を追いかけて来ました。あ、このメモ用紙も上で拾ったんですよ。ひょっとするところに書かれてあるのは、昨年と一昨年の書店大賞、一位と二位の作品名ではないですか?」

男性は露骨に嫌な顔をして、差し出された紙をひったくった。さっきまでの低姿勢はどこへやら。威圧的な雰囲気で杏子たちを睨めつける。

「君たちはどうしてその、おかしな情報とやらを知っているわけ?」

「教えてくれる人がいました。順位の入れ替えがあったと、まことしやかに言う者がいると。たとえ、まったくのガセネタであっても、報道の仕方で火のないところでも煙は立つでしょう? 煙の立つところだと思われることからして、書店大賞には災難になります。だから早く、ネタそのものをつぶしたいんです」

「こっちがどういう人間だか知らないのに、ずいぶんあっさり打ち明けるんだね。君は性善説の人間か。若いお嬢さんにはむしろそうであってほしいが、マスコミの人間相手にそれは無謀というものだよ」

「さっきの電話を聞かなかったら、もっと顔色を窺いながらの話になっていたと思います。でもあなたは……上戸さんとおっしゃるんですね、リークされた情報を鵜呑《うの》みにしていない。ですよね? 一位と三位の得票数に差があるのを知っているから。順位の入れ替えは無理だと、とても冷静に判断している。遠回りなんて、不要じゃないですか」

得票の差。ネームプレートに上戸啓司《けいじ》とある男性は、たしかにそんなことを言っていたかもしれない。一瞬のことなのに、よく覚えているものだ。

「おれがどう思おうと、番組はいかようにも作れるよ。面白おかしい方に転がる。あいにく書店大賞には多くのアンチ派がいる。真偽なんてどうでもいいんだ。黒い噂に飛びつく者がいて、勝手に盛り上がる。いまどきは炎上って言うんだっけ。誰にも止められないよ」

多絵は初めて物憂《ものう》げな顔になった。それこそ探るように言う。

「止まらなくても仕方がないという気持ち、ありますか？」

「あるね。本音を言うと、おれはアンチ派。書店大賞は反吐《へど》が出るほど嫌いだ」

「どうして？」

「本が、好きだからだよ」

多絵と杏子、ふたり同時に「え？」と声をあげた。

「好きな人間からしてみたら、作品に順位をつける行為そのものが不愉快だ。少なくとも本を売ってる人間のすることじゃないだろう。無神経としか思えない。なのに毎年くり返し、パーティでは馬鹿騒ぎだ。見てて、つくづく嫌気が差した」

「前にも、授賞式に出たことがあるんですか？」

「仕事だよ。今日と同じだ。テレビクルーの一員として渋々来た。そして心底うんざりした」

「だったらどうして、こんなところで電話してるんですか」

「それは……」

畳かけられて、上戸はふいに黙り込む。唇を噛んで杏子たちから目をそらす。

多絵には多絵の思惑があり、上戸に食らいつくつもりだ。邪魔はしたくないが、杏子も声をかけずにいられない。本が好きと言い切るこの男と、通じ合うものがないというのは寂しすぎる。

「上戸さん、もう何年も前から本は売れなくなっています。不況だ不況だと言われ、じっさい売れ行き不振でつぎつぎに店が閉まっています。そんな中、働いてる人たちは、不安や無力感を抱え、ただ、愚痴《ぐち》だけ言ってればよかったんでしょうか。ひどい、やりきれない、どうしようと、毎日ぼやいていれば、よかったんでしょうか。八年前、文句を言うだけでなく、自分たちにできることをやってみようと声をあげる人たちがいて、書店大賞が始まりました。やれば何か言われるけど、あれが悪い、これがまずいと、必ず非難する人は出てくるけれど、でも、やることを選んだ。私は大切なことだと思います。頑張ろうと決めて、ほんとうに頑張る。ぜったい、簡単ではないですから」

「やれることをやった……」

上戸は視線を窓の外の中庭へと向けた。うつろな目で明かりのついた灯籠をみつめる。

「静かに本を並べているだけじゃ、立ちゆかないか」

杏子がうなずくと上戸は大きく息を吸い込み、ゆっくり吐き出した。

「本なら、自分で選べる。買える。横からごちゃごちゃ言わないでほしい。おすすめなんて聞いちゃいない。こっちの方がよっぽど読んでる。黙っててくれと思ってた。今も思ってる。でも、おれが考える以上に、書店の経営は厳しいか」

上戸は正統派の読書家なのだ。本への理解も愛情も持ち合わせている。一冊一冊、楽しみながら吟味し、長年養ってきた選定眼でもって、購入する本を決めている。

人目を引くための派手な陳列や、乱立するＰＯＰ、関連書をただ並べただけのコーナー作りは、陳腐に見えるのかもしれない。うっとうしいのかもしれない。もっと静かに落ちついて本を選びたい。没頭する時間を味わいたい。そう思うことは我儘《わがまま》でもなんでもない。

「私はあまり本を読まない人にももっと興味を持ってほしいんです。読めば面白いというのをわかってほしい。ジャンルが偏っている人に、ちがうものを紹介したい。そして一冊も買わなかった人が一冊を。三冊だった人が四冊目を。十冊だった人がいつの間にか十五冊。そうやって本を買う人が増えていくことを望んでいます。同じように考える人がいて、最近の書店員はアピールの強い店を作りがちです。成熟した読書家の意に添わない店が、きっと多くなっていますね。書店大賞についても、浮かれてはしゃいでいるだけのイベントに見えてしまうのかもしれません。そういう視点があることに疎くなっていたと、今気づかされました」

「もっと興味を持ってもらい、もっとお客を増やしたいか。本屋がなくなってしまうのはおれだって困るんだよ。出身は栃木だが、中高のときに入り浸っていた本屋はみんななくなってしまった」

「栃木？　東照宮《とうしょうぐう》のある？」

横から多絵が口を挟み、上戸は表情をゆるめてうなずいた。

「東照宮のそばに、見ザル言わザル聞かザルをマークにした本屋があったんだ。あそこと都心の本屋を一緒に考えたことはなかった。華やかなところは華やかと思うだけで」

「今はどこも必死です」

「旗を振り、太鼓を叩いて笛を吹く。ひとりひとりがやれるだけのことをやる。そういうことなのか」

淡々とした声だった。皮肉るのでも揶揄《やゆ》するのでもなく、むしろ力を落としているようにも見える。

なぜだろう。多絵を見ると、こちらは眉根をひくひくさせながら考え込んでいる。そのとき、

「上戸さん！」

若い男が駆け寄ってきた。

「探しましたよ。何やってるんですか。いろいろ進んでますよ。早く来てください」

胸にあるネームプレートのラインは緑。

「どんなふうに進んでる？　何をやるつもりだ？」

「それは、その」

そばに立っている杏子と多絵に気づき、若い男はにわかに口ごもる。

「書店員さんたちだ。今、話を聞かせてもらってた」

「え？　でも」

「いろいろってなんだよ。我らのチーフディレクター殿はインタビュー撮りでもやるつもりか。ほしい言葉を巧みに誘導して言わせ、あとから使えるところをつなぎ合わせるんだろ。丘さんの得意技だよな」

「段取りなら、歩きながら話します。とにかく行きましょう」

「伊東くん」

まあ待てと、押し留めるように上戸は言うが、相手は聞く耳を持たない。

「おれも早く戻らないとやばいんです。丘さん、張り切ってますから」

横で聞いていて杏子はあせる。今ふたりを行かせるわけにはいかない。止めなくては。でも、なんと言って？

言葉を探していると、多絵が上戸に話しかけた。

「今年の得票数については私たちが調べます。すぐ報告しますので、インタビューは待ってもらえませんか。大きな差があるとわかれば、データの改竄など無理だと、第三者にも納得してもらえますよね？」

「ああ。でもどうやって」

「実行委員にかけ合います。できるだけ細かなデータ、なんなら、誰が何に投票したのかがわかるようなリストを出してもらいます。ガセネタに対抗するものが、事務局には必ずあります」

言い切る多絵が頼もしい。順位を操作する必要が、もっと言ってしまえばメリットが、書店大賞側にはないのだ。帯につけるロイヤリティーすら大きな額を求めていない。支払う約束さえ守ってくれればどの出版社でもかまわない。

実行委員の中の個人が企んだとしても、不正がばれたときのリスクは互いに大きい。危険を冒してまで、操作したい人、あるいは会社が、あるだろうか。そして、数字の改竄はまわりが思うほど容易《たやす》くない。会場に来て、続々と現れる参加者を見て、杏子は思いを新たにした。

「上戸さん」

となりの男にも聞こえるように言う。

「この賞は得票数という数字だけで決まってしまうので、それさえいじれば順位の入れ替えは可能だと思われるかもしれません。でもじっさいは複雑な仕組みになっています。参加者は一位、二位、三位と順位づけて投票し、それぞれ獲得ポイントに差があります。投票にはすべて、推薦コメントを書くのもルール。のちのち冊子に引用されるので、多くの実行委員がすべてのコメントを丹念に読み込みます。票ごとに、ちゃんと背景があるんです」

「冊子って?」

となりの男が聞き返す。

「書店大賞の結果報告みたいな本です。そうだ、私、さっきもらったんだ」

受付で受け取った手提げ袋の中身。世話役になっているブックリード社が、毎月出している『月刊ブックリード』の特集号だ。書店でも販売されるので誰でも買うことができる。投票に参加した書店員には、授賞式の会場で配布される。

杏子が取り出した薄い本を見て、伊東という若い男は物珍しそうに首を突き出し、上戸は表情を引きしめた。

みんなに見えるようにめくり、杏子はあっと声をあげた。

「得票なら、もう書いてある。調べなくてもほら、ここに。もう発表されてます」

昨年までは授賞式に参加していないので、後日、購入して読んでいた。ポイント数が明記されていることは失念していた。

上戸が冊子を受け取り、せわしなくページを行ったり来たりする。

「やっぱりかなりの差があるな。一位、『凍河に眠れ』、542ポイント。二位、『シロツメクサの頃』、384ポイント。三位、『窓辺のドレミ』、330ポイント。これは簡単に操作できない。一位の圧勝だ」

さらに細かいデータの掲載されたページを杏子は指し示す。

「一位については得票数についての内訳が公表されてます。男女比や、年齢別の獲得数、都道府県の分布まで。さまざまな角度から数字が出ているので、いじったときの辻褄《つじつま》合わせは大変です」

「伊東くん、これを見てどう思う」

「はあ。ずいぶん詳しく書かれていますね」

「実行委員のすべてが結託すれば、順位は好き勝手に作れる。でもそれをする意味も利点もない。ちがう書店に勤める、ばらばらの店員だ」

伊東という若い男は困惑もあらわに眉を寄せた。

「でも、リーク情報があったのは事実ですよ。三位の覆面作家の耳にも入っていて、この件についてのコメントがもらえるよう現在交渉中だと、向こうは言ってきてるんです」

「それ、なんですか？　初耳です」

杏子も多絵も前のめりになる。

「覆面作家の正体を摑んでいるんじゃないですか。こうしている今も、コメントが送られてきてるかも。どっちにしても我々の知らない水面下で、トラブルは起きてるわけです。そこだけでも食いつき甲斐があると、うちのチーフは考えるかも。ねえ、上戸さん」

上戸は顔をしかめ、伊東はその肩を叩く。

「とにかく戻りましょう。冊子を丘さんに見せるのは賛成です。ネタの真偽は重要問題だと、おれも思っていますから。いいように踊らされるのはゴメンです」

「そうだな。ぶつけてみよう」

冊子なら持って行ってくれと、杏子は言った。もう一冊、多絵が持っているのだ。

「おかしな番組を作らないよう、それだけはお願いします」

「頑張ってみるよ」

大丈夫とは言ってくれなかった。任せてくれと胸を叩かなかった。ふたりの後ろ姿を見送ってから、杏子は多絵に話しかけた。

「私たちも一緒に行った方がよかったんじゃないの？」

「大勢でやめるよう頼んだら、かえって闘志を燃やすかもしれませんよ」

「え？」

「そういう人って、いるじゃないですか。少し時間を置きましょう。上戸さんを信じて」

多絵は信じる気なのだろうか。本心から？

「それよりも、花ちゃんや岩淵さんからの連絡はないですか？　今はそっちの方が気がかりです」

ハッとして鞄をまさぐる。上戸と話している間にも時間は過ぎているのだ。

「来てる。岩淵さんから。三笠さんのこと、わかったって。倒れている三笠さんをみつけた人がいて、通報してくれたようなの。岩淵さんがかけつけたときはちょうど救急車に運び込んでいる最中で。今はタクシーで救急車のあとを追いかけてるって。大きな怪我ではなさそうだから、あんまり心配しないようにと書いてある。無事ならよかった。ほんとうに」

うわずった声で言うと、多絵も笑顔でうなずいた。細い肩がすとんと落ちる。多絵なりに気を張り、肩にも背中にも力が入っていたのだろう。

「花ちゃんからも来てるよ」

「小平さんに会えたんですよね。なんですって？」

意外な報告ではない。想像した通りだ。でも口にするのはためらわれた。別の大きな荷物を渡されたようで。有無を言わさず体にのしかかり、足がよろめきそうだ。

「深町さん、飛梅書店で働いていたそうよ。学生時代にバイトをしてたんだって」

「臆測ではなくなりましたね」

「どうして隠すんだろう」

「隠したいことがあったんでしょうね」

抱えた荷物の重みが増す。腕が痺れる。背後から、笑い声と誰かの名前を呼ぶ声が聞こえた。

廊下の先に、手を振る人たちがいる。知り合いでもみつけたのだろう。玄関に向かい、早く早く、始まる始まると。

杏子たちも歩き出す。半円を描く大階段に導かれ、熱気うずまく注目の大舞台へ。

18時15分

深町はしっかりした足取りで、東京駅の改札口から構内へと入った。智紀も真柴も細川もあとに続く。かけるべき言葉がどうしてもみつからなかった。

聞きたいことならたくさんある。智紀たちが埼玉の書店で探し当てたふたり。女性書店員である緒方と、レンタルコーナーで働く江口という男。女性の名を告げると、深町は不思議そうにその人がどうしたのかと尋ねる顔をした。思いがけなかったのだろう。訝しむ様子は自然で、違和感を持たなかった。

けれど江口のときはちがう。名前を聞いたとたん、我を忘れて立ち尽くした。見てる方まで凍り付くような驚きようだった。虚を突かれたという言葉が一番似つかわしい。

江口とは何者なのだろう。深町とどういう関係なのだろう。飛梅書店のブックカバーを営業マンの鞄に忍ばせたであろう女性店員よりも、彼女に急接近したという江口の方が、おそらく問題なのだ。

深町は東京駅から新橋駅に向かうべく、山手線のホームに出た。時計を見れば午後六時二十分。すでに受付が始まっている。会場ではプレス関係が準備を調え、数十台のカメラが壇上をとらえている頃だ。

そことはあまりにもかけ離れた場所で、智紀は「深町さん」と呼びかけた。日の暮れた薄暮《はくぼ》のプラットホームには、サラリーマンやOL、制服姿の学生が目立つ。ひっきりなしに電車の到着を知らせるアナウンスがかかる。

「井辻くん、去年の一位は『ロングラン』だったね。映画の封切りはもうすぐだ。その前の年は『秋の約束』。あれは未だに平台で売れ続けている。購買層は十代から七十代までと、ほんとうに幅広い世代に浸透しているよ」

智紀が話を振る前に、深町が口を開いた。何を言われているのか、一瞬わからない。

「書店大賞はみるみるうちに大きくなった。夜のニュース番組のほとんどで、今日の中継が入るし、明日の新聞紙面には写真入りの記事が載る。楽しみだね」

話を振られたのではなく、そらされたのだと気づく。智紀が曖昧にうなずいている間にも、外回りの山手線が到着し、同じ車両に乗り込む。混み合っているので、会話どころではない。そこからふた駅。新橋で下車し、人波に流されて改札口に向かう。東西会館への道に出る。

「深町さん、江口さんというのは誰なんですか」

智紀はへばりつくようにとなりに並び、単刀直入に尋ねた。会場までは、ほんの数分の距離だ。ぼやぼやしていられない。真柴も加勢した。

「我々営業がこの話に関わったのは、今朝なんですよ。実行委員長の竹ノ内さんに呼び出されました。まさに、寝耳に水で」

「竹ノ内さん？」

「イベントの当日だというのに、とてもナーバスになっていました。飛梅書店には、書店大賞の生みの親とも言うべき人がいたそうですね。勝手な想像なんですが、その名前で届いたFAXを見て、竹ノ内さんは書店大賞へのバッシングを思ったんじゃないかな。大きくなりすぎて、すっかり初心を忘れているぞ、生みの親の遺志をもっと尊重しろ、というふうに」

「いや、そういうのではない」

「どっちです？　竹ノ内さんの考え？　それとも、FAXの送り主の意図？」

真柴が畳みかけると、深町はその場で足を止めた。

「送り主の意図だ。だから、竹ノ内さんが気に病むことはない」

「どうして深町さんが、送り主の意図を言えるんですか」

「それは……」

言いかけ、うつむいた彼の腕がびくりと反応した。ポケットから自分の携帯を取り出す。着信があったらしい。ディスプレイを見て、いっそう苦しげな顔になる。

「どうしました？」

「悪いけど、先に行ってくれ」

「は？」

「あとでちゃんと話す。何もかもちゃんと。君たちにも、竹ノ内さんにも、実行委員のみんなにも。だから今は、先に行ってくれ」

悲壮感さえ漂う声音《こわね》に、誰も言い返せない。

「頼む。ちょっとだけ時間がほしい」

くり返し言われ、智紀は真柴や細川と顔を見合わせた。何かに背中を押されるようにして、歩き出す。一歩一歩。足を動かすごとに、そうしてはいけない気がする。深町をひとりにしてはいけない。離れてはいけない。角を曲がれば、東西会館の建物が見えてくる。

智紀は立ち止まり、我慢できずに踵を返した。別れてから一分も経っていない。離れた場所まではほんの数メートルだ。なのに、角を曲がると深町の姿はなかった。駅に戻ったのか。それとも細い脇道に入ったのか。手近な一本をのぞき込むと、飲み屋の看板が見えるだけだ。人影はない。

「ひつじくん」

真柴と細川が追いかけてきた。それぞれ携帯を握っている。

「岩さんからメールがあった。はちまん書店の三笠さん、知ってるだろ」

「神田店の、文庫担当ですよね」

「何者かに襲われ、怪我を負ったそうだ」

驚く。二種類のとまどいが交錯する。ひとつはなぜ今、岩淵がそれを知らせてくるのかということ。海道と共に亀有駅で、福岡からの書店員と合流したはずだ。

もうひとつは内容そのもの。三笠が怪我？　真っ先に思い浮かぶのは、ストッカーを開けてせっせと棚に補充している姿だ。愛想のいい方ではないが、新刊にも既刊本にも目が行き届き、お客さんの好みに応じた売り場が作れる人間だ。最近の流行《はやり》ものにもアンテナを張っている。簡単なようで、隅々まできちんとやり通すのは容易くない。彼の支える売り上げは少なくないはずだ。

その彼が、どうして、誰に、襲われるというのだろう。

棒立ちになっていると、横で細川が「うわわ」と奇声を発した。

「こっちは海道から。す、すごい、なんで」

「どうしたんですか！」

「深町さん、以前、飛梅書店で働いていたんだって。元バイトなんだって」

「うそっ」

真柴と共に細川の携帯を奪い取る。ディスプレイの文字を追いかけ、頭の中が真っ白になった。

いったい何がどうなっている？

呆然とする三人をよけて、小走りに角を曲がっていく人がいる。制服にカーディガンをはおったOLが目の前を横切る。自転車ですいすい走り抜けていく老人がいる。手を繋いで歩くふたり連れ。なんでもない町角の自動販売機や、オフィスビルの出入り口を見て、智紀は大波にさらわれそうな気持ちを抑えつけた。

自分の携帯を取り出し、海道と岩淵に同じ文面のメールを送る。

たった今まで、ぼくと真柴さんと細川さんは、深町さんと一緒でした。でも今、見失ったところです。

送信ボタンを押すときは、夜空に向かい伝書鳩を放つ気分だった。顔を上げると、ビルの間の暗闇に小さな星が瞬《またた》いていた。舞い上がった鳩をただちに捕獲するような速さで、岩淵から電話がかかってきた。

「おい、今のほんとうか。おまえら今、どこにいる」

どう猛なタカが食いつくような迫力だ。

「東西会館のそばです。海さんからメールが来ました。深町さんが飛梅書店の元バイトってほんとうですか」

「そのようだな。他にもあそこで働いていた人がいて、海と、福岡から来た女の子が確認しに行ったんだ。おまえら、どうやって深町さんに会えた？」

「どうやってって。浦和からメールしたら、今は外にいるとのことで、東京駅で落ち合いました。FAXの件も、ブックカバーの件も話したんですよ。でも飛梅書店にいたなんて、ひと言も言わなかった。おかしいですよ、そんなの」

海道からの情報が正しいのなら、深町が江口の名前に顔色を変えたのは合点がいく。ふたりは金沢の出身であり、旧知の間柄なのだろう。なぜ言ってくれなかった。あの、ブックカバーも……。

背筋が寒くなる。働いていたなら当然、梅の柄のカバーを知っている。何度も何度も、文庫や新書にかけただろう。どうして初めて見たような顔をした？

「岩さん、三笠さんの怪我というのはなんですか」

「本人と話せてないからはっきりしたことはわからないが、くだらないことを企んだやつがいるんだよ。それを知らせようとして電話している最中に、背後から突き飛ばされたらしい」

「くだらないこと？」

「いいか、よく聞けよ。今夜発表される順位は、改竄されてるんだとよ。ほんとうは三位が大賞だそうだ」

スピーカー機能に切り替えていたので、真柴も細川も聞いていた。そして三人とも、ひゅっと息を吸い込んでかたまる。

「そんなネタを、マスコミにリークしようとしてるやつがいるんだよ」

「待ってください。『凍河に眠れ』が、一位じゃないっていうんですか」

「落ち着け。関係者だったら真に受けるもんか。ガセネタに決まっている。でもマスコミはどう思うかわからない。だろ？」

うなずくより、唇を嚙む。腹に力を入れねばならない。

「詳しいことが知りたかったら会場に行け」

厳《おごそ》かな声で告げられた。

「そこに名探偵がいる。成風堂の書店員だ。合流して、今宵の授賞式がつつがなく終わるよう、おまえらも動け。いいな」

電話の向こうから別の声が聞こえた。岩淵は今、どこにいるのだろう。尋ねる前に、あわただしく通話が切れてしまった。怪我をした三笠に付き添っているなら、病院かもしれない。

「いったい何が起きているんですか」

「ほんとだよ。次から次になんだよ」

「もうへろへろ。甘いもんが食べたい」

「細川さん」

三人して肩を寄せ合い、ずるずると移動する。曲がり角をひとつ曲がると、行く手に東西会館が見えてくる。

パーティの開始まで、あと十分。

「岩さんは、成風堂の書店員と合流するよう言ってましたね。真柴さんは担当してましたっけ」

「そうか。ひつじくんはエリア外か。だったら紹介しなきゃな。もったいないけど」

「ぼくもね、ぼくも。素敵な書店員さんなんだろ。そして名探偵でもあるわけ?」

「太川くんは、饅頭《まんじゅう》でも食っていたまえ」

もめているふたりの背中を押す。

「急ぎましょう。すべての謎は、きっとあそこで解き明かされますよ」

18時30分

　会場は大勢の参加者で賑わっていた。杏子は中に入ると真っ先に、ずらりと並んだテレビカメラに目をやった。どれが日々テレビのカメラだろう。まわりには参加者もひしめいているのですぐにはわからない。近づこうとして、多絵に止められた。

「花ちゃんたちが来るかもしれないので、入り口付近にいた方がいいですよ」

「でも、上戸さんの方がどうなったか気にならない？」

「会が始まれば、しばらく挨拶が続きます。そしてメインである大賞の発表。各種のセレモニー。そこまではどのテレビ局も撮影に集中します。リーク情報を受けての特別な動きはありませんよ」

　もっともだが、「けれど」と杏子は思う。

「もしも意図的なインタビューを撮り出すとしたら、歓談タイムってこと？　だったらその前になんとかしなきゃいけないんじゃないの？」

　肝心のセレモニーを前に、今はまだ参加者にも粛々とした緊張感がある。親しい者同士で楽しげに話している人たちもいるが、落ち着かない雰囲気できょろきょろしている人がほとんどだ。舞台やテレビカメラを物珍しそうに眺めている。受付でもらった冊子をぱらぱらめくっている。授賞式の開始を今か今かと待ちわびている。

でも挨拶や表彰式が終わり、乾杯の後にパーティタイムが始まれば、みんないっせいに動き出す。そこにマスコミ関係者が分け入り、参加者の声を拾いに行く。杏子も何度となく自宅のテレビで見ていた。どちらからの参加ですか？　どの作品に投票しましたか。大賞受賞作への応援メッセージをいただけますか。大きなイベントに成長しましたが、売り場への影響はどんなでしょう。

今日のニュースで放映されなくとも、後日の番組で流れるものもある。雑誌の記事もある。ばらけてしまったら収拾がつかなくなるのでは。

上戸がチーフディレクターにかけ合ってくれたとしても、押し切られた場合、インタビュー撮りが会場のどこかで始まってしまう。みつけられるだろうか。

「そうだ、実行委員の人に相談しようか。トラブルの窓口がちゃんとあるじゃない。真っ先に耳に入れなきゃいけなかった」

今ごろになって思いつく自分を蹴飛ばしたい。痛恨の思いで多絵に提案したのに、

「あやふやな話なので、いたずらに混乱させるだけですよ」

にべもなく却下される。

「それより、深町さんはまだ来てないみたいですね」

「多絵ちゃん、知ってるんだっけ」

「神田店でちらりと見かけました。杏子さんもでしょ」

ああ、あれ。神田店のフロアを思い浮かべ、杏子は気が遠くなる。ほんの数時間前のことなのに遙か昔のようだ。あのとき傍らにいた三笠の容体は、ほんとうに大丈夫だろうか。深町に向けた彼の視線は、どこか冷ややかで硬かった。あとから、正社員の座を争うライバル関係と聞かされ、なるほどと思ったけれど。きっとそれだけではなかったのだ。

三笠はおそらく、深町が飛梅書店の元バイトであることを知っていた。小平と深町の、店頭でのやりとりを見聞きしたのか。懐かしい再会に小平がはしゃいだ声をあげたのは想像に難くない。知ったところでその時点では聞き流すくらいだった。ところが書店大賞授賞式の近づく中、謎のFAXが事務局に届いた。

噂を聞いて三笠は驚いただろう。内容もさることながら、飛梅書店について無関係で通している深町に。

でも三笠は口をつぐんだ。不信感を募らせつつも、杏子たちが訪れるまでは。

その杏子たちにも、小平というヒントを与えるに止《とど》めた。正社員の座を争う相手だからこそ、複雑な感情が働いたのかもしれない。

「深町さん、今どこにいるんだろう」

思わずつぶやく。

「つかまえたいですよね。というか、彼が現れてくれないと何も解決しない」

「優秀な書店員なのに」

イメージがどんどん黒くなる。

「どう優秀なんですか」

「新刊本の紹介広告や記事、深町さんのはどれも的を射ていて、紹介文はすばらしかった」

「新聞にも載るような、署名入りの広告ですね」

「会ったことも話したこともない人なのに、好感を持ってたの。ああ、へんな意味じゃなくてね。コメントって人柄が透けて見えるのよ。忙しい本業の傍らに、一作一作読み込んで、広告や記事を読んだ人が興味を持つような文章を書く。大変だと思う。深町さんは手を抜かずにやってた。なんのため、誰のためかとなれば、それは本のためだったと思うの。いい本を、届けるべき人にもっと届けたい。読んでほしいって。私の願望かもしれないけど」

多絵が黙っているので、杏子は続けた。

「なんで隠し事なんかしたんだろう。もしも隠したいことがあったとしても、ずっと昔のことでしょう？　閉店したのは八年も前よ」

「第一回書店大賞授賞式当日の朝でしたね、飛梅書店の店長が急死したのは。ほんとうなら出席し、会場の様子を笑顔で見守っていた。でも叶わず、金沢のお店はなくなった。無念だったと思います。本人も、家族も、まわりの人たちも」

「それと今回のことが関係ある？　リーク情報もそう。誰が書店大賞を貶《おとし》めようとしてるのよ」

「杏子さん、声が大きい」

司会者が壇上に現れ、いよいよというときに、多絵に引っぱられ外に出されてしまった。

「だめですよ、せっかく和やかに始まろうってときに」

「ごめん。でも」

「花ちゃんから、続報が来てませんか？」

言われて鞄の中から携帯を引っぱり出す。

「ううん。何も」

「じゃあ、電話してみようかな」

「花ちゃんに？」

怪訝な思いで聞き返した。小平に深町のことを問いただすというミッションを、花乃は無事、クリアした。あとは追いかけてくるだけ。海道が一緒なのだから、道に迷うこともないだろう。

「今回のこれ、私は花ちゃんこそがキーパーソンだと思うんですよ」

あの子が？

「彼女、言ってたでしょ。FAXの送り主をどうしても知りたいって。それには理由がある。実行委員の中に大事な人がいる。一生懸命頑張っているその人のために、何かしたいって」

三笠のいる神田店に行く、直前の話だ。そもそも花乃はたったひとりで福岡から上京した。FAXの謎を解いてほしいという一念で、成風堂に現れた。

「書店大賞にとても深く関わっている人と言ってたっけ」

「そうです。あのときも面白いと思ったんですよね。福岡の書店で、去年からバイトを始めた花ちゃんに、どうしてそんな知り合いがいるのか」

多絵がやる気を起こしたのはあのときだ。花乃の謎を突き止めようと目を輝かせた。

その多絵が、自分の携帯から花乃に電話する。何コール目かでつながったらしい。会場の出入り口から離れ、広い通路の奥に移動し、さらに窓へと近づく。杏子もあとに続いた。

「今どこ？　新橋駅か。よかった。待ってるね。それで、小平さんは他に何か言ってた？　どうして深町さんのことを黙っていたんだろう。単に言いづらかっただけ？」

「それは……」

スピーカー機能にしたので杏子にも聞こえる。花乃の声の背後には駅のアナウンスや電車の振動が聞こえた。ホームか、改札口なのだろう。

「最近、深町さんがお店に来たそうです。自分が金沢にいた頃のことを誰かに話したかと、尋ねられたんですって。小平さんは言ってなかったので、そう答えました。そしたら深町さんは申し訳なさそうに頭を下げて帰っていったそうです」

「誰かに、金沢でのことを話したか？」

「ええ。小平さんは、話すも何も、しゃべるようなこと自体に心当たりがないと言ってました。深町さんはまじめでよく気のつくバイト学生だったそうです」

「江口さんについては？」

「知らないみたいです。江口さんって男の人でしたよね。バイトの大学生は、女の子が入った時期もあるけど、男性は深町さんだけだそうです」

だったらどういう関係なのだろう。多絵と杏子が無言のうちに顔を見合わせていると、花乃の声がした。

「でも多絵さん、悪いのは江口さんの方ですよ。きっとそうです。深町さんじゃないです」

「は？」

「深町さんを助けてあげてください。お願いします」

多絵の目が細くなる。満足げに愉快そうに、口元に笑みが浮かんだ。

「だったら早くおいでよ。深町さんを助けられるのは私じゃないよ。そうでしょう？　花ちゃんしかいないんだよ」

「私……」

「待ってるね」

含みのある声音で、多絵は通話を切る。

今のやりとりはなんだろう。尋ねようとしたところで、広い通路にばたばたと足音がした。スーツ姿の男性三人が現れ、派手にきょろきょろしている。

ついに幕を開けたイベントに遅れてしまい、あわてているならわかるが、受付でもあっちに行ったりこっちに行ったりと落ち着かない。財布を出して会費を払っているところからすると出版社の人間だろう。その後もひとりは受付の女性に話しかけ、ひとりは会場に入りたがり、ひとりは立ち止まって携帯をいじる。

遠目にひとりずつを眺め、知り合いがいるのに気づいた。

「真柴さん」

杏子がつぶやくと、それが聞こえたわけではないだろうが、素晴らしいタイミングで受付にいた男がこちらを向いた。たちまち顔がくしゃりと動く。ピンと背筋を伸ばし、片手を高々と掲げ、大きく振る。そしてふたりに声をかけ、先頭を切って駆け寄ってきた。

「杏子さん！　よかった。みつけた」

「こんにちは。真柴さん、今、到着ですか」

「そうなんですよ。だってほら、すごくいろんなことがあったから。でも、それもこれもすべて、ここでこうして杏子さんに会えたんだから本望です。すべての苦労が今、報われました」

相変わらずだ。佐伯書店の営業マンである真柴は、いつもこの調子でなんのてらいもなく歯の浮くようなことを口にする。初めのうちは面食らい及び腰になってしまったが、今ではかなり慣れて、ほとんどの言葉を聞き流す。

「多絵ちゃんもいるね。やあやあ、お疲れさま。こんにちは」

「真柴さん、いつでもどこでも元気ですね」

「うん。夕方、巌《いわお》のような強面と頭がつるつるしてるのが、会いに行ったでしょ。ほんとうはぼくが行きたかったんだけど、どうしても野暮《やぼ》用があってね。埼玉まで足を延ばしていたんだ」

「ああ、海道さんの話していた、チームBって真柴さんのことだったんですか。精鋭部隊であるチームAが、自分と岩淵さんって」

それを聞くなり「逆だろう、逆！」と憤慨してみせる。迷わず聞き流し、杏子は真柴の傍らに立つふたりに目を向けた。丸々した体格でしきりに汗を拭う男と、中肉中背のあっさりした顔立ちの男だ。杏子の視線に気づくなり、息もつかせぬ素早い動きで名刺を差し出す。どちらも営業マンだった。

「皆さんが埼玉に行ったんですか。ブックス・カナリアでしたっけ。海道さんたちから聞きました。ブックカバーの出所を探しに行き、みつけたと」

「その通り。そしてついさっき、新橋駅まで深町さんと一緒でした」

最後だけは声を落とす。杏子も多絵も息をのむ。それを承知しているような目配せを受けた。

真柴のとなりの男が話のあとを引き取る。

「カナリアで、緒方さんという女性と深町さんが知り合いらしいとわかりました。緒方さんの連絡先を知りたくて、深町さんにメールしたんです。そしたら東京駅で会うことができました。話の流れで金沢出身の男性の名前を出すと、ひどく驚いていました」

明瞭な聞き取りやすい声だ。真柴や細川より年下だろう。見かけは就活中の学生のようだが、話の内容は簡潔でわかりやすく表情もしっかりしている。

「その男性って江口さんでしたね。深町さんは何か言ってましたか」

多絵が尋ねた。

「なぜあいつがと、狼狽した雰囲気でした。あとは、そうだったのかと、ひとりで納得する感じ。こちらにも聞きたいことはありました。江口さんとどういう関係なのか。そもそもなぜ、授賞式の開始間際に実行委員が東京駅にいるのか。けれどまともな返事はもらえなかった」

黙ってうなずく多絵を、彼はじっとみつめる。

「新橋に着いてからは、体《てい》よくまかれたんだと思います。先に行ってくれと言われ、それきり。

そこに岩さんから電話がありました。マスコミへのリーク情報とか、三笠さんの怪我とか、なんですか？　どうなってるんですか？　会場で、成風堂の方に聞くよう言われました」

その会場から大きな拍手が起きた。フラッシュが一斉に焚《た》かれたらしく、出入り口付近も白い光の点滅が続く。舞台の最奥の白い布が外され、司会者が恭《うやうや》しくも堂々と大賞受賞作を宣言したのだ。横断幕の文字は見なくともわかっている。

第九回　書店大賞受賞作品　『凍河に眠れ』野田雅美

歓声がしばらく鎮《しず》まらない。無事に幕は開いた。あとはいくつもの謎の解決と共に、その幕がきれいに下ろされるのを見るだけだ。

18時50分

バイトの大学生と聞いていた。ドット柄のワンピースに丈の短いカーディガンを羽織り、髪の毛は短く、顔は小さい。メイクもアクセサリーも手にしている鞄もシンプルで、少しだけあらたまった装いというのが初々しい。かわいらしくもふつうの女子大生にしか見えなかった。

この子が名探偵？　ここに来る前、そもそも例のランチタイムで「成風堂」という名前が出たときに、智紀は心の中で感嘆の声をあげていた。個人的な興味や好奇心がほとんどだったのであの場では自重したが、脳裏をよぎるものがいくつもあった。

とある書店で、営業マン同士が競う「POPコンテスト」が行われた際、ちょっとした謎かけが本の並ぶ平台に仕込まれた。知恵を授けた者として、耳にしたのが「成風堂のアルバイト」だった。またあるとき、新刊を盛り上げるための応援メッセージを書店員に頼んだところ、成風堂から寄せられたものに、凝りに凝ったなぞなぞがついていた。

POPコンテストに謎を仕掛けた者と同一人物らしい。いったいどんな子だろうと思っていたが、ついに顔を合わせることができた。

もうひとり、その場にいたのは成風堂書店の社員だった。木下杏子さん。爽やかでいて芯《しん》の強さも感じさせる人だ。年頃も自分と変わらないだろう。

こちらの話について、ところどころ質問するのは女子大生の方。真柴からも「多絵ちゃん」と呼ばれていた。ひと区切りつき、智紀からもマスコミへのリーク情報や三笠の怪我について尋ねたところで、会場から歓声が聞こえた。今年の大賞受賞作が発表になったのだ。

もっとも華やかな一瞬であり、盛り上がりは最高潮を迎える。拍手喝采はしばらく鳴り止まず、受付の人たちも立ち上がって手を叩いた。窓のそばに立つ五人だけは笑みを作れずに、黙ってドア付近を見守った。

目を凝らしていると、忍び寄る悪意の影が見えるようだ。耳を澄ますと陰気な哄笑《こうしょう》が混じっているようにも感じてしまう。

「それで、大賞がほんとうはちがう作品っていう話はどういうことでしょう。教えてもらえませんか。三笠さんのことも」

智紀が再度尋ねると、杏子が答えてくれた。彼女たちの店にいる三笠の知り合いに紹介され、福岡の書店員を含めた三人で、FAXについて話を聞きに行った。三笠は飛梅書店の元店員という女性を教えてくれたそうだ。杏子たちはそちらに向かい、深町が元店員であることがわかった。おそらく三笠も知っていたのだろう。

そして、当の三笠は休憩時間、店の外で気になる「あいつ」という人物をみつけ、あとをつけたという。その者は電話相手に向かって、書店大賞の順位の不正についてマスコミにデータを流すと話していた。脅しているように聞こえ、見聞きしたことを杏子たちに伝えようとしたが、話半ばで怪我を負った。

「襲ったのは誰なのか、まだわからないんですか？」

「怪我そのものは心配ないと言われました。でも、話せる状態ではないようで」

「マスコミの方は？」

杏子と多絵は急ぎ会場にやってきて、リーク先が日々テレビであることを突き止めたという。ひとまず安堵する。どこに情報を流したのかわからないまま、すっぱ抜かれるのが一番恐い。

「上戸さんというディレクターさんと話ができたんです。その人がチーフディレクターを説得してくれると思うんですけど、チーフは手強《てごわ》いみたいで」

「説得？」

「大賞は『凍河に眠れ』でまちがいありません。リーク情報はまったくのでたらめです。それをチーフに納得してもらわないと、歓談タイムのインタビューが歪曲《わいきょく》して放送されるかもしれないそうです。さも裏で何か起きているような、世間の邪推を煽るような番組が、作られかねないって」

横から真柴が口を挟む。

「歓談タイムはもうすぐですよ。今の話からすると、ぼやぼやしてられない。歪曲はなんとしても阻止しなきゃ」

智紀の脳裏に竹ノ内の顔が浮かんだ。痛くもない腹を探られるような番組が放映されたら、どれほどダメージを受けるだろうか。竹ノ内だけではない。携わった多くの人たちが傷つく。

「大丈夫ですよ」

涼しい声が聞こえ、顔を向けた。多絵だ。

聞き返すより先に、杏子が「あっ」と目を瞠《みは》る。智紀が振り返ると、茶色のジャケットを羽織った男性が歩み寄ってきた。知らない顔だと思ったら、向こうも怪訝そうに男三人を見比べる。目当ては成風堂のふたりだったようだ。

「よかった。上戸さん。今、話をしていたんですよ」

「おれも探してたよ。会場の外だったのか」

上戸？　たった今、話に出たテレビ局のディレクターか。

「張り切ってるチーフは、こちらの説明に納得してくれましたか？」

「頑張ってみたけど生返事なんだよ。今ひとつ信用できない」

まずいではないか。多絵がさっきと同じのほほんとした声で尋ねる。

「上戸さん、この場所でもうひとり、挨拶すると約束していた人がいたでしょう？　電話口で話していたじゃないですか。その人とは会ってきましたか？」

ジャケットの男が怪訝そうに眉を寄せる。

「いや」

「まだなら、先方も探しているのでは？」

小首を傾げ、多絵は会場の入り口へと目を向けた。そこにはスーツ姿の男性が立っていた。遠目から見ても困った様子で、左右をきょろきょろうかがっている。受付に歩み寄り話しかけ、首を横に振られて溜め息をつき、また会場の入り口へと戻る。視線をさまよわせるうちに、智紀とも目が合った。

窓近くの集団を見て、向こうも訝しく思ったのだろう。ひとりひとりを順番に眺めてから、控え目な会釈をよこした。首から提げているネームプレートには、智紀と同じ水色のラインが入っていた。出版社の人間らしい。

不躾な視線を詫《わ》びるような腰の低さで向きを変え、大階段の方へと歩いていく。

「上戸さんは最初から、リーク情報を信用してませんでしたよね。でたらめだとわかっている口ぶりでした」

男の後ろ姿を眺めながら、多絵が話しかける。

「それくらい鼻は利くよ。いかにも、だろう」

「外部の人だとなかなか確信できないと思います。ひょっとしたらという疑いが頭をかすめてしまう。でも上戸さんはガセネタだとわかっていた。なぜですか？」

尋ねられ、上戸はムッとする。いかにも不愉快そうな面持ちだ。智紀も怪訝に思った。テレビ局の人がリーク情報を鵜呑みにせず、チーフディレクターにかけ合ってくれたなら、単純に言ってとても助かる。感謝こそすれ、どうして多絵は詰問調《きつもん》になるのだろう。

「さっきこの下の一階フロアで、上戸さんと杏子さんのやりとりを聞いていて、私、思ったんです。上戸さんにはことさら親しくしてる書店員はいないんですよね。実行委員の中にも知り合いはいない。となると、内部から情報を引き出すのは無理。実情そのものについても詳しくない。だったらどうしてガセネタだと断定できるんですか」

「いくらなんでも、順位の操作はしないだろう。書店大賞側にメリットがない。今年は『凍河に眠れ』がダントツの人気であるのも知っていた」

「おっしゃる通りです。冷静な『読み』です。でももうひとつくらい、確固たる決め手があったんじゃないですか？　リーク情報のうさん臭さに気づく何か」

「君はなんだと思うの？」

上戸という男性はふっと息をつき、やれやれという雰囲気で表情をゆるめた。

「考えてることがあるなら言ってくれよ」

「三位になった本、『窓辺のドレミ』です」

居合わせた面々が、きょとんとした顔になる。

「リーク情報によれば、ほんとうの一位は『窓辺のドレミ』なんですよね。差し替えを知った作者から、コメントを入手すると言ってきたらしい。どうして『窓辺のドレミ』なのか。他の本じゃなかったのか。答えは明らかだと私は思います。作者が覆面だから。どこの誰なのか、みんな知らない。リークネタの真偽もコメントについても、ほんとうかどうか確かめたくても、問い合わせる先がおいそれとは浮かばない。だから、『窓辺のドレミ』を選んだんです。そして上戸さん、あなたがこだわっていたのもこの本だったでしょう？　電話の相手に、三位の獲得ポイントなら知ってるだろうと、粘り強く尋ねていました。上戸さんが他の人より特別詳しいのは、三位の本についてではないですか」

上戸は顔を伏せ、足元の床をみつめてから、誰とも目を合わせずに視線を窓へと向ける。

「市松晃さんでしたね」

思わず智紀は口にした。多絵が応じる。

「ええ。私、何かのアナグラムかと思いました。漢字の市松晃、平仮名の、いちまつこう、ローマ字でICHIMATSU　KO」

「ぼくもやりました。ばらばらにして並び替えたり、組み合わせたり。他の名前が出てくるのか、手がかりが暗示されるのか。仕掛けを期待したんですけど、いくらやってもさっぱり」

「同じです。まったくわからず、何もないのかとあきらめかけていたところ……」

「わかったんですか」

「さっき、上戸さんがおっしゃったんです。出身は栃木県で、東照宮のそばにある本屋さんによく通っていたと。それってつまり」

突然、空から何かが降ってきたような気がした。ひらめきが星のように瞬き、智紀は勢い込んで言った。

「日光《にっこう》！」

多絵も嬉しそうに目を輝かせる。ね、という笑みに、智紀は握り拳で応えた。

「そうか、日光だったのか」

「すっきりしましたね」

「ほんとうに。わかってみれば『なーんだ』というのが、また素晴らしい」

「ちょっと待て。ふたりだけで盛り上がらず、お兄さんたちにもわかるように話してごらん」

「多絵ちゃん、なんのこと」

「上戸さんは日光市の出身だったんですよ。もしかしてその本屋さんには、『松』の字がついたりしませんか？」

尋ねられ、上戸が肩をすくめた。

「『松書店』だ。松本《まつもと》さんという人がひらいた店で」

「『日光市』にある『松』書店、市、松、日光、ですね。日と光を組み合わせれば『晃』の字になる」

「多絵ちゃん、まさか……」

「上戸さんが市松晃さんご本人、もしくはきわめて近い人」

「本人だ」

　素直に認められて、一同、どよめいた。

　智紀は昼間の、いつもの営業メンバーでとったランチを思い出す。覆面作家の正体について、同業者である営業マンではないかと言い出す者がいた。なぜなら、以前も書店大賞に出席した口ぶりなのに、店舗勤務の書店員ではなさそうだから。

　今までにノミネートされた作家の別ネームという線もないらしい。出版社の人間ならば編集者も考えられるが、外回りの仕事をしていたようなので、営業マンである可能性の方が高い。

　その推理に智紀は否定も肯定もしなかったが、同じヒントを当てはめてみると、テレビ局の人間なら撮影側の関係者として会場に来られる。例のアイスコーヒーのエッセイについては、打ち合わせなどで外に出る機会はテレビ関係者にもありそうだ。撮影するためにスタジオに出かけたり、今日のような現場への移動も考えられる。町中のカフェで冷たい飲み物で息をつくひとときはあっておかしくない。

　条件に合っているではないか。目の前にいるのはごく一般的な、四十歳前後の男性だが、これまで会った作家も初対面の印象に突飛《とっぴ》な人はいなかった。

「『窓辺のドレミ』、読ませていただきました。月並みな言葉ですが、たいへん感動しました。覆面にされたのは何か理由がおありで？　本業に差し障りがあるからでしょうか？」

　智紀の問いかけに、上戸は大きく息を吸い込み、吐き出す。

「以前、瀬川《せがわ》啓司という名前で本を出していたんだよ。『瀬川』はデビュー作の主人公の名から取った。『啓司』は本名だ」

杏子が片手をあげる。

「『偽証の返礼』でしたっけ」

「そう。覚えている人がいるとはね。もう、五年も前の話だ。大手の新人賞じゃなかったから、大して話題にもならなかった。そのときは覆面のつもりはなかったが職場の連中に知られることもなかった。でも自分にとっては大ニュースだった。誰にも内緒でこつこつ書き続けた原稿が、ついに陽《ひ》の目を見るんだ。人生の転機だと思った。憧れてやまない作家の仲間入りができると、信じて疑わなかった。今思うと、ほんとうにおめでたい。現実を何もわかっていなかったんだね」

色めき立った一同が、今度は申し合わせたように押し黙る。よく聞く話なのだ。作家をめざす者にとって、新人賞の受賞とデビュー作の上梓《じょうし》は輝かしいゴールかもしれない。けれどそこから先、二冊目、三冊目の出版は、新たな努力が求められる。

「おれの一冊目は売れず、二冊目もさっぱりだった。それがわからず、あるとき担当編集者をせっついて、売れっ子作家の間でよく聞く『書店まわり』というのをやってみた。結果は惨憺《さんたん》たる有様だったよ。書店員に冷たくあしらわれ、けんもほろろの態度を取られ、プライドはずたずただ。それですっかり書店員嫌いになった。わかりやすいだろう？　もう二度と関わりたくないと思ったが、撮影の助手として四年前、この会場に入った。仕事だから仕方ない。そしておれの本を足蹴《あしげ》にした連中が、売れてる本を持ち上げ、大はしゃぎしてるのを目の当《ま》たりにして、ますます嫌悪が高まった。吐き気がするほど不快でたまらなかった」

上戸の顔が大きく歪む。

「二冊目が売れなかったので出版社から連絡がなくなり、おれの作家活動は短命に終わった。でも中には物好きな編集者もいてね、途切れることなく近況うかがいのメールが送られてきて、そこに必ず何か書いたら見せてくれと添えてあった。それで久しぶりに書き上げた『窓辺のドレミ』を送ったら、本にしたいと言ってきた。驚いたが、浮かれるまいと自分に言い聞かせたさ。もう何も期待すまい。甘い夢など見るものか。だから筆名を変え、編集者にも会わず、ゲラのやりとりも宅配便ですませ、カバーデザインから何から全部任せた。本にしたいと言う者がいるから出す。それだけだ。何ひとつ、おれは期待してなかったんだよ」

声が弱まり、首が左右に振られる。

「売れるとは思わなかった。そりゃそうだ。販促活動はないに等しい。出版社は予算をかけてはくれない。無名の、どこのどいつだかもわからないやつの本がぽつんと出ただけ。あっという間に埋もれて消えるのが落ち。そう信じて疑わなかったのに、売れた。増刷がかかった。理由を知らされて呆然としたよ。今言ったように四年前の屈辱はありありと覚えている。口惜しくてたまらない。でも『窓辺のドレミ』は、書店員のおかげで売り上げを伸ばした。どこの誰が書いたかなんて気にせず、気にしたところで情報もなく、内容そのものを気に入って、評価して、彼らは売り場に並べた。気の利いた販促物を手作りしてくれた。おれは何をどう思っていいのかわからない。未だに根に持っている。でも、感謝せずにもいられない」

大の大人が智紀の目の前でうなだれる。沈黙がおりた。冷たい静けさじゃない。上戸の率直な言葉は、聞く者の心に響く。多絵が口を開いた。

「今ごろ、三位に輝いた、大躍進の『窓辺のドレミ』を羨んでいる作家がいますよ。応援されたくてもされず、読まれたくても読まれない作家がたくさんいます。上戸さんはその人たちに向け、どんな言葉をかけますか」

「おれが……?」

誰もが売れるわけじゃない。応援されるわけじゃない。切望しても切望しても、叶わない人がいる。かつての、上戸のように。

「そうだな。何か言うとしたら、確かに『窓辺のドレミ』は運に恵まれた。でも次の本はまた一からのスタートだ。売れた本と同じようなことが、次の本でも起きる保証はない。応援したくなるような作品を書くだけだ。それをくり返すんだろうな。どの書き手であっても」

上戸は多絵を見、杏子、真柴、細川、智紀と順番に目を向ける。

「おれは会場で、感謝してる分だけ、ありがとうと言えばいいのか。手作りのPOPもペーパーも嬉しかった。だから、ありがとう。そして、次の本も頑張るのでよろしくと、自分の言葉で伝えればいい。それだけか」

吹っ切れた顔になる。

「その前に、彼に挨拶しなきゃならないな」

顎をしゃくる先に、先ほどの男性が立っていた。いつの間にか大階段から戻ってきたらしい。出版社のネームプレートをつけていた。おそらく担当編集者なのだろう。こちらに視線を向け、上戸を気にしている。市松晃＝瀬川啓司だと知っているのだから、いくらかでも顔に覚えがあるだろう。瀬川啓司としての写真が、かつての授賞式シーンなどに残っている。

「彼にも礼を言いたい。おれの小説をかってくれた編集者だ。そのあとうちのチーフにも打ち明けるよ。そうすればつまらないガセネタなんか吹っ飛ぶさ」

「ぜひ、よろしくお願いします」

打てば響く速さで多絵が言った。上戸のこのセリフを待っていたにちがいない。

覆面作家の正体が明らかになり、しかもテレビ局の人間とわかれば、関係者は大喜びで飛びつく。データ改竄などありえないという言葉にも信憑性が増す。なんといっても三位の作者本人なのだ。

あわてず騒がず、多絵が涼しい顔をしていた理由が今、わかった。

「リーク情報については市松晃さんに任せるとして、これからどうする？」

編集者の元に駆け寄る上戸の背中を見守りながら、智紀は多絵に話しかけた。もっとゆっくり、心ゆくまで余韻に浸っていたかったが、状況がそれを許してくれない。

「お願いしたいことがあります。深町さんに会わせてください」

「ぼくが？」

できるでしょう、という目をされてしまう。

「今日のこの騒ぎの中で、まともに深町さんと会えたのはお三人だけですよ」

「わかった。やってみる。どこに呼び出せばいい？」

「そうですね。だったら一階の、宴会場付近。そう言えばわかると思います。彼は実行委員ですもの。何度もここに来てるはず」

うなずいていると、横から真柴に引っぱられた。

「ひつじくん、やけに調子いいね。どうやって呼び出すんだよ」

「さっきと同じやり方です。タイトルで釣るんです」

あまりよろしくない表現だが、このさいだ。

「具体的にはどんな？」

「うーんと」

「太川なら、饅頭大盛りでいいだろうけど」

「その言い方、なんだよ。失敬な。あのね、ラーメンできた、くらいじゃないとあわてないよ。ラーメンはのびるけど、饅頭なら遅れても大丈夫」

大真面目に語らないでほしいが、先送りにできないというのは大事なポイントだろう。

「深町さんが三笠さんの怪我を知らなければ、それを伝えるタイトルだとインパクトはありますね」

「よし、それで送ってみよう」

さっそく携帯を操作する真柴を見て、智紀はその手を制した。

「深町さんは三笠さんの怪我を、知らないんでしょうか？」

「そうなんじゃないの？　我々三人だってついさっきまで知らなかった。深町さんと別れ、岩さんの電話で初めて聞いて、今ここで詳しく教えてもらったんだから」

「深町さんが知ってるかどうかは、判断がつかないです。三笠さんを襲ったのが何者かもわからず、単独犯か、複数犯かもわからない。リーク犯についても不明です」

「わからないことだらけだな。そして彼は、自分が元飛梅書店の従業員だったことを我々に隠していた。うっかり忘れていたよ」

「なぜ隠したんでしょう」

「さあな。もうひとり、金沢出身者がいるだろ。江口という男はどう関わってくる？　深町さんが顔色を変えたのは彼の名前を聞いたときだ。きっとふたりは前々からの知り合いなんだろう。メールのタイトル、さあ、どうする？」

真柴にぽんぽん言われて智紀は唇を噛み、すぐそばに立つ多絵をちらりと見た。黙って静かに男たちのやりとりを見ているが、その口元がかすかに動く。唇のはじが持ち上がったように見えたのは気のせいだろうか。

おそらく彼女は、どんなタイトルが有効なのかを考え済みだ。呼びかける内容次第で深町が現れると踏んでいる。その上で、うまく呼び出せと注文している。

「真柴さん、こういうタイトルにしてください。『マスコミ問題、解決しました』。本文は、だとしたら。

『第三位の覆面作家が名乗り出たので、データ改竄の情報は無意味に』」

「オッケー。今の文章のあとに、多絵ちゃんの言ってた場所を指定しよう。話がしたいので至急、来てくれと」

智紀が多絵を見ると、満足げな笑みが浮かんでいた。どうやら及第点がもらえたらしい。今の段階では深町がどういう人間なのかわからない。三笠を襲った犯人かもしれない。リーク犯の可能性だって拭えない。

マスコミ問題が解決したとの情報に、果たして胸を撫で下ろすのか、新たな奇策をぶつけてくるのか。どちらだろう。

営業マン三人と書店員ふたりは、メールの送信を見届けてから階下に移動することにした。会場では賑やかな歓談タイムが始まり、五人が受付前を通りすぎるとき、どよめきがあがった。受付係が立ち上がり、何があったのかとあたりを見渡す。会場の出入り口に立っていた人が教えてくれた。覆面作家がベールを脱いだらしい。通路にいた人もあわてて駆け戻っていく。立て続けにフラッシュが焚かれ、白い光が出入り口からもあふれる。あの世界とは異なる場所に今は行かなくてはならない。

「深町さん、来るかな」

「来てほしいです。来なきゃいけない」

「君は、授賞式の裏で何があったのか、もうわかっているの?」

聞かずにはいられなかった。多絵は目を細め、白い歯をのぞかせた。

「浦和で、重要な手がかりを摑んでくれた人たちがいたからです」

「役に立ったなら幸いだ。君たちは元従業員の女性に会ってきたんだよね」

「はい。飛梅書店の店長は、倒れる直前まで店にいて、作業台のメモ用紙に謎の言葉を残していたそうです。『口惜しい。すっかりしてやられた。無念でたまらない』と」

さっきの説明にはなかった話だ。

「穏やかじゃないな。『謎』と言うからには、それがどういう意味なのか、話してくれた人にもわかっていないということ？」

「そうです。解いてほしいと言われました」

君はわかっているのかと口にしそうになり、智紀は飲み込んだ。さっきとまったく同じ問いかけだ。多絵の表情が曇っているようにも見える。質問を少し変えよう。

「その言葉は、今回の件に何かしら影響してるんだろうか」

「かもしれません」

口惜しい。すっかりしてやられた。無念でたまらない。

書店大賞の立役者と知られ、多くの仲間から慕われた人の、それが最期の言葉だとしたら、心を痛める人は少なくないだろう。竹ノ内の顔が浮かぶ。彼は知っているのだろうか。知らないなら、耳に入れたくないと思う。知ったところで、今さらどうにもならないのだ。

知る、知らないの言葉から、智紀はもうひとつ思い出す。

江口の名前を聞き驚いた深町が、放心したような顔で口にした。

「今となってはね、もう、誰も知らないんだ」と。あれはどういう意味だったのだろう。

19時30分

前を行く多絵と智紀の会話を聞きながら、杏子は大階段を下りた。深町を呼び出す場所として多絵が指定したのは、一階の宴会場エリア、上戸と立ち話をしたところだった。

悪意に満ちたリーク情報については上戸がもみ消してくれる。今ごろベールを脱いだ覆面作家として、マスコミや書店員に囲まれているのだろう。

あの人が『窓辺のドレミ』の作者なのかと、立ち話した場所までたどり着き、杏子はあらためて思った。何も期待しなかったと話していたが、筆致は細やかで誠実で、硬質な輝きを秘めていた。上戸が何を言おうと、登場人物たちは人と人との出会いや別れ、喜びや悲しみをドレミの音符に込め空へと放っていた。その歌声やメロディは一冊の本に託され、新たな出会いを読者にもたらした。今でも杏子の胸には、作中の「ドレミ」が聞こえる。

誰かに届けたい、届いてほしいという思いがあったからこそ、上戸は反響があったとき、じっとしていられなかったのではないか。自分の夢を打ち砕いたものが、自分の夢を叶える皮肉にうろたえた。

けれどほんとうは誰も上戸の夢を損なっていない。『窓辺のドレミ』は売れるとわかって書いたものではない。なんの保証もない中で、彼が願いを込めて書きあげた物語だ。

「深町さん、来るかな」

智紀と同じ言葉を杏子は口にした。そして何度目だろう、一階の演会場エリア、出入り口の方へと目をやったとき、ふらりと現れた人影があった。営業マン三人が息をのむ。それぞれのスーツの胸が鼓動に合わせるように上下したが、騒ぎ立てるようなまねは誰もしなかった。ポーカーフェイスで、彼が近づくのをじっと待つ。

深町は宴会場に続く通路に入り、幅広の廊下に立つ人々を見て足を止めた。青ざめた顔で、ひとりひとりに目をやる。営業マン三人は予想の範囲内だろう。でも杏子と多絵については警戒心をあらわにする。

「深町さん、紹介します」

真柴が手招きしながら言った。深町はぎごちない足取りで歩み寄り、一同、窓際へと場所を移した。

「成風堂書店の木下杏子さんと、バイトの多絵ちゃん。このふたりもFAXの謎を解いてほしいと依頼を受け、今日一日、動き回っていたんですよ」

「依頼？」

「書店大賞が無事、開かれるかどうかは大勢の人間が心配してるってことですよ。ぎりぎりのところで怪しげなリーク情報なども乱入したし、並大抵の苦労じゃなかったですよね」

晴れ晴れとした真柴とは裏腹に、深町は喉に何か詰まっているのか、苦しげな声で問いかけた。

「メールに、データ改竄の情報は無意味にとあったが、あれは何？」

智紀がリーク情報について説明し、それがついさっき、三位の覆面作家の登場という展開によって解決したと話した。

立ち尽くしていた深町は拳を握りしめ、うつむいた。

「よかった」

辛《かろ》うじてそれだけ聞こえた。一件落着についての彼の感想か。真柴が気づかうように傍らに寄り添う。そっと手を肩に乗せた。

「そろそろ話してください。いったい何があったんですか」

頭が左右に振られる。拳は握られたままだ。それを見て、再び智紀が口を開く。

「三笠さんが怪我をしたのは知ってますか？　何者かに襲われたんですよ」

「え？」

「リーク情報の件を教えてくれたのは三笠さんです。休み時間に気になる人間をみつけて、あとを追いかけ、電話の会話を聞いたらしい。それを成風堂の人たちに知らせる途中で、後ろから襲われたそうです。岩さんが駆けつけ、病院に運ばれました。幸い、大怪我ではなさそうですが、誰にやられたのかはまだわかっていなくて」

黙って聞いていた多絵が口をはさむ。

「深町さんは知ってますよね。誰の仕業なのか」

硬い眼差しが多絵に向けられる。

「私、深町さんに頼みたいことがあって、ここに来てもらったんです。今日、何度か連絡を取り合っている人物に、今すぐ連絡してください。場所は……そうですね、外がいいかもしれません。このガラス窓の向こう側、中庭にしましょう。一刻も早く」

歯切れよくそう言って多絵は指を差す。

「お願いします。考えてる時間はないです。今すぐ。早く」

急かされて、まるで操り人形のような動きで深町の手が動く。細い指先が小刻みに震えている。上着の内ポケットから携帯を取り出し、不思議なものでも見るような目で多絵を眺める。

「深町さんならどう言えば相手が応じるか、わかっているでしょう?」

「『もういい。もうおしまいだ。好きなようにやってくれ――』」

「ちがいますよ。リーク情報を取り下げる代わりに、交換条件が出されているはずです。それをすべて希望通りに叶えるからと言えばいいんです」

「金だ」

深町が放心した顔で言う。

「受付に集まる今日の会費を持ってくるように言われた」

みんなが凍り付く中、多絵だけがまるで愉快な話でも聞いたように破顔する。

「でしょうね。そんなとこですよ。深町さんなら知ってるでしょう? 今日、会費を払うのは出版社関係の人だけ。しかもひとり五千円ですってね。例年からして百二十人いたとしても六十万円。少ないとは言いません。でも、リーク情報だのなんだのを持ち出して、三笠さんに怪我までさせて、狙うほどの大金ですか？　相手は何もわかっていない。今日がどういう日で、どれだけの人が心を砕き、時間をかけ、力を尽くしてきたのか。何もわかってないんですよ。深町さん、そんな人間に振り回されるのは終わりにしましょう。ピリオドを打ってください。自分の手で。だってあなたは、書店大賞が大事でしょう。どこの誰よりも、大事に思っている。守りたい。守らなきゃいけないと思っている。ちがいますか？」

深町は唇を噛み、携帯を持つ指に力を入れた。杏子たちに背を向ける。メール文を打ち始め、送信したのだろう、振り返った。

「すぐ来ると思う。近くにいるだろうから」

「移動しましょう」

「ああ」

うなずいたものの深町の動きは鈍い。中庭に出るにはどうすればいいのか、館内図を見ながら話をしている人たちの背後で悄然《しょうぜん》としている。多絵にがつんと言われ、納得してメールを出したように見えた。すべてを明らかにする覚悟ができたのかと思ったのに、ちがうらしい。

顔つきを変えたのは、ロビーの方角から歩み寄る人に気づいたときだ。三十歳前後の女性で、肩から提げたバッグのベルトを握りしめ硬い表情で現れる。多絵たちも遅れて気づく。

「ブックス・カナリアの浦和店で働いている緒方と言います。深町さんでいらっしゃいますよね」

深町よりも、営業マン三人の驚きが大きかった。そろって目を見開き、口をぱくぱくさせる。

「会場に来てずっと探していました。どうしてもお話ししなくてはいけないことがあって。私からのメールが何通も届いていたと思います。ひと月くらい前に、竹ノ内さん経由で初のメールをして、それからときどき」

「はい」

「私じゃないんです。ある人に携帯を勝手に使われて、竹ノ内さんに深町さんへのメール転送を頼んだことになっていました。竹ノ内さんとは面識があり、メアドを交換していたのですが、じっさいにやりとりしたことは今までありませんでした。深町さんに転送された文面には、返信を希望する質問と共にアドレスが書いてあったはずですが、それ、私のものではありません」

「どういうことですか？　いきなり言われても」

「深町さんがやりとりしたのは、私になりすました別人です。今日この会場に来るにあたって、竹ノ内さんに挨拶がてらメールをしたら、転送メールのことを言われて驚いたんです」

緒方と名乗った女性はそこまで言って、声を震わせた。

「すみません。私が悪かったんです。書店大賞にもおかしなＦＡＸが送られたでしょう？　あれも責任があるんだと思います。事務局の番号をある人に見せてしまいました」

ＦＡＸと聞き、営業マンたちがさらに声を殺して興奮していると、その中のひとりを見て、女性はハッとした。

「あなたは明林書房の」

「井辻です。ぼくの鞄に飛梅書店のカバーを入れたのは、あなたですよね」

「ごめんなさい。事務局に届いた不審なFAXには、飛梅書店の名前があったと人づてに聞きました。以前その人が話していた書店です。思い出深い、忘れられない店だそうです。その言い方がひどく暗くて皮肉げで、いい思い出ではなさそうでした。だから私、なんだか心配になって。本人に確認しようと思ったんですけど、この頃は避けられてしまって。他の誰かに相談したくても自分から話題に出せば、どうして気にするのかと怪訝に思われてしまう。もし、なんの問題にもなってないなら、騒がない方がいいかもしれない。でも、問題になっているのなら、いったい何が起きているのか、内部のことを知る人に教えてほしいと思いました」

「ぼくだけじゃなく、ランダムに営業マンの鞄に入れましたね」

「私は実用書担当なので、文芸書の営業さんとは懇意じゃないんです。でも書店大賞となれば詳しいのは文芸書の出版社。ノミネート作を出しているような版元なら、噂などにも敏感かと思い、そういう人の鞄に入れました」

「ファイルと一緒に新聞広告がありましたよね。あれもわざと?」

「はい……」

積極的なのか消極的なのか、わからないやり方だ。杏子は話を聞いて、もどかしさに唇を噛んだ。

問題になっていないならそっとしておきたい。なっているなら、カバーがどこで入れられたのかを探り当てて、話しかけてほしい。そんな気持ちで飛梅書店のカバーをコピーしたのか。

けれどなりすましに気がつき、そんな悠長な方法では間に合わず、結局授賞式の会場にやってきた。

「それで、緒方さんの携帯を勝手にいじったのは誰ですか。何者かが緒方さんになりすまし、深町さんに近づいたということですよね」

まどろっこしい話はいいかげん、やめてほしい。杏子は強い口調で訴えた。

「多絵ちゃん、わかっていることがあるなら、今すぐ全部教えて。ちゃっちゃと話を進めて。もったいつけると、明日からのプレゼント包装、ひとっつも代わってあげないからね」

うひゃーと声があがる。

「落ち着いてくださいよ、杏子さん。もったいなんかつけてません。さっきからどんどん進めてるじゃないですか。緒方さんになりすまして深町さんにコンタクトを取ったのは、書店大賞の情報を聞き出すのと同時に、ハッキングして実行委員のメアドなどを奪う目的があったからだと思います。それによって取材に来るマスコミの連絡先も入手できた」

「リーク犯と同一人物？」

「行きましょう。もう中庭に来てるのかもしれない。ここからは二手に分かれ、営業さんたち三人には一階レストランの手前にある出入り口からまわってもらい、私たちは宴会場の奥にある扉から中庭に出ましょう」

駆け出す勢いの多絵とは対照的に、深町は身じろぎひとつしない。たった今の「なりすまし」の一件を咀嚼する時間も与えられないのだ。めまぐるしい成り行きに、心も体もついていかないのだろう。

「うまくばらけて退路を断てば、この中庭ですべてのカタがつきます。深町さんは、問題の人物がいたら適当に話しかけてくださいね」

「適当……？」

喘《あえ》ぐような声で彼は聞き返す。杏子も少なからず驚いた。適当でいいのか？

「多絵ちゃん、応援を頼んだ方がよくない？　謎のＦＡＸの送り主であり、リーク犯であり、三笠さんを襲った人かもしれないのよね」

「暴れたり騒いだりはしないと思いますよ。一応こちらには男性が四人もいるんですし」

営業マンたちも物言いたげだったが、時間がないと多絵にどやされ、渋々レストランの方角へと走っていった。深町は「さあ」と促され歩き出す。悲壮感がさらに増し、肩をすぼめうなだれる。行きたくない、逃げ出したいと、全身で叫んでいる。

こういう人だったのだろうか。腹の据わった、深みのある推薦コメントを得意とする人だった。あの本もあの本もあの本も、深町の言葉が一番強く心に響いた。突き刺さった。杏子にとっては初対面だが落胆が大きく、同一人物だろうか、とさえ思ってしまう。

書店大賞を陥《おとしい》れようとした人間と、今まさに対峙《たいじ》するときだ。ここで毅然《きぜん》とせずにいつする。情けない顔など引っ込めてほしい。にもかかわらず深町の足取りはあまりにも弱々しい。

建物の外に出ると少しはしゃんとした。夜風は冷たく、いつの間にか三日月が出ていた。枝振りのいい松や梅が視界を邪魔するので、中庭の全容は見渡せない。中央付近の築山をめざし、湾曲した小道を歩く。先頭を深町。数メートル後ろを多絵が続く。杏子はそのとなりに並んだ。

間もなく背後から足音が聞こえ、ぎょっとする。ふたつの人影が足早にやってきた。緒方と、実行委員長である竹ノ内だ。

「深町くんのことが気になって会場から出てきたら、緒方さんとばったり会った。みんなが中庭に向かったと聞いて、あわてて追いかけてきたんだ。いったい何をやってる。真柴くんや井辻くんは？」

前を行く深町が振り返り、竹ノ内に気づき、ふらりと体を揺らす。そのまま倒れてしまうのかと思った。すかさず多絵が間に入り、竹ノ内には「しぃー」と人差し指を立て、深町には行けと合図した。行きたくないという、彼の気持ちが痛いほどにわかる。竹ノ内が来たことで迷いが深くなる。

けれど逃げようもないと思ったのか、中庭の奥、池にかかる橋を渡った先にある石灯籠へとまっすぐ向かう。そこに人影があった。二階が気になるらしく、煌々と明かりの漏れる窓を見上げている。

杏子たちは玉砂利の音に気をつけながらも近くの松の木陰に身を潜めた。

「江口――」

深町に呼びかけられ、人影が振り向いた。外灯がその顔を照らし出す。整った面差《おもざ》しの若い男だった。つつじの植え込みの陰に隠れている緒方が口元を押さえる。

「よう。久しぶりだな。八年ぶり。いや、九年ぶりか。もっともおれはおまえをよく見かけているよ。大活躍だもんな」

「書店大賞の事務局にFAXを送ったのはおまえか。飛梅書店の名で」

「懐かしかっただろう。かつてのバイト先だ。店長が急死したのは、第一回書店大賞授賞式、その日なんだってな」

男は再び視線を建物の二階へと向けた。

「なぜFAXを送った」

「それより、金はどうした。まずそれを受け取ってからだ」

手を差し出す男に、深町は首を横に振った。

「約束がちがう。ちゃんと用意したから中庭に来てくれと、メールしてきただろ」

「おまえをここに呼び出すための方便だ」

男の顔つきが変わる。両肩をそびやかす。

深町は淡々と続けた。

「パーティ会場で三位の覆面作家が名乗り出たんだ。今さら何を言っても誰も聞く耳を持たない。順位の差し替えなんか、くだらない出まかせだ。すべておしまいだよ」

「偉そうな口を叩くな。何も終わってねえよ。金なら、おまえがどこからでも持ってくりゃいい。ここで集まる会費なら手っ取り早いと思っただけだ。なあ、深町。昔のことをばらされたくないだろ。口止め料くらい融通しろ。法外な額はふっかけたりしないからさ」

「最初からそう言えばいいだろ。なんでFAXを送った。しかも飛梅書店の名で。おまえには関係ない。書店大賞もだ」

言ったとたん、深町の体が傾いで後ずさる。胸を強く押されたらしい。竹ノ内が中腰になる。石灯籠の向こうでも茂みが揺れたので、営業マンも反応したのだろう。

「おれが関係ないなら、おまえだってそうだろ。どの面《つら》下げて書店員やってる。大型店の文芸書担当？　書店大賞の実行委員？　笑わせるな。雑誌に書評のコーナーまで持ってるんだってな。出版社のパーティに招待されるってのも聞いたぞ。そんな資格、自分にないことくらいわかっているだろ。おまえはバイト先の本屋で何やった。忘れたとは言わせねえ」

深町は顔を上げ、さっき男が見ていたのと同じように建物の二階に目をやる。まぶしそうに細める。頭をかすかに動かすのは、別れを告げているようにも見えた。

みんなの手前、いやいや歩いていたときのような情けない姿はなかった。月のたたずまいにも似た、静かな横顔があるだけだ。

「忘れてはいないよ。高校時代、幼なじみをかばった流れでおかしなビデオの売り買いをやらされ、以来、おまえに弱味を握られた形だよな。卒業後も脅されて、店にあった高額本を横流しした」

男は顔を歪め鼻先で笑った。杏子は無言のまま深町を見つめた。おそらく居合わせた誰もがそうだっただろう。弱味を握られて、古い知り合いから脅される。いいように振り回される。授賞式の今日この日、茫然《ぼうぜん》自失《じしつ》で立ち尽くす。なんとなく予想した顛末《てんまつ》ではあるけれど。

「幼なじみねえ。おまえがよけいなことをしなければ、あの子はおれのものになったのに。もっともおまえのものにもならなかったわけだな」

「そういうんじゃないと、あのときも言っただろ」

「ちがうのに、ヒーロー気取りで助けようとしたのか。昔からおまえのそういうところがカンに触るんだよ。弱いくせに。弱いから、おれに言われるまま、高額本を盗んだんだろ。あんな小さな店で横流しが続いたら、ひとたまりもないさ」

「三冊だ。あとから弁償した」

「だったらもっと堂々としてりゃいいだろ。そうでないから今でも青ざめてるんだろ？　わかりやすいやつだな。さすがのおまえだって、そりゃあ、寝覚めが悪いだろうよ。経営難で店は傾き、最後は恨み言を残して店長は死んだ。責任を感じてるからこそ、秘密にしてるんだろ。自分が飛梅書店で働いていたことを」

深町は口をつぐんだ。風が流れ、木々の葉を揺らす。頭上では雲が動き、三日月を半分隠していた。

「心配するな。これからも言わないでおいてやるよ。口止め料さえ払ってくれるなら。安いもんだろう。おまえはスター気取りで新聞にコメントまで載せてるんだからな。偉くなったもんだ。本屋の敵のくせしやがって」

「なんでそう、おれにこだわるんだ」

「生意気だからだよ。新聞もパーティもおまえにはふさわしくない」

「だったら満足すればいい。おれはもう、本屋でいられない。おしまいなのはたしかに、おれの方だな」

そう言って深町はこちらを振り返った。

「あそこに本屋仲間がいる。今の話はすべて聞かれたよ」

江口が驚いたような声をあげ、それが合図のように多絵が立ち上がった。行きましょうと声をかけられ、杏子と竹ノ内も植木の陰から出る。

「おい、なんだよ、誰を連れてきたんだよ。ふざけるな」

「おれだって、穏便にすませたかった」

ひとりは眉をしならせ、ひとりは繰り言を口にする。

「こんにちは。初めまして。私はバイトの人間ですが、書店大賞には規定を守って投票しました。だからほんとうならセレモニーにもパーティにも出られたはずなのに、あなたのおかげで欠席です。ジュース一杯、飲めませんでした。人騒がせにもほどがありますよ」

「バイト?」

聞き返しながらも江口は一番大柄な人物、竹ノ内に目を走らせる。油断のない目つきだ。警戒し間合いを取るように、半歩、後ずさる。

「逃げられませんよ。他にもいて、ぐるりとまわりを囲んでますから」

「へえ、そうなの」

「昔の窃盗については時効でしょうが、深町さんを脅してお金を要求したのはりっぱな恐喝罪ですよ。偽のデータでもってテレビ局に接触したのは、書店大賞からしてみると偽計《ぎけい》業務妨害罪で告訴できます。それと、はちまん書店神田店に勤める三笠さんへの、傷害罪は大きいですね。ひとまずそれで任意同行されてください」

江口はふてぶてしい笑みを浮かべた。

「何言ってるの？　ぜんぜん身に覚えのないことばかりだ。おれはただ、本を盗んで店を潰したやつが、善人ぶって本屋をやってるのに虫酸《むしず》が走っただけだ。昔のことだけどね、おれにはちゃんと罪の意識があるよ。何食わぬ顔で、同じ仕事に就いたりしない。君たちはどうなの。深町みたいなのが書店員であることが許せる？　今までのように、こいつと付き合うことはできる？　無理だろ」

「あなたに答える筋合いはないです。なんでも自由に警察でしゃべってください。ひとつだけ、私にも言わせてもらえますか。あなたはつまり、深町さんを妬《ねた》んだだけですね。そんなに今の自分はみじめでちっぽけですか」

「なんだと」

男の態度が急変し、摑みかかってきそうになったところで、杏子はあわてて多絵を庇《かば》う。と、横から現れた人影が男を制した。

「図星なんだろ。これ以上見苦しいまねはよせ。新聞で深町さんの名前を見て羨ましかったか。口惜しかったか。ごまかさずに認めなきゃならないのは、あんたの方だ。頭を冷やせ」

明林書房の営業マンだった。江口は彼の腕をふりほどき、憎々しげに唾を吐き捨てた。

「教えてやったんだぜ。おれは、こいつのしたことを」

「ここまで手のこんだまねをするとは、どうかしている」

「クモの糸みたいに策を張りめぐらせた。久しぶりに楽しかったよ。スリル満点だ」

江口の嘲笑を抑えるようにゆらりと、石灯籠の向こうの暗闇から、熊のように大きな影が現れる。みしみしと敷石が音を立てる。ガタイのいい、ダークスーツの男だ。

「待ってました、警察！」

どこからか囃《はや》し立てる声があがった。聞き覚えがある。真柴かもしれない。江口は「警察」という言葉に硬直し、現れた男の迫力たっぷりの風貌にうろたえた。あわてて逃げようとするも、もうひとつの通路に立ちはだかったのはサングラスの男だった。スキンヘッドが月の光を受けて輝く。

背後の通路をあきらめ明林書房の井辻を押しのけ、杏子たちの来た小道に突進する。杏子も多絵も緒方も、竹ノ内さえもとっさによけた。剣幕に押されての一瞬のことだ。あっと思ったその小道の先、建物に入るドアの前に何者かが立ちふさがった。

丸々とした営業マンの細川かと思ったが、もっとシャープな体軀で、しかも複数だった。

「江口賢《けん》さんですね。警察の者です。三笠正樹《まさき》さんの件でうかがいたいことがあります。ご同行、願えますか」

江口は身を翻そうとしたが、すばやくまわり込んでくる人がいて、左右の腕をがっちり摑まれた。

「ちくしょう、なんで警察なんか」

「下手に動くと公務執行妨害がつくよ」

「おれじゃねえ。捕まえるなら、あそこに立ってるあいつにしろ。おれよりずっと、あいつの方がワルなんだ。いつだって、何食わぬ顔をしてるやつが、一番性根が腐ってる。昔の罪をないものにしようとしてるんだ」

「わかったわかった。ゆっくり署で聞こう」

「放せ。いてえ」

いかにも物慣れたふうな小柄な男が、行った行ったと手を振る。江口の腕を摑んだふたりの男が、引きずるように歩き出す。それを見て、緒方が飛び出した。

「江口くん、全部、あなたの仕業だったのね」

「ああ、あんたね。こんなところにしゃしゃり出るなよ」

「私に近づいたのは、書店大賞の情報を得るため？」

「他に何があるんだよ」

言い放つ江口に追いすがるようにして、緒方はついて行ってしまう。彼女もいいように使われたひとりなのだろう。

「お騒がせしました。先ほど三笠さんの意識も戻ったんですよ。あれは署に連れていってきゅーっと締め上げます。何かありましたら、ご協力、お願いしますね」

にこやかな笑みと会釈を残し、小柄な男は悠然と引き上げていった。

20時30分

「三笠さん、ほんとうに意識が戻ったんですか」

智紀が尋ねると、刑事たちよりも刑事然とした風貌の岩淵が応じた。

「ああ。切れ切れだけど言葉が聞き取れた。深町が脅されている、と。その深町さんは会場近くまで来ていると井辻くんからの電話で聞いた。だから本職を連れてきたんだよ。そしてほんの入り口のところでびびっている細川をみつけた」

「ぼくがいたから、岩さんたち、到着と同時に中庭に来られて、今の逮捕劇に間に合ったんじゃないか。言っとくけど今日のぼくの功績って、実はすごく大きいんだ。みんな、報告をぜんぜんしない。まともにきちんとやっていたのは——」

話の途中でいきなりのけぞったので何かと思ったら、真柴が背後にまわって細川の膝の裏を自分の膝で押したらしい。

任意同行される江口を見送ってから、智紀たちは築山の手前、石灯籠のまわりに集まった。

竹ノ内が何か言いかけると、それより前に深町が体を折って頭を下げた。

「いろいろすみませんでした」

「君は、飛梅書店の人間だったのか」

竹ノ内がしみじみとした声を出す。深町はかすかに口元をほころばせた。寂しく暗い笑みだった。

「東京に出て、書店に転職し、それからですよ。飛梅書店がこちらの人たちにとっても特別な本屋だと知ったのは。亡くなった店長が書店大賞を楽しみにしてたのは知っていたけれど、設立に深く関わった人だというのは、あとになって知りました。だからよけいに、言えなかった」

「どうして」

「みんなに慕われていた人の店で、ひどいことをしてしまったので」

「昔のことだろう。弁償したとも言ってたじゃないか」

「信じてくれますか？　でも信じてくれない人もきっといる。江口に脅されたとはいえ、やったことは事実です。過去は消せず、消しようもない。もしも誰かに知られ悪い評判が立ったら、この業界にいられなくなる。そう思い、恐くて隠したんです。そして一度隠したら、隠し通すしかなかった」

成風堂の杏子がためらいがちに話しかけた。

「でも小平さんに会ってしまったんですね」

「そうです。一緒に飛梅書店で働いていたパートさん。仲が良かったんですよ。ほんとうなら懐かしい再会になるところでした。じっさい小平さんはとても喜んでくれた。でもぼくは、青ざめて冷や汗をかいて、素っ気ない態度を取ってしまった。その時点で飛梅書店に思い入れを持つ人が多いと知っていたので、言えなかったんです。同じ店の三笠さんには聞こえたらしく、金沢の出身なのかと尋ねられました。曖昧に答え、ごまかしてしまった」

「そしたら今年の書店大賞で、事務局に謎のＦＡＸが送られてきたのを知った？」

深町は噛みしめるようにうなずいた。竹ノ内が、内部からの批判かと気落ちしたＦＡＸだ。

「申し訳ないことに、三笠さんを疑っていました。小平さんから何か聞き、ぼくの足を引っぱるためにやってるんじゃないかと邪推したんです」

「それだけ、心当たりがなかったんですね」

「しばらくして、昔のことを知っていると、匿名のメールが来るようになりました。何もかも最初から江口の仕業だったんですね。道理でよく知ってるはずだ。なぜ、思いつかなかったんだろう」

今度は智紀が口をはさんだ。

「ずっと関わりがなかったからですよ。東京に出てから一度も会ってなかったのでしょう？」

「上京する前からだ」

智紀の顔を見て答える。

「何度か横流しの片棒を担《かつ》がされ、もうできないと意を決して断った。自分なりに腹をくくったつもりだったけど、その頃あいつも金沢にほとんどいなかった。同級生から聞いた話では、破格の儲け話を摑み、海外に足を伸ばして、飛び回っていたらしい。こちらのことはどうでもよくなったんだろう」

高額本といってもせいぜい万単位だ。横流ししても実入りは少ない。その頃の江口はもっと大口の儲け話に釣られていたのだろう。

「でも最近になり偶然、新聞で深町さんの名前をみつけた。華々しい活躍だと思ったんでしょうね」

ふつうの人の感覚はそういうものだろうか。もはや智紀にもわからない。

通常の業務とは別に、時間をやりくりしてゲラを読み、寝る間も惜しんでコメントを書く。報酬はあってもせいぜい図書カード一枚。出版社も大っぴらに謝礼はできない。裏取引になっては困るし、書店員には正規の給料以外の収入は厄介だ。矜持の問題で受け取りたくない人もいる。ほとんどが礼状のみで、それさえ忘れられる場合があると聞く。

江口はそんな事情は知らなかったのだろう。うまいことやっていると一方的に思い込んだ。勤めている書店名が書かれているので、おそらく神田店にも様子を見に来たはずだ。きびきび働く姿にいっそう心をねじ曲げた。

そして柱や棚の陰から剣呑な視線を向けている不審な男に、じっと見られているのが深町とあって、三笠の印象に残った。その男を今日、休み時間に見かけてあとを追いかけた。

江口にしてみれば、いよいよ深町を追い詰める日とあって、気になったのだろう。神田店のまわりをうろついた。

「深町さんは今日の夕方、どうして東京駅の近くにいたんですか」

「匿名の相手、今思えば江口だったんだな、知らない人からいきなり舞浜《まいはま》に来いとメールがあった。行ってみたらディズニーランドで遊べと指示が来る。どうしようか迷っていたら、電話がかかってきた。ボイスチェンジャーを通した声で誰なのかわからなかった。そして、今年の順位は差し替えられている、マスコミに情報を流したと話しはじめた」

「三笠さんが聞いたのはそれですね。内容に驚いて、成風堂の人たちに急いで知らせようとして、気づいた江口に襲われた」

横から岩淵が「そんなところだろう」とうなずく。

「ガセネタのリークについては、深町さんも驚いたでしょう？」

「すごくね。でも同時に、三笠さんではないとわかった。そんな馬鹿な人ではないよ。ぜったいにちがう。ならば誰だろう。金沢時代の過去を知っていて、書店大賞を貶めようとする人間。途方に暮れていたところに、真柴さんからメールが入った。飛梅書店のカバーがどうのこうのという、意味深なタイトルだった。気になって、東京駅で会うことにした」

「あのときすでに、偽のリーク情報を摑んでいたんですね」

智紀の脳裏に地下通路で待ち構えていた深町がよぎる。緒方についての反応は薄かったが、江口の名前を聞き、一変した。

「打ち明けてくれればよかったのに」

「隠したかったんだよ。最後の最後まで、かつて自分がしでかしたことを誰にも知られたくなかった。それが江口の思う壺だったのだけれど。まんまと引っかかり、振りまわされた」

「誰の仕業なのかわかっても、隠したかったのですか」

「今もだ。これが現実でなければいいと思う。そして明日また店に出て、本を並べて売る。いつまでも書店員でありたかった。それが、自分にとって何より重要だった。志半ばで逝ってしまった店長の分まで、頑張りたかった」

深町は声を潤ませ、肩を震わせた。

「飛梅書店は創業者である先代の飛石雅臣《まさおみ》さんが梅田町に開いた本屋だから、その名が付いた。でも跡を継いだ店長が亡くなってからは飛梅伝説に、無性に引かれた。知ってるだろ？　あの和歌」

「東風吹かば、匂いおこせよ梅の花、あるじなしとて春なわすれそ、ですよね」

主を失っても、春が来るたびに忘れることなく、香《かぐわ》しい花を咲かせておくれ。

深町にとっての「主」とは、店長を意味するのだろう。忘れることなく花を咲かせてほしいのは、毎年春に開催される書店大賞なのか。それとも書き手と読み手を繋ぐ、本屋の仕事そのものを指しているのか。

駅の構内に貼られたポスターの前で、足を止めたという深町のエピソードを、智紀は細川から聞いた。白い花の写真だったという。それは白梅《はくばい》だったのではないか。

「東京駅の地下通路で、深町さんは『松にしかなれない』とつぶやきましたね。でも、ちがう。松ではないですよ」

智紀のとなりにいた真柴が、腕を摑んで引っぱる。

「松がどうした？　いきなりなんの話？」

「飛松《とびまつ》伝説を知りませんか」

「松？　梅じゃなくて」

「九州に行ってしまった道真公を慕い、あとを追いかけたのは梅だけじゃないんですよ。松もそうでした。けれど松は途中で力尽き、今の、神戸市須磨《すま》区のあたりに落ちたとされています。じっさいにそれから取った『飛松町』という町名があるそうです。梅だけが一夜のうちに大宰府まで飛び、根を下ろします」

真柴は「へえ」と感心した声をあげる。智紀が再び話しかけようとする前に、深町が言った。

「松だよ。目的を果たせず、失速して落ちてしまうんだ」

それを聞き、杏子の横でみんなのやりとりに耳を傾けていた多絵が口を開いた。

「書店員を続けてくださいよ。辞めてしまわずに」

「さっきも言ったように、これまでのようにはいかない。今日のことは、みんなにちゃんと説明する。昔のことが知られれば、さぞかし不快にさせてしまうだろう。本を盗むっていうのは一番、やってはいけないことだ。君も本屋ならわかるだろう。江口の言ったように、ぼくは本屋の敵だ」

「弁償したのでしょう？　亡くなった飛梅書店の店長は、あなたのしたことに気づいたんじゃないですか。江口と決別しようと心に決めたのは、店長に諭されたからだと私は思うんですけど。ちがいますか？　具体的に弁償するとなれば、店の人が知らずにはいられません。さっきから話を聞いていても、あなたは飛梅書店に対して謝罪の言葉を口にしない。それはもうすでに伝え、経営者である店長に受け容れてもらったからでしょう。その後も良好な関係が続いたからこそ、店が閉じられるまでバイトを続けた。あとあと本屋に転職するほど、あなたは店長を慕っていた」

深町は目を瞬《しばたた》き、声を震わせる。

「君の言うとおりだ。横流しに気づいた店長にこんこんと諭され、自分は少なからず変われたと思う。でもそういういきさつを、唯一知っている店長は死んでしまった。もういないんだ」

智紀は深町が地下街で言った「もう誰も知らないんだ」というセリフを思い出す。苦みを伴う寂寞《せきばく》が自分の中に流れ込む。そんな智紀の横で多絵が深町に話しかける。

「店長の影響を受けたのは、あなただけではないですよ。他にもいると思いますよ」

そして微笑を浮かべ、「ねえ」と暗闇に向かって声をかけた。スキンヘッドの海道の背後だ。おずおずと女の子が現れる。海道が長身なので陰になって見えなかった。

「おお、そうだそうだ花ちゃん。君が何か言わなきゃね。出番だよ。いよいよ出番だ。頑張れ花ちゃん。オレも力になったよね。すっごく力に」

「海道」

ドスの利いた声で岩淵が制する。

「おまえは黙ってろ」

この子が福岡から来た女の子かと智紀はまじまじとみつめた。成風堂のふたりが動いたのは、彼女がＦＡＸの一件を相談したからだと聞いた。

「花ちゃん、遅かったね。寄り道でもしてたの？」

「コンビニに寄ってたんです。海道さんが教えてくれて」

そうだよそうだよと再び海道が騒いだので、岩淵や細川が口をふさぐ。

「多絵さんにしっかりしろとハッパをかけられた気がして、自分にできることを考えました」

「何をしたのか聞きたいけど、その前に、ちゃんと自己紹介してよ。ここにいるみんなに。私や杏子さんにもあらためて」

眼鏡をかけた小柄な女の子が緊張の面持ちで、さらに数歩、前に出た。深町も竹ノ内も首を傾げるようにして見守る。

「多絵さんにはわかったんですね。私が誰なのか」

「ヒントをいくつももらったから。花ちゃんの大事な人が書店大賞に関わっているから、書店大賞を守りたいんでしょう？　だからFAXの謎を解きたい。そう言ったよね。元飛梅書店のパートさんである小平さんに、自分が詳しい話を聞きに行くと名乗り出た。きっとうまくやるからと、自信たっぷりだった。その自信はどこから来るの。そうだ、飛梅書店のカバーの絵も上手に描いたよね。梅の柄と言ってもいろいろあるでしょう。枝の先に咲いた花や、樹木そのもの、大きな一輪の花の絵だってある。でも花ちゃんは迷わず、大小の梅の花があしらわれたデザインにした。でもってそれは、本物そっくりなんだってね。まだあるよ。小平さんは、深町さんが元バイトであることは教えてくれた。隠したいことがあるらしいというのもわかった。でもそれがなんなのかは知らなかった。電話口でそう言ったよね。でも花ちゃんはそのあと、深町さんを庇うようなことを言い出した。それまでそんな物言いはまったくなかったのに、なぜか急に、助けてなんて私に頼む。どうして？　小平さんに会ってから、新橋駅に着くまでの間に、何があった？　あったんだよね。新たな情報を得たんじゃないかな。深町さんを庇いたくなるような話を、誰かが聞かせてくれた。それはきっと過去のいきさつの詳しい部分であり、花ちゃんにはそういう伝手があるってことでしょ」

一気にまくし立ててにっこり笑う多絵に、女の子は呆然となる。気遣うように杏子が「花ちゃん」と呼びかけ、我に返った。

「私は佐々木花乃と言います。はちまん書店福岡店で働いているバイトの学生です。今は神戸に住んでいる母が三年前に再婚し、佐々木の姓になりましたが、ほんとうは飛石花乃といいます」

聞き返す「え？」という声が、方々から漏れる。

「八年前の、第一回書店大賞授賞式の朝、金沢の書店の店の中で倒れ、それきり亡くなったのは私の父です」

今度は誰も何も言わない。ただ目を瞠るだけだ。

「授賞式をほんとうに楽しみにしていました。あの朝、二階の自分の部屋から下りていくと支度をした父がいて、言葉を交わしました。お土産何がいい？『東京ばな奈《な》』でいいか。そんなこと。いつか連れて行ってあげたいけど、もっと大きくなってからだな。そんなことも。生きてる父を見た、最後です」

花乃は眼鏡をずらし、ハンカチで目元を押さえてから続けた。

「その後、店はなくなり、私は母と共に母の実家のある神戸に移り住みました。大学を福岡にしたのは、飛梅伝説と無関係じゃないです。さっきの『東風吹かば』の和歌に私も引かれ、伝説の近く、太宰府のある福岡県に住みたくなりました」

「君が……飛石さんの娘さん？」

竹ノ内がやっと口を開いた。小さな肩がかわいらしくすぼまる。

「似てないかもしれませんが」

「そんなことはない。娘さんがいるのは知っていた。それこそ写真を見せてもらったこともある。やさしそうな奥さんとかわいらしい女の子が写っていた。いつかは自分もこんな家庭がもてたらと、憧れたもんだ。あの女の子が君？」

横から多絵が言う。

「福岡にいたおかげで、謎のＦＡＸを知ったんだよね」

「はい。飛梅書店から飛梅伝説を連想する人がいて、福岡店に問い合わせがありました」

「それで心配になって、成風堂までやってきた？」

「ほんとうにお世話になりました」

「小平さんとは面識があったんでしょう？　もしかして最初に訪ねたときには、顔を合わせることを避けた？」

花乃はぺこりと頭を下げた。

「自分が飛梅書店の関係者であることは、言うべきかどうか、迷っていました。あのＦＡＸの差し出し人がわからなくて。番線印が押してあったでしょう？　あれはなんだったんですか？　多絵さん、わかりましたか？」

「本人に聞いてみないとたしかなことは言えないけど、FAXに番線印があったとしても、番線印というハンコを持つ人が押したとは限らないのよね」

「どういうことです？」

「偽装は簡単ってこと。たとえば、番線印の押されたスリップがあったとする。切り取って貼りつけFAXすれば、ああいうプリントになるよ」

多絵の言葉に、一同「あっ」と声をあげる。誰も、元の紙を見ていないのだ。スリップとは本に挟んである小さな紙切れだ。注文用紙としても使える。番線印を押す欄があり、捺印《なついん》して取次に送ると、そのスリップが挟まった状態で入荷してくる。

「江口が番線印の押されたスリップを持っていたということ？」

真柴が尋ね、これには智紀が答えた。

「通常なら会計時に、新本のスリップも注文用紙として使ったスリップも抜かれるけれど、くすねた本には挟まったままだったのかもしれませんね。それを捨てずに、自宅のどこか、自分の部屋の机の引き出しにでも入れてあったんじゃないですか」

「ああ。にわかに帰省し、上機嫌で戻ってきたのは、昔のスリップを探しに行ったのか。案外、まめなやつだな。クモの糸のように策を張りめぐらせたと得意がっていたし。その熱量をもっと他のことに使えばいいのに」

「江口が働いているのはレンタルコーナーですが、書籍売り場も併設されているので、番線印がどういうものかはわかっていたんでしょう」

活躍する深町をいかに陥れるか。寝ても覚めてもそればかりを考え続けたのだろう。そのくせ、じっさいにはかなりいい加減で行き当たりばったり。多絵があきれたように、今日の会費として集まる現金をそれなりの大金と思っていたらしい。データ改竄をちらつかせてマスコミを釣る手口も、ひどく乱暴だ。深町がみんなに相談していたら、けっして大ごとにはならなかっただろう。

孤立させ、翻弄《ほんろう》するのが目的ならば成功したわけだが、江口自身も三笠に怪我を負わせるという失態を起こした。

執拗《しつよう》に狙われた深町はといえば、落ち着かない顔で花乃を見ていた。

「だったらあのFAXは、ほんとうに江口って人がひとりでやったことなんですね」

花乃がおそるおそるといった口調で多絵に尋ねる。

「だと思う。小平さんは花ちゃんを見て、飛石さんの娘さんだってすぐにわかってくれた？」

「はい。懐かしがってくれました。私も覚えていたし」

「深町さんのことは？　花ちゃん、覚えているの？」

目を合わせなかったふたりが、初めて互いを見た。すぐに花乃が視線をそらす。

「覚えてます」

小さな声だった。

「私は小学生だったけど」

深町も口を開く。

「そうだね。赤いランドセルをしょっていた。雑誌のおまけが残るとすごく嬉しそうに持って帰って」

「付録を組んで紐で縛る手伝いも、少しはしたでしょ」

「小学生の間で人気のある漫画を教えてくれたね」

はにかんだ笑みをのぞかせる花乃を見て、智紀はついさっきの多絵の言葉を思い出した。大事な人が書店大賞に関わっているから、花乃はFAXの件をほうっておけなかった。成風堂の名探偵に解決を依頼した。そんな流れがあったらしい。その「大事な人」とは誰だろう。

亡くなった父親かもしれない。創設にまつわる立役者とも言われている人だ。託されている気持ちを思えば、書店大賞を守りたくもなるだろう。そう考えるにやぶさかではないが、ひょっとしたらもうひとり、いるのかもしれない。

小学生の女の子から見た大学生のアルバイトが、どんなふうに映るのか。智紀には気の利いた想像ができないけれど、今の花乃の、深町に向ける眼差しは八年の時の流れを感じさせない。

「新聞の広告を見て深町さんの名前をみつけたときは、ほんとうに驚いた。フルネームを知らなかったから、ちがうかもしれないと思ったけど、写真を見たら面影があって。お母さんにも知らせたの。すごく喜んで、報告がてらお父さんのお墓参りに行かなきゃって話してた。ほんとうにそのあと行ったのよ。金沢に」

深町の体がびくんとしなる。花乃はまた涙を拭った。

「それなのに、私、ちゃんと信じることができなくてごめんなさい。もっとしっかりしてれば、こんな大ごとにならずにすんだ」

「花ちゃん」と、多絵が話しかける。「新橋に来るまでの間に何があったの？　コンビニがどうしたの？」

「小平さんと話していたら、昔何かあったらしいというのはわかりました。でも小平さんは詳しいことまで知らない。それで私、亀有駅に戻ったところで母に電話したんです。母は父から聞いてました」

八年よりももっと前、営業していた頃の飛梅書店は、地元の人たちに愛される店であると同時に、経営者である一家も仲が良かったのだろう。

「新橋駅に着いて多絵さんと話をしたら、さっきも言ったようにハッパをかけられたでしょう。私、もう一度、母に電話をかけ直しました。深町さんがすべきことをちゃんとしてるなら、それを今すぐお母さんが証言してって。そしたら証拠の品ならちゃんとある。送ってあげると言い出して……」

花乃は海道に会釈してから、ぶらさげていたコンビニの白いレジ袋を持ち上げた。

「海道さんが町中でもＦＡＸを受け取れると教えてくれました」

レジ袋から出てきたのは白い紙だった。新橋駅近くのコンビニで、神戸からのＦＡＸを受信したのだ。花乃が深町に手渡す。

「これは」

深町が広げて見せてくれる。

手書きの給料明細書だった。日付は十年前の九月。深町の勤務した日にちと時間が書かれ、時給がかけ算されている。そして小計から二千円が引かれ、支給額が書き込まれていた。

十月、十一月、十二月、一月、二月と続き、ときどき書名らしい文字が書き込まれ、レ点がついている。六月のところに、「三冊完了!」とあり、「二十歳の誕生日もおめでとう。今度、飲みに行こう」と書かれていた。

「複写式の伝票だったので、控えが残っているそうです。母がタイムカードからみんなのお給料を計算し、それを確認した父がときどきコメントを入れる。共同作業だったので思い出があって、店を閉めるときに手元に残したと言ってました」

「三冊分の代金を給与天引きしたんですね。ちゃんと支払った証拠の品だ」

智紀が言うと、深町が目元を拭った。

「二万八千円だったのを、二万円にまけてくれた。飲みにも連れて行ってくれた」

竹ノ内が深町の背中に飛びつく。

「馬鹿野郎。何もかも終わったように言うな。いい店で働いてたじゃないか。何年も前の従業員の名誉を、ちゃんと守ってくれる。おまえの頑張りだって、見ててくれたよ」

あたりにやわらかい風が吹いたような気がしたが、光のさざ波であり、二階の窓辺を行き交う人が増えたからだった。パーティがそろそろお開きになるらしい。

「多絵ちゃん」

杏子がふいに呼びかけた。

「そういえば、店長さんが最期に残した言葉って、なんだったの?」

問いかけたのはけっして大きな声ではなかったのに、やけにクリアに響いた。一瞬にしてみんな、聞き耳を立てたのだ。

「どうしよう。今は聞かない方がよかった？」

「いいえ、大丈夫ですよ。警察に行ってしまった彼も知ってるみたいでしたね。一部に噂が流れたようなので、どこかで聞きかじったんでしょう。もしかしたら、彼なりに罪悪感にかられたのかもしれません。それでよけいに、深町さんが生き生きと書店員をやっているのが許せなかった。だとしたら、いつか誰かが、ほんとうのことを教えてあげてはどうでしょう」

「その、ほんとうのことって何？」

多絵はおもむろにポケットから紙切れを取り出した。葉書よりもひとまわり小さいサイズの白い紙に、「口惜しい。すっかりしてやられた。無念でたまらない」と書いてある。

「状況からしたらドキッとする言葉ですよね。疲労が重なり倒れて亡くなった人が、最期に書き綴《つづ》ったものと聞けば。でもそれは要するに、結果からの見方なんです。本人は自分が死ぬなんて思いもしなかった。そう考えるとまったくちがう見方ができます。深町さんはこれ、知ってますか？」

尋ねられ、ごくあっさりうなずく。

「たぶんそうだろうなと、思い当たるものがあるから」

「竹ノ内さん、わかります？」

いきなりの指名にぎょっとするも、差し出された紙切れを受け取り、神妙な顔で考え込む。

「これを、飛石さんが最期に？　初めて聞いたよ」

「竹ノ内さんならピンと来るはずです」

「ぼくが？　なんか息苦しくなる言葉だねえ」

「そんなことはないですよ。似たような言葉を、竹ノ内さんも八年前に書いたんじゃないですか？」

言われて視線を宙に向けて、何度か瞬きして「ああ！」と、形相を一変させた。

「これ、もしかしてＰＯＰ？　第一回の受賞作は『クラリスのいた日々』。最後の最後、大どんでん返しに見舞われる最高のエンターテインメント小説だ。授賞式の朝、飛石さんは授賞式に持って行くためのＰＯＰを書きかけていて……」

そこから先は言葉にならなかった。竹ノ内は待っていたのだろう。八年前の当日、無事に開催まで漕ぎ着けた安堵と晴れがましさを噛みしめながら、書店員が一丸となって達成したイベントを、共に迎えたいと思っていた。分かち合えるものがたくさんあったはずだ。

涙を拭っていた竹ノ内がハッとしたように顔を上げ、振り返って建物を見た。二階の窓辺で手を振る人たちがいる。立ち尽くしてそれを眺めてから、ゆっくり片手をあげ、振って応えた。

「あの日、ぼくは何も知らなかった。奥さんから届いたメールには、どうしてもはずせない用事ができて、今日は間に合いません。会の成功を、主人も私もとても楽しみにしています、とあった。飛石さんの急死を受け、慟哭《どうこく》の中にいただろうに、わざわざそう送ってくれたんだよ。深町くん、君だけじゃないね。ぼくや、実行委員だけでもない。書店大賞を守ってくれる人はいる。支えてくれる人はきっと大勢いるんだ」

たくさんの人間がさまざまな視点から興味を持ち、関わりを持つので、軋轢《あつれき》が生じる。齟齬《そご》もきたす。けれど出会いも交流も叶う。本とは、それ自体がそういうものなのだろう。読んだ人の心を揺さぶり、未来を変える。大きくも、小さくも。

「だから、二次会に元気良く行かなくちゃ。今日は晴れの日だ。また一年、頑張るためにも、笑顔でうまい酒くらい飲まなきゃ。深町くん、君も来いよ」

力のこもった声で呼びかけられ、とまどいながらも深町は「はい」と答える。FAXを深く抱きしめながら。

「君たちもおいでよ。二次会の場所は押さえてあるんだ。二、三人の飛び入りくらい、ぼくの顔でなんとかしよう」

「ほんとうですか」

「成風堂のふたりと、はちまん書店福岡店の花ちゃんか」

「はい」

三人の声がそろう。智紀たちはすみやかに後ずさり、場所を空けた。横一列に並ぶ。

「皆さんは？」

「ぼくたちは営業マンですから」

「今日は、書店員さんのお祭りですよ。どうぞどうぞ。遠慮なく」

「お店にうかがいますね」

「注文書を持って」

「番線印、ください」

そして営業マンの声もそろう。

「来年の書店大賞は、うちの本がきっと！」

そのときは思い切り、心ゆくまで拍手喝采を送ろう。

出版界でもっとも熱い、注目の一大イベントなのだ。

三週間後――

売り場の奥の事務室から手招きされて中に入ると、返本用の段ボール箱が積まれた先にあるスチール机の上に、紙包みが置いてあった。

「杏ちゃん宛の宅配便だよ」

指を差す店長の傍らには内藤が立っている。「福岡から」と教えてくれる。

杏子は歩み寄って包みに貼られている伝票をのぞき込んだ。花乃からだ。顔が自然とゆるみ、懐かしさがこみ上げた。

書店大賞の授賞式から三週間が経とうとしていた。竹ノ内の好意で飛び入りさせてもらった二次会は楽しかった。セレモニーやパーティは雰囲気を味わうことさえできなかったが、受賞した作家さんを交えての打ち上げ会は、居酒屋を貸し切っての気取らない飲み会だった。初めのうちこそ気後れして硬くなっていたが、まわりの人から勧めているのがどんな店かと尋ねられ、それに答えるだけで会話の糸口が生まれた。

杏子が話したのは名古屋や京都から来ている書店員で、その土地ならではの売れ筋を聞くだけで面白い。後半は都心の大型店に勤める人から、今までで一番人気のあった販促ペーパーや、トラブル続出だったサイン会の裏話を聞き、そのユーモラスな語り口から、お腹が痛くなるほど笑ってしまった。東北の書店の人が話してくれた陳列法や、レジまわりの工夫はいい刺激になった。

そして宴もたけなわの頃、四位に輝いた『ミラーサイト』の著者、影平紀真が突然現れた。大賞受賞者の野田雅美とは既知の間柄だそうで、お祝いに駆けつけたとのことだ。仕事の都合上、授賞式には間に合わなかったらしい。

がぜん花乃が色めき立った。影平の大ファンである中林から、サインを頼まれていると言う。預かった本を胸におろおろしていると、当の影平が多絵に気づいてやってきた。彼にとってまさに本屋の名探偵であり、親しい間柄のつもりだ。挨拶のひとつもしようと思ったのだろう。多絵はにべもなくそっぽを向いたが、すかさず杏子が間に入り、彼のサインを無事ゲットできた。

その夜、花乃は東京駅近くにホテルをとっていた。名古屋の人たちが偶然同じホテルとわかり、相手が女性だったこともあり、花乃を頼むと快く引き受けてくれた。新橋駅までは一緒に歩き、名残惜しかったがそれぞれの電車に別れた。杏子と多絵は帰路に就き、長く濃密な一日がようやく幕を閉じた。

翌日、花乃から帰宅を知らせるメールが届き、中林からもサイン本の礼を含めた丁重なメールがあった。そして今、あらためて福岡のお菓子「博多《はかた》通《とお》りもん」が送られてきた。紙の包みが開けられたところで、多絵も事務所にやってきた。

「わあ、通りもん、大好き」

「気を使わなくていいって言ったのにね」

「休憩時間の甘いものって、ほんとうに嬉しいんですよね」

「手紙が入ってる」

封筒を開けると写真が出てきて、たちまち店長に取りあげられた。二次会のとき、名古屋の書店員が撮ってくれたものだ。花乃がデータをもらい、杏子と多絵の分もプリントアウトしてくれた。賑やかな夜が脳裏に蘇る。そこにたどり着くまでのめまぐるしい半日も思い出される。花乃からのＦＡＸを中庭で受け取った深町は、気を取り直し二次会に参加したものの、途中で退席した。三笠のいる病院に、顔を出すと言っていた。彼なりのけじめだろう。アルコールの入った騒がしい場所だったのでしんみりとした挨拶はできなかった。「いろいろありがとう」

「気をつけて」そんな簡単なやりとりにも、込めた気持ちがある。互いに伝わったと思う。

三笠の怪我は軽く、翌日には退院できた。江口は傷害罪で起訴される見通しだが、三笠は弁護士と相談し、相手の反省次第で示談に応じる心積もりだと聞いた。三笠も大ごとにしたくないのだろう。数日後には職場に復帰している。

「いい写真だな。杏ちゃんも多絵ちゃんも、かわいく写っているよ。なあ」

「手紙にはなんて？」

内藤に聞かれて、手元に視線をおろす。

「元気にしてるみたいです。この夏から少女漫画の棚を任せてもらえるかもって、張り切ってます。それと、深町さんから花ちゃん宛に手紙が届き、金沢にある飛石店長のお墓参りに、近近行くと書いてあったそうです。なんだかいいなあ、このふたり。手紙のやりとりなんかしてるんだ」

「お墓参りって、いつ頃かな。行ったきり、戻らないつもりだろうか」

「誰が？」

「深町さんだよ」

驚いて、つい大きな声を出してしまう。

「どうして。まさか、仕事、辞めちゃうんですか。そんなのだめですよ」

詰め寄られた内藤は上半身を後ろに引き、店長と多絵は口々にたしなめる。

「落ち着けよ、杏ちゃん」

「まずは話を聞きましょうよ。ね」

「だって、あのときいろいろ話したじゃない。多絵ちゃんだって聞いたでしょ。『深町さんの頑張りを楽しみにしている人がいっぱいいる。誠意をもって、大勢の人に本を届けている。これからも書店員の仕事を続けてほしい』って」

東西会館の一階フロアで出会ってから、中庭に行く道すがら、あんなにうなだれて未練たらたらで泣き顔になっていたのは、単純に、過去の秘密を隠し通したかったからじゃない。暴かれることで、書店員を続けられなくなると思ったからだ。

償いがすんでいることがわかり、証拠の品も出てきた。胸を張って堂々としていればいいのに、なぜ、どうして、「戻らない」という言葉が出るのだろう。

「内藤さん、何か聞いてるんですか」

多絵が冷静に尋ねた。

「どうやら神田店を辞めるらしい」

大声には気をつけたが、「なんで！」と杏子は噛みつく。そうせずにいられない。

「三笠さんに遠慮する気持ちが少なからずあるのかもしれない。三笠さん自身がそう言ってたよ。深町さんが辞めることで、三笠さんが正社員になる可能性がぐんと高まった」

「そんな……」

「ただし、書店員を辞めるわけじゃない。東京から離れ、地方の書店で働いてみたいと、前向きに話しているそうだ。彼なりの転職希望なんだよ」

思いがけない話にとまどう。転職？

「ゆくゆくは北陸に戻りたい。金沢の本屋に勤められたらどんなにいいだろうと、夢見るような顔で言ってたらしい。引き留める言葉が喉につかえて出なかったと、三笠さんは言ってたよ。木下さんから聞いた話と合わせると、ほんとうに彼自身の望みなんじゃないか。最近は地方発のベストセラーもいっぱいあるよ。読者も、読者予備軍もちゃんといる。これから電子書籍も増え、出版界そのものだってどうなるのかわからない。都心にいても書店は危うい。本の運命も時代の波に揉まれていく。彼は、このまま有能さを保って成長し、北陸の書店界を背負って立つ人間になるかもしれない。まんざら夢物語じゃないよね」

珍しく雄弁な内藤の話を聞き、湿っぽくなっていた杏子の胸にも一陣の風が吹き抜けた。

春を忘れない梅の木は、これから根を張り枝を伸ばし幹を太くする。心配しなくても、杏子の元までも、馥郁《ふくいく》たる花の香りが届くようになるのかもしれない。

「だったら、楽しみね」

自然と口を突いて出た。少し掠れた声だったが、うつむかないで顔を上げる。

「そうですよ。深町さんならきっとしっかりやっていきますよ。コメントを頼む営業さんもほっとかないでしょうし。……あ、いけない」

多絵がぴょこんと跳ねて、口元に手をあてがう。

「私、杏子さんを呼びに来たんですよ。営業さんが来てます」

事務所のドアを開けて用件を言う前に、「博多通りもん」に目を奪われたらしい。

今のやりとりの間中、待たせてしまったことになる。店長から写真を取り返そうとしたが、その店長はいつの間にかちゃっかりお菓子を食べている。封筒にしまっておいてくれるよう内藤に頼み、杏子は多絵と共に売り場に出た。

「どこの営業さん？」

「どこのっていうか……。この前の人たちですよ。日をあらためて、挨拶に来たんですって」

もしやあの、刑事顔負けの人たちも含め、総勢五人で現れたのかと思ったが、店頭のイベントコーナーにいたのはふたりだった。近づくと話し声が聞こえてくる。

「君にとっては担当外の店なんだからね。今日だけだよ。明日からはもう来なくていいからね、ひつじくん」

「井辻ですよ。うちも若干のエリア変更がありまして、今だと希望が通るかも、なんですよね。ふふふ」

「えー。これ以上君とかぶりたくないな。お兄ちゃん、面倒見切れないよ」

「誰がお兄ちゃんなんですか。見てくれなくていいです。ほっといてください」

「今日はついて来たくせに」

「次からはひとりで来ますよ。市松さんの連載も決まったし。忙しくなりそうだな」

「明林が取ったの。うわー」

すっかり待たせてしまい申し訳ないと思ったが、何やら楽しげにしゃべっている。少なくともこのふたりと、もうあと三人は、深町の新しい職場にもいそいそ出かけていきそうだ。きっと近いうちに様子が聞けるにちがいない。

立ち止まって眺めていると、やっと気づいたのか話を止めてこちらを向く。パッと浮かんだ笑みに、営業マンとしてではなく、もう少し親しみを込めたものが感じられて、杏子も多絵も笑顔を返した。

ふたりのいたイベントコーナーでは、花と若葉がふんだんに飾り付けられ、書店大賞とノミネート作品の合わせて十点が誇らしげに並んでいた。

解説

宇田川拓也（ときわ書房本店）

元書店員という経歴を持つ大崎梢による本邦初の本格書店ミステリー〈成風堂書店事件メモ〉シリーズは、第一・三作が売り場を舞台にした謎解き五編を収めた短編集、第二・四作が主人公のふたり——しっかり者の書店員である木下杏子とアルバイトの西巻多絵が売り場を飛び出して活躍する「特別編」的な扱いの長編となっている（本稿執筆時点では）。著者のデビュー作でもある第一弾『配達あかずきん』、第二弾の〝出張編〟『晩夏に捧ぐ』、第三弾『サイン会はいかが？』を経て刊行された、「特別編」その二となる第四弾、それが本作『ようこそ授賞式の夕べに　成風堂書店事件メモ（邂逅編）』だ。

ミステリーのフォーマットを用いて書店業務の実状や業界の様子を多角的に描き出す本シリーズで今回テーマとなるのは、書店員有志が立ち上げ、いまや春の一大イベントとなった賞——作中では「書店大賞」と称されている本屋大賞である。

――『だれが「本」を殺すのか』犯人は君たちの中にいる。飛梅書店

ある日、書店大賞事務局に送られてきた一枚のFAXには、佐野眞一の著書タイトルを引用し、末尾には書店大賞が始まった年に店を閉じた金沢の書店名と番線印（発注の際に捺《お》す判子）が捺されていた。ただのいたずらか、なにかの警告か。何者かが流した怪文書の真意とは？じつに興味をそそるこの謎をめぐり、書店大賞授賞式当日の朝、福岡と東京で物語は動き出す。授賞式参加のため上京する「はちまん書店」福岡店の学生アルバイト――佐々木花乃は、怪文書の謎を解いてくれるのではないかと一縷《いちる》の望みを託し、書店専門の名探偵がいるという成風堂書店をひとり目指す。

いっぽう明林書房の若き営業マン――井辻智紀は、以前営業から戻ると鞄のなかに飛梅書店のカバーが紛れ込んでいた出来事と書店大賞実行委員長を悩ませている怪文書との関連性を知り、親しい他社の営業マン――真柴とともに奔走することに。

刻一刻と迫る授賞式。いまはなき金沢の書店と書店大賞の関係、花乃が口にする〝大事な人〟の存在、書店大賞にノミネートされた覆面作家が授賞式に現れるという情報、八年前に亡くなったという賞創設の中心人物が書き残した言葉、マスコミにたれ込まれた書店大賞のよからぬ噂――etc。真相を求めて都内を駆け巡る書店員と出版社営業マンはついに合流し、すべての真相は華やかな授賞式会場で明かされることになる……。

複数のエピソードが大舞台へ向けて加速し、収斂《しゅうれん》していく、まるで諜略サスペンスのような構成は、書店業界最大級のお祭りを採り上げるのみならず、〝邂逅編〟と銘打たれた物語に大変ふさわしい。ファンのみなさまには説明不要と思うが、念のために触れておくと、本作は、〝ひつじくん〟の愛称で親しまれる新人営業マンが主人公を務める、『平台がおまちかね』、『背表紙は歌う』と続く〈出版社営業・井辻智紀の業務日誌〉シリーズとのクロスオーバー作品でもある。『配達あかずきん』文庫解説で戸川安宣氏が、「今後の展開次第では、両シリーズがジョイントする作品がお目見えするかもしれない」と予想されたとおりになったわけだ。

書店勤務の経験と知識を存分に活かし、一般読者だけでなく、実際に現場で働く業界関係者からも温かく迎えられ愛読されているこれまでの作品同様、今回も大崎梢ならではの目と筆は、授賞式当日の慌ただしさを活写し、本屋大賞の功罪を細やかに怯《ひる》みなく綴《つづ》っていく。

私ごとで恐縮だが、街の本屋に就職し、いざ売り場に立ってみて、とくに驚いたことがふたつある。

ひとつは、新刊や話題書が売れた際に追加手配を試みるも、大幅な調整と減数により思うような数を確保することが想像以上に困難だということ。

もうひとつは、本屋の店員が素晴らしい本に出会い、「これはぜひオススメしたい！」と賞賛の声をあげると、あまりよくは思われないということだ。しかもなにかの拍子で書籍の帯や宣伝販促物にその言葉が載ってしまおうものなら、見ず知らずの人物から（おもにネット上で）揶揄《やゆ》され、苦言を呈されてしまいかねない。著名人でもないのに賛辞を贈っているお前は誰なんだ？　と初めてやられたときは、ショックよりも「いわれてみれば確かに」と妙に納得してしまったが、偶然いい作品にめぐり会えたので「ここにこんな面白い本がありますよ！」とお伝えしたかった——ただそれだけのことが出過ぎた真似と捉えられてしまうことを経験し、どうやら本屋の店員とは、こちらが思っているほど読書人にとって友好的な存在ではないのだと気がつくことができた。

そしてこの現実は、二〇〇三年に立ち上げられた本屋大賞の注目度と投票書店員数が大幅にアップし、発表会（授賞式）の会場が日本出版クラブ会館から明治記念館に変わった第三回以降、より痛感させられることになる。

アンチ意見として挙げられている作中の文章を引くと、「すでに売れている本しか選ばれない、ただの人気投票、裏で得票数の操作をしている、一票いくらで売り買いしている、だから信用しない、うさん臭い、インチキ、目ざわり、さっさとやめちまえ」、「埋もれている本を教えてくれるのが醍醐味だったのに、がっかり」。根も葉もないデマまでもが噴出するほど世間の風当たりが強くなったリアルを、大崎梢はきっちりと作品に映している。また、「本が好きだから」こそ「書店大賞は反吐《へど》が出るほど嫌いだ」という登場人物のひとりの台詞「好きな人間からしてみたら、作品に順位をつける行為そのものが不愉快だ。少なくとも本を売ってる人間のすることじゃないだろう。無神経としか思えない」も、実際こうした意見を私も目にしたことがある。

どうしてこうなってしまったのだろう——と肩を落としつつ、きっとアンチ派のひとには届かないかもしれないが、嵐の海原に向かって声を出すような心持ちで、言葉を紡いでみよう。

本を売ることで糧《かて》を得ている人間は、たくさんの本が売れることを誰もが望んでいる。もし、自分たちが黙れば黙るほど、そこにいないかのように振る舞えば振る舞うほど、世に広く本が行き渡り、求め必要としているひとの手に届いてくれるのなら、すぐにでもそうしようと懸命になって動き出すはずだ。毎年の本屋大賞に顔をしかめ、本屋に勤める人間たちを侮蔑《ぶべつ》する向きもあるとは思うが、それがわからないほど——とは、どうか思わないでいただきたい。

本屋大賞のホームページには「本屋大賞の原点」として、『本の雑誌』二〇〇三年九月号掲載の緊急座談会「本屋さん大賞」を作ろう！　がアップされており、どなたでも本屋大賞の〝芽〟を確認することができる。一読すれば、黙っていてはなにも起こらない、いますぐやれることをやらなければならないと、当時の書店員たちがこの段階で意識していたことをご理解いただけるだろう。

ちなみに、二〇〇〇年に本屋の店員になった私から補足させていただくと、この座談会のきっかけとなる〝種〟は、二〇〇三年一月に発表された第一二八回直木賞の「受賞作なし」という結果だったであろうことを記しておきたい。前年の年末ミステリーランキングを制し、最有力と目された横山秀夫《よこやまひでお》『半落ち』が、まさかの落選。物語の重要なポイントを「事実誤認」とする選評内容をめぐって議論が紛糾し、ついには横山秀夫自身が直木賞との決別を宣言するに至るという、史上稀《まれ》にみる事態となった。あのときの売り場の落胆の大きさは、忘れたくても忘れることができない。受賞作がないということは、毎年その時期にスポットが当たり、売り上げが跳ねる商材が丸々なくなってしまったということだ。ただでさえ業界が冷え込むなか、なにもしないで黙っていては、こうしたことでも足を引っ張られてしまう。あのときの大きな危機感と悔しさが、書店員有志の心に火を点《つ》け、突き動かしたことは間違いない。そしてそのとき、「ならば、自分たちが一番売りたいものを自分たちで売ろう！」と決意した気持ちに、今日の強い風当たりを受けて然《しか》るべき雑念や思惑など一切なかったことを、賢明なる読者諸兄なら本作を通じて汲《く》み取っていただけるだろう。

ラスト二十ページ、つぎつぎと謎が解かれるごとに胸の奥からやさしい熱が湧いてくる、本格書店ミステリーとして最高の〝授賞式の夕べ〟は、シリーズ屈指の名場面だ。個人的には、「口惜しい。すっかりしてやられた。無念でたまらない」と紙に残された最期の恨み言の真相に膝を打って喜んでしまった。出過ぎた真似と受け取られても、最後の最後までやらなければならないことがあるのだ。そのことを教えてくれる本作が、全国の書店員とお客様の間で、いつまでも温かく輝いていてくれることを心から願っている。

本書は二〇一三年、小社より刊行された作品の文庫化です。

検　印
廃　止

著者紹介　東京都生まれ。元書店員。2006年『配達あかずきん』でデビュー。同シリーズの作品に『晩夏に捧ぐ』『サイン会はいかが？』，〈出版社営業・井辻智紀の業務日誌〉シリーズに『平台がおまちかね』『背表紙は歌う』がある。『忘れ物が届きます』『スクープのたまご』『本バスめぐりん。』など著作多数。

ようこそ授賞式の夕べに
成風堂書店事件メモ（邂逅編）

2017年2月24日　初版

著　者　大《おお》崎《さき》　梢《こずえ》

発行所　（株）東京創元社
代表者　長谷川晋一

162-0814/東京都新宿区新小川町1-5
電　話　03･3268･8231-営業部
03･3268･8204-編集部
URL　http://www.tsogen.co.jp
振　替　00160—9—1565
モリモト印刷・本間製本

ISBN978-4-488-48706-5　C0193

書店の謎は書店員が解かなきゃ!

THE FILES OF BOOKSTORE SEIFUDO 1

配達あかずきん

成風堂書店事件メモ

大崎 梢

創元推理文庫

◆

近所に住む老人から託されたという、
「いいよんさんわん」謎の探求書リスト。
コミック『あさきゆめみし』を購入後
失踪してしまった母親を、捜しに来た女性。
配達したばかりの雑誌に挟まれていた盗撮写真……。
駅ビルの六階にある書店・成風堂を舞台に、
しっかり者の書店員・杏子と、
勘の鋭いアルバイト・多絵が、さまざまな謎に取り組む。
元書店員の描く、本邦初の本格書店ミステリ！

収録作品＝パンダは囁く，標野にて　君が袖振る，
配達あかずきん，六冊目のメッセージ，
ディスプレイ・リプレイ

書店専門の名探偵、今日も密かに活躍中

THE FILES OF BOOKSTORE SEIFUDO 2

サイン会はいかが？

成風堂書店事件メモ

大崎 梢

創元推理文庫

◆

「ファンの正体を見破れる店員のいる店で、
サイン会を開きたい」――若手ミステリ作家の
ちょっと変わった要望に
名乗りを上げた成風堂だが……。
駅ビルの六階にある書店・成風堂を舞台に、
杏子と多絵のコンビが、
書店に持ち込まれるさまざまな謎に取り組んでいく。
表題作を含む五編を収録した
人気の本格書店ミステリ短編集第二弾！

収録作品＝取り寄せトラップ，君と語る永遠，
バイト金森くんの告白，サイン会はいかが？，
ヤギさんの忘れもの